L'HOMME QUI RESSEMBLAIT AU CHRIST

Roland Portiche

L'HOMME QUI RESSEMBLAIT AU CHRIST

ROMAN

Albin Michel/Versilio

« Allez vous y retrouver parmi le faux vrai, le vrai faux, le vrai vrai et le faux faux ! »

Armand Salacrou

LA PASSION
D'ALISTER DURWARD

1

« Ici, en l'an de grâce 565, un moine venu d'Irlande, nommé saint Colomban, affronta un serpent gigantesque qui gardait ces eaux et le fit reculer en invoquant Dieu et en lui infligeant le signe du Christ. »

L'écriteau, composé en latin et en anglais, était fixé sur une grande croix plantée à l'entrée de la vallée du loch Ness. Comme tant d'autres voyageurs avant eux, les deux cavaliers furent surpris par l'étendue très allongée du loch. Pour ajouter à sa forme inhabituelle, la profondeur de ses eaux lui donnait une inquiétante teinte noire, particulièrement quand le temps, comme aujourd'hui, était à la pluie.

Ils arrivaient au petit trot d'Inverness, la capitale des Highlands, ces Hautes Terres situées au nord-ouest de l'Écosse. Emmitouflés dans leurs capes, indifférents à la pluie froide et intermittente qui s'abattait en rafales, ils cheminaient depuis des heures à travers ces paysages austères, couverts de bruyères et de fougères, creusés de vallées façonnées par les glaciers. Parfois, la lande était ponctuée d'un troupeau de moutons Shetland à la laine fine ou d'un château fort en ruine qui se découpait dans la brume. C'était un pays de sorciers, de sortilèges et de dragons.

Ulysse Cameron de Bath ne croyait pas aux dragons. Les seuls qu'il connaissait se dissimulaient habilement dans le cœur et l’esprit des hommes, comme il en avait fait l’expérience pendant sa croisade en Terre sainte. Il arrêta sa monture à la hauteur de celle de son écuyer.

– Que dirais-tu d’unc pausc, Kostandin ?

– Avec l’orage qui menace ? Nous finirons trempés.

– Tu as raison, allons directement au but.

Les deux compagnons longèrent au petit trot les berges du loch, en direction du château d’Urquhart, à l’est du village de Drumnadrochit. Alors qu’ils étaient à mi-parcours, un éclair zébra le ciel, suivi du grondement du tonnerre. La pluie qui recommençait à tomber les obligea à descendre de leurs chevaux et à s’abriter sous un grand chêne.

– Fichu pays ! déplora Kostandin.

– Tu préférais ton Arménie ?

– Le temps y est plus sec.

– Oui, mais il y pleut des Tartares et des mamelouks !

Kostandin n’écoutait pas, il était fasciné par la surface du loch. Agitées par le vent, les eaux noires formaient d’étonnantes vagues spiralées, comme si elles étaient soulevées par quelque monstre sous-marin.

– La bête de la légende ?

– Non, juste le vent qui souffle sur le lac. Il en faut peu, tu vois, pour exciter les imaginations.

Une accalmie les encouragea à remonter à cheval et à faire le reste du chemin en pataugeant dans la boue. Droit devant eux, la forteresse d’Urquhart était composée de plusieurs tours édifiées sur un promontoire rocheux, en surplomb du loch. Mais Alan Durward, le propriétaire du lieu, avait consacré le plus clair de son temps à la croisade, négligeant d’entretenir son domaine. Une partie du château s’était effondrée, des champs entiers étaient en friche.

– Je le croyais en meilleur état, commenta Kostandin.

– Nous sommes dans les Highlands, c’est une terre pauvre.

Ils arrivèrent devant une douve et un pont-levis. Un homme armé s'approcha.

– Je suis Ulysse Cameron de Bath, je viens à la demande de sir Alan Durward. Et voici Kostandin Aghaparoni, mon écuyer.

Le garde avait sans doute entendu parler d'eux, car il leur proposa d'entrer.

– Vous trouverez le seigneur Durward au fond de la cour.

Ils s'avancèrent sous le porche. Des paysans confectionnaient des ballots de foin, qu'ils liaient avec des cordelettes de chanvre. Un homme aux cheveux blancs conduisait les opérations. Quand il vit ses visiteurs, il courut les accueillir.

– C'est toi, Ulysse ? Je savais par ton père que tu avais quitté la Palestine, mais j'ignorais si tu avais regagné l'Angleterre.

Alan Durward était un homme mûr, environ la cinquantaine. Sa carrure impressionnante était celle d'un ancien croisé qui avait ajouté le maniement de la fourche à celui de l'épée. Son sourire bienveillant illuminait son visage aux yeux d'un vert profond.

– Bienvenue en Écosse, mes amis. Le soleil n'y brille pas tous les jours, mais on y mange bien, vous le constaterez ce soir.

Il se tourna vers une jeune fille habillée d'un pourpoint d'homme, en train de lier une botte de foin.

– Sibylle, emmène ces deux gentilshommes à l'intérieur et donne-leur des vêtements secs, ils sont trempés jusqu'à l'os.

– Et qui finira le travail ?

– Vous voyez ? C'est un signe des temps, je ne me fais plus obéir par ma fille ! répondit Alan Durward en éclatant de rire.

Il se tourna vers un valet de ferme.

– Geoff, accompagne-les pour moi !

En souriant, le paysan les invita à le suivre. Ulysse, tout ruisselant d'eau, se dit que des vêtements secs et un verre de vin étaient en effet la meilleure manière d'entrer en contact.

2

Deux heures plus tard, Kostandin regardait le lac par la fenêtre et frissonna.

– À la nuit tombée, le loch est franchement sinistre !

– En Écosse, la nuit est le domaine des spectres. Les vêtements qu'on t'a prêtés te vont bien ?

– Un peu serrés, compte tenu de ma taille.

Il alla se réchauffer devant l'imposante cheminée. On entendit alors la voix forte du seigneur Durward.

– Quel plaisir de vous voir enfin ici !

Il prit une cruche sur la grande table et remplit plusieurs verres.

– Nous faisons ce vin nous-mêmes, dans ma propriété.

– Je ne savais pas que l'Écosse possédait des vignobles, s'étonna Kostandin.

– Ils datent de la conquête romaine. Ils allient la qualité des cépages d'Italie à la richesse du terroir écossais. Comment le trouvez-vous ?

– Il est épais comme j'aime, jugea Ulysse.

Alan Durward remplit à nouveau leurs verres.

– Quand je suis rentré de Palestine, après la huitième croisade, je ne voulais pas devenir un paysan comme les autres. J'ai cultivé de l'orge et j'y ai ajouté la vigne. Ce n'était pas une petite affaire, compte tenu du climat humide de la région.

Il leur proposa de prendre place autour d'une longue table de ferme.

– Merci, mes amis, d'avoir fait ce long voyage. Comment se porte ton père, Ulysse ?

Le jeune homme se rembrunit.

– Il vient de mourir dans sa maison de Colchester, sir Durward. C'était un homme robuste, mais la maladie l'a vaincu.

Alan Durward accusa le coup et se signa.

– Je l'ignorais. Je lui ai écrit pour qu'il te fasse venir à moi, mais je ne le savais pas souffrant.

– Il m'a transmis votre message quand j'étais encore à Londres. Je ne suis pas arrivé à temps, hélas, pour lui dire adieu.

– Que Dieu ait son âme. Nous avions combattu ensemble à Damiette, il y a longtemps. Ton père y a laissé une jambe et j'ai eu toutes les peines du monde à en sortir vivant.

– Il m'a raconté. Dieu n'était pas dans votre camp.

– Cette fois comme les autres, lança sir Alan. Je dis souvent que toutes nos croisades réunies n'ont abouti qu'à un seul résultat, nous faire découvrir l'abricot !

Beaucoup d'anciens croisés, en cette fin du treizième siècle, partageaient cette pensée amère. Après deux siècles et neuf croisades, les derniers chrétiens de Terre sainte avaient trouvé refuge à Saint-Jean-d'Acre, au nord-ouest du pays. Un triste résultat pour une aventure qui se voulait, au départ, grandiose et conquérante.

– Notre lutte était inégale, observa Kostandin, nous avions trop d'adversaires.

Alan Durward se tourna vers l'écuyer.

– D'où viens-tu, toi, Konstandin ?

– Kostandin, rectifia-t-il. C'est un prénom arménien. Ma famille possédait une ferme prospère en Cilicie, nous avons été chassés. C'est Ulysse qui m'a appris votre langue. Depuis, nous ne nous quittons plus.

– Et si nous en venions aux faits ? suggéra Ulysse.

À cet instant apparut Sibylle, la fille d'Alan Durward. Toujours habillée en homme, mais cette fois soigneusement lavée et peignée. Elle portait un pourpoint serré à la taille sur un pantalon ajusté qui dévoilait le galbe de ses jambes. Sa chevelure châtain clair était relevée en un chignon qui accentuait son air mutin. Elle avait les yeux de son père, mais rieurs et teintés de malice. Quel dommage, se dit Ulysse, de cacher de si beaux atouts derrière des habits d'homme ! Elle alla se servir un verre de vin et prit place près de la cheminée.

– Ma fille assistera à notre entretien, si vous n'y voyez pas d'inconvénient. Vous allez comprendre pourquoi.

La jeune fille, qui avait sans doute moins de vingt ans, les fixait de son regard vert, dont l'intensité était presque intimidante.

– Depuis quatre mois, reprit Alan Durward, je n'ai plus aucune nouvelle d'Alister, mon unique fils. Il était parti à Tripoli, au Liban, pour rejoindre le grand maître du Temple, Guillaume de Beaujeu.

Ulysse afficha une mine sombre.

– J'y étais aussi, avec Kostandin. Nous avons perdu la ville, bien peu y ont réchappé. Le massacre qui a suivi était terrible.

– Alister n'est pas mort à Tripoli, précisa sir Durward, il a disparu un an après. Jusqu'à cette date, je recevais régulièrement de ses nouvelles, où qu'il soit.

– Même depuis la Palestine ? s'étonna Ulysse.

– Cela m'a coûté une fortune, mais je faisais appel à la messagerie à cheval de l'ordre du Temple. La lettre que Sibylle va vous lire est arrivée par la même voie. Lis, ma fille...

Sibylle déplia une longue missive. Avant qu'elle commence la lecture, son père apporta une précision utile :

– Sachez que cette lettre est écrite de la propre main de Guillaume de Beaujeu. Elle porte son sceau.

La jeune fille sauta le début du message et arriva vite à l'essentiel.

– *« ... Le 8 mai, Alister est venu nous rejoindre dans ma ville de Saint-Jean-d'Acre. Il m'a dit qu'il était envoyé secrètement par l'évêque de Lucques. Il souhaitait rencontrer un personnage puissant et dangereux, qui contrôle les commerces illicites dans le secteur d'Acre. Je lui ai proposé mon aide, mais il a refusé. Depuis, il semble s'être évaporé. Nous n'avons plus la moindre trace de lui. Nous avons fouillé en vain les tavernes et les quais du port. Je pense qu'il est retenu prisonnier quelque part, mais j'en ignore la raison. »*

Alan Durward poussa un grand soupir.

– Voilà, Ulysse, tu en sais autant que moi. Crois-en l'intuition d'un père, Alister n'est pas mort. Quelle était sa mission ? Où se trouve-t-il maintenant ? Ce sont les questions auxquelles tu devras répondre en menant ton enquête à Saint-Jean-d'Acre. Pour cela, je suis disposé à te payer deux mille livres. Et le double si tu me ramènes mon fils vivant.

Ulysse hocha la tête. C'était une somme considérable. Et sa croisade inutile de l'année précédente lui avait coûté le peu qu'il lui restait de fortune. Mais retourner en Palestine, était-ce raisonnable ?

– Pour être honnête, sir Alan, nous avions décidé avec Kostandin de ne plus remettre les pieds en Terre sainte. Nous y avons connu trop de brutalité et de trahisons. Nous voulions faire prospérer le domaine de mon père, mais j'ai compris à Colchester qu'il n'avait plus que des dettes. L'argent que vous proposez nous permettra de redémarrer. Qu'en penses-tu, Kostandin ?

La longue complicité acquise par les deux hommes leur avait appris à communiquer avec les yeux. Clairement, le regard de l'écuyer disait oui.

– Avez-vous un portrait de votre fils, sir Durward ?

Sibylle ôta un long collier de son cou. Au bout pendait un médaillon.

– Elle pourrait vous en chercher d'autres, dit sir Durward, mais celui-ci est très ressemblant.

Ulysse examina le portrait. Malgré son jeune âge, Alister Durward avait un visage sévère. Très maigre, les cheveux bruns et mi-longs, une moustache prolongée par une barbe. Autant la sœur éclatait d'énergie et de vitalité, autant le frère semblait son contraire. Il avait l'allure de ces théologiens plus préoccupés de penser la vie que de la vivre.

– Puis-je le garder ? demanda Ulysse à Sibylle.

La jeune fille fit non de la tête et remit son collier autour de son cou. Son père fut plus explicite.

– Ce sera inutile, mes amis, elle vient avec vous !

3

Au même moment, dans une geôle aménagée dans un village abandonné de Palestine, Alister Durward se morfondait. Depuis quarante-deux jours (il les avait comptés), on le retenait prisonnier pour une raison qu'il ignorait. Quarante-deux jours qui lui semblaient une éternité…

*

C'est le froid, au début, qui l'avait sorti de sa torpeur. Il se réveilla dans cette pièce lépreuse, avec un horrible mal de tête. On l'avait drogué, il en était certain. Il se remit difficilement sur ses pieds et tenta d'ouvrir la porte, mais elle était verrouillée. Il appela :

– Holà, quelqu'un !

Pas de réponse. Face à l'entrée, il y avait une fenêtre garnie de barreaux par où pénétrait l'air frais de… d'où, au fait ? Il recula au fond de la pièce, prit son élan, s'élança et sauta en s'agrippant à l'ouverture. Dehors, il aperçut une forêt. Derrière les sapins, se dessinait une colline avec, par endroits, des plaques de neige.

Ce paysage lui disait quelque chose. Deux années auparavant, quand il s'était mis au service des Templiers de Saint-Jean-d'Acre, il avait patrouillé dans les parages de Safed, en

Haute-Galilée, le seul endroit en Terre sainte faisant penser aux Highlands écossais. Était-ce le même lieu ? Possible.

Il appela de nouveau, en vain. Allait-il mourir ici, oublié de tous ?

Du bruit. Un homme de grande taille ouvrit la porte. Il fit le geste de porter quelque chose à sa bouche.

– Manger… attends.

Il avait un fort accent germanique. Alister s'approcha de lui, mais son gardien le menaça d'une dague.

– Assis. Sinon mourir !

Le prisonnier obéit et regagna sa couche, une planche retenue par deux chaînes, face à la porte. Tout en le surveillant, l'homme recula, alla chercher une écuelle en bois et la déposa à même le sol. Elle contenait un peu de viande et des légumes, accompagnés d'un morceau de pain.

– Si toi soif… frapper à la porte.

Il s'en alla en verrouillant la geôle. Alister se précipita sur cette modeste pitance, qu'il dévora. Ses pensées ne cessaient d'aller en tous sens. L'avait-on enlevé pour lui soutirer de l'argent ? Pourquoi l'avoir choisi, lui ? Son père n'était pas riche, il y avait certainement une autre raison.

Peu à peu, à mesure que s'estompaient les effets de la drogue, quelques images apparurent. Il s'accroupit sur le sol et essaya de se souvenir.

L'Épervier, c'est le premier nom qui lui vint à l'esprit…

4

Alister Durward était venu d'Italie à Saint-Jean-d'Acre pour rencontrer cet homme redoutable. Encore fallait-il le trouver dans cette ville surpeuplée. Car l'Acre d'aujourd'hui n'était plus celle qu'Alister avait connue. La fière capitale de l'Empire latin était désormais en proie au désordre et à l'anarchie. Bien peu, parmi les hommes en armes que croisait Alister, comptaient encore défendre Acre contre le sultan Qala'ûn, qui menaçait les chrétiens depuis l'Égypte. Avec le cynisme propre aux armées en déroute, nombre d'anciens croisés faisaient main basse sur tout ce qu'ils pouvaient voler.

Seules les confréries de moines-soldats, comme les chevaliers templiers et les Hospitaliers, avaient conservé un peu de discipline et faisaient régner un semblant d'ordre dans la cité. Un an auparavant, Alister avait prêté main-forte aux Templiers, sans pour autant entrer dans l'Ordre et suivre sa règle monastique. En jouant des coudes, la main sur la garde de son épée, il se fraya un chemin vers la forteresse des chevaliers templiers et insista pour se faire conduire auprès du grand maître Guillaume de Beaujeu.

– Je t'attendais, Alister, ton père Alan Durward m'avait annoncé ton arrivée. L'homme que tu cherches, l'Épervier, ne jouit pas d'une bonne réputation. Pourquoi tiens-tu à le rencontrer ?

– Je remplis une mission pour l'évêque de Lucques. C'est une négociation que je dois garder secrète.

– Méfie-toi, Alister. Par égard pour ton père, je peux te faire accompagner par deux ou trois de mes templiers.

– Merci, Guillaume. Mais si j'en crois ce qu'on dit sur l'Épervier, il a des yeux partout et ne se montrera pas. Je préfère négocier seul. Ce genre de personnage ne m'impressionne pas, je sais me défendre.

– À ton aise, Alister, je vais te dire ce que je sais.

Le maître de l'Ordre lui fournit une liste d'informateurs et d'indicateurs dans le souk et sur le port.

– Surtout, n'emporte aucun argent sur toi. Et fais-moi parvenir régulièrement de tes nouvelles.

– Tu en auras tous les deux jours.

Aussitôt, Alister se mit au travail. Il fit savoir à ses contacts qu'il cherchait à rencontrer l'Épervier pour conclure une affaire importante. Mais ce seul nom, « l'Épervier », semblait mettre en émoi tous ceux à qui il en parlait. Ses petits bavardages eurent tout de même l'effet qu'il escomptait. Très vite, il eut le sentiment que des observateurs, cachés dans la foule, l'épiaient ou le suivaient. Il ne demandait que cela, estimant que c'était le seul moyen de rencontrer l'homme qu'il cherchait.

Le deuxième jour, dans une allée du souk, il sentit qu'on le tirait par le bras.

– C'est toi qui cherches l'Épervier ?

C'était un petit homme en haillons, semblant surgi des bas-fonds. Dès qu'il vit son visage, le nabot écarquilla les yeux, comme s'il reconnaissait un proche. Son comportement était si étrange qu'Alister dut le bousculer un peu.

– Ne reste pas muet comme un sot ! Ma figure ne te plaît pas ?

Son interlocuteur continua à le fixer, telle une apparition tombée du ciel. Il parvint enfin à articuler quelques mots.

– Oui, je connais l'Épervier. Je vais…

– Eh bien, amène-moi à lui, j'ai à lui parler.

– Je te conduirai, seigneur, mais… je dois le prévenir d'abord, c'est un homme très occupé. Retrouve-moi au crépuscule, si tu veux bien, au pied de la forteresse des Hospitaliers.

Aussitôt, son interlocuteur s'éclipsa. Il se mit à courir, bousculant quelques passants. Il finit par s'engouffrer dans une auberge, vide de clients à cette heure.

– Où est qui tu sais ?

– Que lui veux-tu, Emilios ? lui demanda le tenancier.

– J'ai fait une rencontre extraordinaire. Il faut que je lui parle, vite !

Troublé, l'autre lui fit signe que celui qu'il cherchait était au sous-sol. Emilios dévala le petit escalier en bois et arriva dans une salle où deux hommes attablés discutaient en buvant du vin.

– Je l'ai vu !

L'homme qui était de dos lui répondit sans se retourner :

– Sois plus clair, Emilios.

– Un client, qui veut t'acheter un objet.

– Et alors ? Des clients, j'en vois tous les jours.

– Mais celui-là n'est pas comme les autres. C'est exactement l'homme que tu cherches depuis des mois.

L'Épervier se leva et saisit Emilios par le col de sa chemise.

– Qu'est-ce que tu racontes, misérable ?

– Je vais te l'amener, tu jugeras par toi-même.

Alister, craignant un piège, s'était rendu armé au lieu du rendez-vous. Après une heure d'attente, le nabot vint à lui. Il était seul.

– Suis-moi, seigneur.

– Où allons-nous ?

– Dans le souk.

Ils cheminèrent ainsi dans les allées de marchands juifs, arabes, chrétiens. La plupart, à cette heure, fermaient boutique. Des effluves écœurants lui assaillaient les narines, mêlant les odeurs de viandes improbables aux parfums poivrés des épices de l'Orient. Son guide l'entraîna dans une taverne. Alister hésita.

– L'Épervier est ici, il t'attend au sous-sol.

La pièce où il entra n'était éclairée que par une pauvre bougie. Deux hommes, restés volontairement dans la pénombre, lui faisaient face. Ils le scrutèrent en silence. Puis l'un des deux glissa à l'autre :

– L'apparence physique est bonne, en effet.

– La taille, la corpulence, le visage, tout est parfait. Quand Emilios m'en a parlé, je n'y croyais pas.

Alister avait la sensation désagréable d'être examiné comme une marchandise lors d'un marché aux bestiaux. Le plus petit des deux, dont la voix trahissait l'âge, consultait fréquemment un dessin qu'il tenait dans sa main.

– Il faudra corriger quelques détails, mais rien de compliqué.

– On en tirera une fortune, chirurgien !

Alister ne comprenait rien à cet échange. Et qui était ce « chirurgien » ? Il décida de hausser le ton.

– Je cherche l'homme qui se fait appeler l'Épervier. Est-ce l'un d'entre vous ?

– C'est moi, répondit le plus grand, en faisant un pas dans la lumière.

C'était un géant à la longue chevelure noire, qui portait un bandeau sur un œil. Un épervier borgne.

– Je m'appelle Alister Durward. Je viens au nom de l'évêque de Lucques te proposer une affaire. Peut-on parler tranquillement ?

L'autre ne répondit rien. Alister trouvait son comportement de plus en plus étrange. Il insista.

– Nous sommes disposés à te payer cher.

L'Épervier se pencha à nouveau vers l'homme au parchemin.

– On se décide pour lui, chirurgien ?

– On ne trouvera pas mieux. Mais il faudra le garder prisonnier plusieurs semaines, le temps pour moi d'acquérir les bons pigments.

Alister recula aussitôt d'un pas et mit la main sur son épée.

– Personne ne me fera prisonnier !

Il n'alla pas plus loin. Sur un signe de l'Épervier, plusieurs comparses, surgis de l'ombre, l'immobilisèrent. Quelqu'un lui plaqua sur le visage une étoffe imbibée d'un produit à l'odeur âcre et le jeune homme perdit conscience.

*

Plusieurs semaines après, confiné à l'intérieur de son cachot, Alister n'avait toujours pas compris ce qu'on lui voulait. Qui le retenait ? Des mamelouks ? Non, ses geôliers parlaient des langues européennes : anglais, allemand, espagnol. Aucun mot d'arabe.

Un jour, enfin, il reçut la visite de l'Épervier.

– Pourquoi me gardes-tu ici ? Veux-tu une rançon ?

Sans rien répondre, l'Épervier s'approcha et toucha le front du chevalier.

– Tu as froid ?

– Je suis gelé.

– Nous allons te donner une couverture supplémentaire.

– Qu'attendez-vous de moi ? répéta Alister d'une voix lasse.

– Tu le sauras bientôt, quand le chirurgien reviendra.

– Un chirurgien ? Mais pour quoi faire ?

Pas de réponse.

Il commençait à perdre la notion du temps quand ils vinrent le chercher. Le gardien, aidé par un autre homme à forte carrure, l'entraîna dans le couloir. Ils le firent descendre le long d'un escalier étroit, pareil à celui d'une cave. La pièce où ils arrivèrent était aveugle, éclairée par quatre pauvres torches murales. En regardant autour de lui, Alister frissonna. C'était une salle de torture.

5

Ulysse comprit vite que la présence de Sibylle n'était pas négociable.

– Ne sous-estime pas ma fille, lui conseilla Alan Durward. En dépit de son âge et de son sexe, elle est endurante et sait se battre.

Ulysse ne semblait pas convaincu, mais Alan Durward insista.

– Elle seule saura le reconnaître, même s'il est malade ou blessé.

Kostandin et Ulysse se consultèrent à nouveau du regard. L'écuyer ferma lentement les paupières. Ulysse en déduisit qu'il était d'avis de céder.

– Très bien, jeune fille, prépare tes affaires.

– Je suis prête, répondit Sibylle.

Son assurance, qui confinait à l'arrogance, incita Ulysse à se lever.

– Si vous le permettez, sir Alan, j'irais volontiers me coucher, la journée a été longue.

– Mais tu n'as pas encore dîné ? s'étonna son hôte.

– Je n'ai pas faim. Et nous partirons à l'aube.

– Va, Ulysse, va.

Une fois Ulysse sorti, Alan Durward prit Kostandin à part.

– Tu es son ami. Fais-lui comprendre que ma fille n'est pas une enfant gâtée, loin de là. Elle a du caractère, certes, mais elle vous sera utile.

Kostandin eut l'intuition qu'Alan Durward, malgré son autorité de père, n'aurait pu la retenir longtemps ! À la différence d'Ulysse, il savait s'adapter aux circonstances.

– Nous avons un long voyage à faire, ils se calmeront tous les deux.

*

Au lever du soleil, le trio se prépara à partir. En présence d'Alan Durward, Ulysse s'adressa à la petite équipe.

– Nous commencerons par nous rendre à Lucques, pour connaître le détail de la mission que l'évêque a confiée à votre fils.

– Tu as raison, approuva sir Durward. J'ai côtoyé l'évêque Paganello da Porcari, quand j'étais en Terre sainte. C'est un homme de bien. Je vais vous confier une lettre à son intention, il vous recevra volontiers.

Ulysse avait tracé un plan sur un parchemin.

– Il nous faudra rejoindre le port de Leith, au nord d'Édimbourg, puis prendre un bateau qui nous déposera à Esbjerg, au Danemark.

– Choisissez le *Bellérophon*, le capitaine est un ami. Je vous prépare aussi un billet pour lui.

– Merci, sir Alan. De là, nous gagnerons l'Italie du Nord…

– Je ne comprends pas cet itinéraire, intervint Sibylle. Pourquoi ne pas passer par Douvres et le nord de la France ? Le chemin serait bien plus court, non ?

Ulysse la toisa.

– Au cas où tu l'ignorerais, Sibylle, les Écossais ne sont pas les bienvenus en ce moment en Angleterre. Tiens-tu à passer quelques mois dans une prison anglaise ?

– Ulysse sait ce qu'il fait, tempéra Alan Durward.

– Il est vrai que notre voyage sera fastidieux. Tu peux encore…

– Mon cheval est prêt, répliqua-t-elle.

Alan Durward remit à sa fille une bourse qu'elle attacha solidement à sa ceinture et dissimula sous sa tunique.

– Sibylle sera votre trésorière. Descendez dans les bonnes auberges et ne regardez pas à la dépense, la vie de mon fils le vaut bien.

Puis il rédigea les billets qu'il avait promis et les confia à Ulysse, qui s'adressa à son petit groupe.

– À genoux !

Il joignit le geste à la parole. Kostandin et Sibylle l'imitèrent. Ulysse prononça une courte prière, puis se releva.

– En route !

Pendant plusieurs heures Ulysse, bougon, n'ouvrit pas la bouche. La manière dont Sibylle s'était imposée dans leur groupe l'avait exaspéré. Pour qui se prenait-elle ? Et ces sourires complices qu'elle adressait à son écuyer, pour s'en faire un allié, lui étaient franchement insupportables.

Ils ne s'accordaient que de courtes pauses. Au cours de l'une d'elles, alors qu'Ulysse s'était éloigné, Sibylle se rapprocha de Kostandin. Elle lui proposa de boire de son eau.

– Je l'ai parfumée au jus de framboise.

Il en avala une gorgée.

– Pas mauvais.

– Es-tu vraiment son écuyer ? Je ne comprends pas très bien vos relations.

– Au combat, dans plusieurs moments difficiles, nous nous sommes porté assistance, puis la vie a distribué les rôles. Ulysse n'est pas plus chevalier que je ne suis écuyer, mais il décide et je suis ses avis. C'est l'équilibre que nous avons trouvé.

– Il t'écoute aussi, je l'ai remarqué.

– Mon père disait que celui qui n'écoute personne est comme un cheval avec des œillères qui galope au bord d'un précipice. Il m'écoute et je l'écoute.

– Pourquoi avez-vous quitté la Palestine ?

Ulysse interrompit leurs confidences.

– La pause est finie, nous repartons !

À la fin de la matinée, ils traversèrent Inverness, la capitale des Highlands. C'était un bourg cossu, enrichi par le tissage de la laine de mouton. De nombreuses échoppes étaient installées de part et d'autre de la rivière Ness, qui traversait la ville. Comme il était l'heure du déjeuner, les effluves de viandes juteuses leur chatouillèrent les narines.

– Si nous faisions une pause ici ? proposa Kostandin, je commence à avoir faim.

– Ce n'est pas une bonne idée, objecta Sibylle. Ces auberges sont toujours pleines de monde, nous y perdrions des heures. Il y a un bosquet agréable, à moins de deux lieues, nous y serons à l'aise pour manger rapidement.

Ulysse, aussitôt, haussa le ton.

– Je te rappelle, Sibylle, que je conduis cette mission. C'est moi qui décide où et quand nous nous arrêtons.

Elle comprit qu'elle l'avait irrité et chercha une excuse.

– C'était juste une suggestion, Ulysse. Mon frère est peut-être en danger de mort, chaque jour compte.

– Je le sais parfaitement. Mais j'ai vu tant d'armées indisciplinées en Palestine, on ne savait plus qui commandait. Le plus souvent, elles se faisaient tailler en pièces.

La jeune fille sentit qu'il ne fallait pas insister.

– Très bien. Que décides-tu ?

– Conduis-nous à ton petit bois.

Peu de temps après, le trio s'installa sous un gros chêne. Ils se partagèrent une miche de pain, du fromage de brebis et de la viande de bœuf séchée. Ils mangèrent en silence. Puis Sibylle chuchota à l'oreille de Kostandin qui, amusé, s'adressa à Ulysse :

– Notre amie voudrait savoir si elle t'a fâché ?

– Non, répondit Ulysse sans la regarder.

Sibylle ajouta une autre question.

– Dans ce cas, Ulysse Cameron de Bath pourrait-il m'expliquer pourquoi il n'a pas ouvert la bouche depuis ce matin ?

La réponse jaillit sans se faire attendre.

– Parce que je suis mécontent, Sibylle.

– Et pour quelle raison ?

– J'ai accepté cette mission en raison de l'amitié qu'entretenaient nos deux pères…

Sibylle l'interrompit aussitôt.

– Mais aussi pour les deux mille et peut-être les quatre mille livres de récompense si nous retrouvons mon frère vivant !

– Je ne le nie pas. La croisade m'a appauvri matériellement, sans m'enrichir spirituellement.

– Pourquoi donc accepter l'argent sans les obligations qui vont avec ?

– Ma seule obligation est de retrouver ton frère. Je n'ai pas aimé que tu t'abrites derrière sir Alan pour me forcer la main.

– Et si je ne l'avais pas fait ? lui lança-t-elle.

Sa franchise le désarçonna.

– Si tu ne l'avais pas fait, j'aurais réfléchi et…

– Et tu m'aurais dit : « Non, ta place est auprès de ton père, aux cuisines ou dans les champs. » Je connais les hommes dans ton genre, Ulysse. Courageux, têtus, mais ignorants des femmes. Pendant que vous vous battiez au bout du monde, les femmes ont pris ce pays en main. Elles ne se contentent plus, désormais, de vous attendre en brodant devant la cheminée. Je vous serai utile, tu verras.

Ulysse ricana.

– Je t'ai vue manier la fourche, mais ton seul adversaire était un gros tas de foin !

Elle répliqua en les toisant tous les deux :

– Quitte tes airs supérieurs, Ulysse Cameron de Bath ! En l'absence de mon père, c'est mon frère Alister qui m'a élevée. C'était un bon précepteur, crois-moi. Il m'a appris à raisonner, mais aussi à me battre !

– Sais-tu au moins manier une épée ?

– Non, les épées des croisés sont faites pour les hommes, elles sont bien trop lourdes. Mais je sais tirer à l'arc et terrasser un homme à la lutte, quelle que soit sa taille.

Ils la regardèrent, les yeux ronds. Elle insista.

– Même un costaud comme toi, Kostandin !

L'écuyer partit d'un éclat de rire.

– Je voudrais bien voir ça.

– Ah oui ?

Elle se dressa comme un ressort et lui fit face. Ulysse arrêta la discussion en haussant le ton.

– Restons-en là, il pourrait te faire mal.

Sibylle obéit à contrecœur et reprit sa place.

– Mon frère est tout pour moi. Je sens qu'il est encore vivant et qu'il a besoin de mon aide. Je serais morte, si j'étais restée à vous attendre.

Sans se l'avouer, Ulysse fut touché par sa sincérité.

– C'est bon, Sibylle, nous te garderons avec nous. Sais-tu manier une dague, tirer avec une arbalète ?

– Non, mais tu seras mon mentor, tu m'apprendras.

6

Quand il guerroyait en Palestine, Alister Durward avait déjà vu des salles où se pratiquait la torture. C'était un art raffiné qu'il désapprouvait, mais qui pouvait se révéler utile pour obtenir des renseignements sur les mouvements des armées ennemies. Pourtant, cette salle était différente. Sur un mur, on avait installé une croix de bois, dont les deux tasseaux formaient un grand X. Des bracelets de fer avaient été prévus pour maintenir le malheureux – lui, sans doute – destiné à souffrir. Au centre, sur deux grandes tables, on avait disposé une croix chrétienne, semblable à celle sur laquelle le Christ avait agonisé. Tout près des tables, il y avait des instruments classiques, mais d'autres plus rares : une série de gros clous, une massette, un fouet à court manche portant deux lanières épaisses terminées par des bouts d'os. Et une couronne d'épines.

– Que voulez-vous savoir ? supplia Alister, terrifié.

L'Épervier entra à son tour, accompagné de celui qu'il avait appelé le « chirurgien ». C'était un vieil homme à l'accent espagnol, aux cheveux blancs et aux yeux gris, qui considéra sa victime avec le regard sans humanité d'un technicien. Il avait à la main le même dessin que lors de leur première rencontre.

Sur un signe du chef, les deux hommes de main dépouillèrent Alister de ses vêtements. Glissant ses poignets et ses chevilles dans les bracelets en fer fixés aux extrémités de la croix en X, ils l'immobilisèrent sur le dos, entièrement nu. Le supposé chirurgien fixa sur sa tête une longue perruque brune.

– Que faites-vous ? demanda Alister, dont le moindre mouvement était devenu impossible.

Personne ne lui répondit.

– Et la barbe ?

– N'y touchez pas, la sienne fera l'affaire.

L'Épervier prit du recul.

– Il ressemble déjà à ton dessin.

– Attends la fin de la séance, tu seras surpris.

Alister ne comprenait pas cet échange. De quel dessin parlaient-ils ?

Un des deux bourreaux entoura sa main de chiffons.

– Commencez, dit le chirurgien. D'abord sur les yeux et le visage. Je vous guiderai.

Aussitôt, un des deux bourreaux lui martela le visage de coups de poing. Un coup. Un autre. Un troisième. Un autre encore. Et…

– Arrêtez ! ordonna le chirurgien.

Alister hurla.

– Monstres ! Que voulez-vous de moi ?

On ne l'écoutait pas. Le chirurgien scruta son visage de près.

– Encore un peu ici.

La brute frappa deux fois sur sa pommette droite.

– C'est assez.

– Et à présent ?

– La flagellation.

Avec des gestes de professionnels, les deux bourreaux retournèrent leur victime sur le ventre en l'attachant à la croix en X.

– Pas plus de quarante coups, précisa le chirurgien.

Un des tortionnaires se saisit du fouet à deux lanières et commença à le fouetter. Le chirurgien le guidait avec précision.

– D'abord les épaules…

Les lanières s'abattirent avec force.

– L'ensemble du dos, à présent… la région lombaire… les fesses…

Méticuleusement, le bourreau suivait les indications du médecin. La douleur était intolérable, accentuée par les osselets des lanières, qui creusaient des sillons cruels dans la peau du supplicié.

– Pour l'instant, c'est un sans-faute, jugea le chirurgien.

– Allongez-le sur la croix, ordonna l'Épervier.

– Attends, dit le vieil homme. La couronne d'épines. Ce sera plus facile debout que couché.

– Tu as raison.

Sur un signe de son maître, un des bourreaux saisit la couronne, faite d'épines sèches et acérées. Il se protégea les mains avec un chiffon et l'enfonça fermement sur la tête du supplicié. Cette nouvelle source de souffrance alluma chez Alister un éclair de conscience.

– Vous m'infligez les supplices du Christ ?

Sans répondre, le chirurgien examina ses blessures.

– Il faut maintenant attendre quelques heures, le temps que le sang coule et que les chairs gonflent.

L'Épervier donna ses ordres.

– Laissez-le souffler, on reprendra cette nuit.

7

Au soir de leur première journée de voyage, Ulysse décida de faire une halte dans une auberge de Grandtully, dans le Perthshire.

– Nous y passerons la nuit. Si nous maintenons l'allure, nous serons à Édimbourg demain dans la soirée.

Après une toilette sommaire, ils s'attablèrent pour dîner. La clientèle était rare, un grand feu de bois illuminait la pièce.

– Je ne connais rien à la cuisine écossaise, avoua Kostandin.

– Elle n'est pas très raffinée, répondit Sibylle, mais comble les meilleurs appétits. Parfaite quand il pleut et qu'on a du vague à l'âme. Après, on n'a plus faim de rien !

L'aubergiste leur proposa son plat du jour.

– Ma femme a préparé un haggis, ça vous tente ?

Devant la mine dubitative de ses compagnons de table, Sibylle expliqua :

– C'est de la panse de brebis farcie. À l'intérieur, on y trouve un peu de tout, des abats de mouton, des oignons, des flocons d'avoine, des épices. On m'a nourrie de haggis quand j'étais encore une gamine. Mon père disait qu'il forgeait le caractère !

– C'est toi qui cuisinais à Urquhart ? demanda Kostandin.

– Je cuisinais, je semais, je rentrais les foins, je dirigeais le domaine, nous nous partagions toutes les tâches avec Alister.

Notre mère est morte très tôt et mon père était toujours parti pour la croisade.

Elle s'interrompit. Kostandin nota qu'elle avait les yeux humides.

– Je suis heureuse de me trouver avec vous ce soir à cette table, ajouta-t-elle, sincèrement émue. Mais je tremble pour mon frère.

– Nous le retrouverons, Sibylle, la rassura Ulysse.

Elle remplit son verre de vin et le but d'un trait. Elle eut alors un mouvement de colère inattendu, qu'elle retenait sans doute depuis longtemps.

– Mais que vous a-t-il pris d'aller vous jeter dans ces guerres inutiles ? Quelle bête venimeuse vous a mordus ? Même Alister m'a abandonnée pour y aller !

Ulysse fut surpris par ces paroles.

– Des guerres inutiles ?

– Qu'y avez-vous gagné ? Vous avez gâché votre jeunesse, quand vous aviez tant à faire en Europe !

Ulysse baissa la tête, songeur.

– Parfois je me le demande, murmura-t-il. Nous sommes partis la tête pleine d'illusions…

– … et vous les avez perdues dans les sables du désert, poursuivit-elle.

On entendit alors la voix enjouée de l'aubergiste.

– Regardez-moi ça !

C'était le haggis qui arrivait sur un grand plat d'étain, trois panses brûlantes et odorantes, pleines à craquer d'une farce improbable.

– Aubergiste, demanda Sibylle, avez-vous de l'eau-de-vie ?

– J'en ai plusieurs, oui, de différentes origines. Il faut me dire celle que vous préférez.

– Je viens avec vous, proposa-t-elle.

Elle quitta la table. Ulysse se pencha vers Kostandin.

– Elle boit de l'eau-de-vie ?

– Elle ne ressemble pas aux autres, approuva Kostandin, ça c'est sûr !

Sibylle revint, un flacon à la main.

– C'est du *single malt* écossais, on appelle ça du *scotch*. Faites comme moi…

Elle ouvrit sa panse de brebis avec un couteau et arrosa généreusement la farce. Ulysse et Kostandin l'imitèrent.

Elle avait raison, le haggis était meilleur arrosé au scotch.

Vers la fin du repas, gagné par le sommeil, Ulysse perçut le regard amusé que Sibylle posait sur lui. Se moquait-elle de lui ? Parti bien jeune pour la croisade, il n'avait aucune expérience des femmes. Il se leva pour aller chercher une cruche de vin. À son retour, Kostandin et la jeune fille riaient aux éclats avant de piquer du nez dans leur assiette. Puis Sibylle les salua pour aller se coucher. Ulysse se pencha vers son écuyer. Il était pâle de colère.

– Étiez-vous en train de rire de moi ?

– Pas du tout, Ulysse. C'était une conversation plaisante, rien de plus.

– De quoi parliez-vous ?

– Sibylle voulait savoir si tu avais une épouse.

– Et que lui as-tu répondu ?

– La vérité. Je lui ai dit que non. Et que tu avais même envisagé de devenir un moine combattant dans l'ordre des Templiers.

– Je préférerais que tu évites de parler de ces sujets avec elle.

– Entendu, maître.

Au cœur de la nuit, un hurlement déchira le silence. Accompagné d'un cuisinier armé d'un grand couteau, l'aubergiste grimpa l'escalier, affolé. Il fut rejoint par Sibylle.

– Que se passe-t-il ?

Le cri venait d'une des deux chambres où étaient logés les voyageurs. L'aubergiste frappa à la porte.

– Ouvrez !

Kostandin entrouvrit le vantail de la chambre où il dormait avec Ulysse. Il semblait ennuyé.

– Ce n'est rien, rassurez-vous. Mon maître fait parfois de mauvais rêves.

Le patron de l'auberge était sceptique. Usant de son autorité, il poussa la porte et découvrit Ulysse, allongé sur sa couche, la poitrine découverte. Il transpirait et tentait de reprendre son souffle. Kostandin bredouilla une explication.

– Il a souvent ce genre de crise, depuis notre retour de la croisade.

L'aubergiste hocha la tête. Son épouse arriva avec une bassine d'eau et quelques vieux linges.

– Tenez, ça pourra peut-être l'aider. Attention, l'eau est chaude.

– Laissez-moi faire, dit Sibylle en saisissant la bassine.

Elle s'approcha d'Ulysse et lui épongea le front. Kostandin fit la grimace et chercha à l'éloigner.

– Il reprend ses esprits. Laisse-nous, Sibylle, il n'aimerait pas que tu le voies dans cet état.

– Il est malade ?

– Non, mais il a vu certaines choses, là-bas, qu'aucun chrétien n'aurait dû voir.

Tout en parlant, il la repoussa vers la porte.

– J'ignore de quoi tu parles, Kostandin, mais tu l'as mieux supporté que lui.

– J'ai plus d'expérience, pour mon malheur.

– Tu me diras ?

– Ce ne sont pas des histoires qu'on raconte à des jeunes filles.

Sibylle sortit à regret. Ulysse, que son compagnon soignait comme un enfant, avait donc quelques points faibles, qu'elle ne tarderait pas à découvrir. Mais la dernière phrase de Kostandin l'avait troublée. Le secret d'Ulysse était-il donc si terrible ?

8

Sur sa croix en X, Alister reprit lentement conscience. Le corps humain est ainsi fait que, passé un certain seuil de douleur, la sensation semble moins cruelle, comme si l'organisme produisait de lui-même des drogues naturelles destinées à apaiser ses souffrances. La situation lui paraissait irréelle. Ces hommes ne lui avaient rien demandé en échange de leurs tortures. Était-il tombé entre les mains de pervers qui se plaisaient à lui infliger tous les supplices de la Passion ? Celui qu'ils appelaient le « chirurgien » donnait aux bourreaux des indications précises, quasi anatomiques.

Les quatre hommes firent à nouveau irruption dans la pièce. Le chirurgien examina longuement les plaies d'Alister.

– C'est bon, conclut-il, on peut passer à la suite.

Les deux bourreaux détachèrent Alister de sa croix en X pour l'étendre sur une croix chrétienne, posée sur les deux grandes tables de bois. On lui attacha d'abord les pieds. Puis l'Épervier étendit son bras droit sur une des branches de la croix, en le maintenant avec force. Un des bourreaux se saisit de la massette et approcha un gros clou long de six ou sept pouces. Le chirurgien suivait l'opération avec attention.

– Pas dans la main, mais dans la partie haute de la paume. Le clou sera coincé entre deux os solides, qui pourront le maintenir sur la croix.

Tandis qu'un des deux hommes maintenait le bras d'Alister, l'autre enfonça le clou avec sa massette. La douleur était fulgurante, le sang coula en abondance.

– L'autre, vite, ordonna l'Épervier.

Fébrilement, les deux bourreaux clouèrent la main gauche.

– Les pieds…

On détacha ses jambes, afin que les deux pieds soient superposés. Le corps d'Alister trembla sous les coups. Il était fixé à la croix, tel un crucifix vivant. Par chance pour lui, il avait perdu conscience.

Les quatre hommes reculèrent pour juger leur travail. Un des bourreaux ne put s'empêcher de se signer.

– Il est mort ? demanda l'autre.

– Non, répondit le chirurgien, il respire encore. Lors d'une crucifixion, on mourait d'asphyxie, pas à cause des plaies.

– Comment ça ?

– L'étirement du corps gênait la respiration, mais la mort mettait longtemps à venir. C'est pourquoi un soldat romain a vérifié en perçant le Christ au flanc.

Il se tourna vers l'Épervier.

– As-tu pensé à la lance ?

Le brigand alla la chercher au fond de la pièce.

– Je l'ai achetée moi-même dans le souk, chez un marchand d'antiquités. C'est une authentique arme romaine.

Le chirurgien indiqua un point précis sur le flanc droit d'Alister.

– Porte le coup de façon légèrement oblique, en direction du cœur. Ici…

L'Épervier pointa son arme.

– Vas-y doucement, il ne faut pas le tuer.

L'Épervier frappa. Le coup laissa échapper un peu de sang et de la lymphe.

– C'est terminé, dit le chirurgien.

C'était le seul, visiblement, à n'avoir pas trouvé la séance éprouvante. Les autres, qui étaient baptisés, avaient comme le sentiment d'avoir commis un sacrilège.

– Que fait-on à présent ? demanda l'Épervier. On le décloue ?

– Non, demain. Laissons le corps travailler.

– Alors allons dîner, dit l'Épervier. J'ai un excellent vin qui m'arrive du Liban.

9

Ulysse et ses compagnons traversèrent la ville d'Édimbourg au crépuscule et arrivèrent au port de Leith à la tombée de la nuit.

– Que de bateaux ! s'exclama Sibylle.

– Ils desservent toute l'Europe, précisa Ulysse. Certains vont même en Russie.

Il essaya de déchiffrer la lettre que lui avait remise Alan Durward, mais le crépuscule ne lui facilitait pas la tâche.

– Donne, je connais bien l'écriture de mon père et j'ai de bons yeux !

Ulysse lui tendit la missive.

– C'est le *Bellérophon*. Je vais le chercher.

Elle mit son cheval au petit trot le long du port.

– Elle peut lire les noms des navires, lancée à cette vitesse ?

– Mieux que toi et moi, en tout cas, répliqua Ulysse en souriant.

Parvenue au bout du port, elle leur fit signe. Ulysse et Kostandin la rejoignirent devant le bateau.

– Ohé ! cria Kostandin.

Le capitaine en second apparut.

– Qui êtes-vous ?

– J'ai une lettre de sir Alan Durward pour votre capitaine.

Le second déchiffra le parchemin.

– Attendez ici.

– Inutile, dit une voix aux accents rauques. Je connais bien sir Alan et je le retrouve sur le visage de cette belle fille. Montez, mes amis, avec vos chevaux.

– Merci, capitaine. Je suis Ulysse Cameron de Bath et voici mon écuyer, Kostandin.

Le capitaine se montra surpris à l'énoncé de son nom.

– Cameron de Bath, ce n'est pas un nom courant. Seriez-vous lié au moine bénédictin Adélard de Bath ?

– Oui, c'est un de mes ancêtres, celui dont je suis le plus fier.

Le marin siffla entre ses dents.

– Un bel érudit ! Je n'en ai pas l'air, mais il m'arrive parfois de lire un peu de philosophie pendant les longues traversées. Je suis très honoré de recevoir à mon bord le descendant d'Adélard de Bath.

Kostandin, aidé de Sibylle, fit monter les chevaux. Elle chuchota à son oreille :

– Qui était cet Adélard ?

– Pose la question à Ulysse, vous ferez mieux connaissance.

Le bateau leva l'ancre peu de temps après. Il partait livrer des marchandises dans la péninsule du Jutland. Sibylle rejoignit Ulysse, accoudé au bastingage.

– Qui était cet Adélard dont parlait le capitaine ?

– Tu t'intéresses aussi à la philosophie ?

Elle se rebiffa, comme s'il la traitait d'inculte.

– Et pourquoi pas ? Mon père possède une grande bibliothèque dans son château. Quand j'étais jeune, nous allions feuilleter ses livres avec Alister. C'est mon frère qui m'a appris à lire. Je ne comprends pas grand-chose à la philosophie, mais j'aime la géographie et les sciences de la nature. Sais-tu que les anciens Grecs pensaient que la Terre est ronde comme une boule ?

– À vrai dire, je ne me suis jamais posé la question.

Elle le taquina un peu.

– Tu n'aimes pas qu'on discute tes itinéraires, mais tu ne sais même pas si la Terre est ronde ?

– Mon aïeul t'aurait donné la réponse. Je sais seulement qu'il a beaucoup étudié les écrits scientifiques des Arabes, qui les tenaient eux-mêmes des anciens Grecs. Il a traduit en latin plusieurs traités sur la géométrie et les mathématiques.

– Ton oncle parlait aussi l'arabe ?

– Couramment, à ce qu'on m'a dit. Il tenait leurs savants en haute estime. Adélard considérait que l'entendement divin était équitablement partagé entre les trois religions du Livre.

– Il n'a jamais eu d'ennuis avec les évêques ?

– On l'a critiqué, mais tous ses pairs reconnaissaient son immense culture. Tout en regrettant son ouverture d'esprit, comme si l'une pouvait aller sans l'autre !

– Et toi, qu'en penses-tu ?

– Je pense que Dieu ne fait pas de distinction entre ses enfants. Les mahométans sont nos adversaires, mais pas des suppôts de Satan comme nos curés le répètent trop souvent.

Elle l'embrassa sur la joue.

– J'aime les gens intelligents, dit-elle. Comme mon père, Alister et toi.

Il parut étonné.

– Bien que je ne sache pas si la Terre est ronde ?

– Au diable la Terre ! Je sais reconnaître l'intelligence, quand elle éclaire un visage.

10

Saisissant avec précaution le corps d'Alister, les bourreaux l'emportèrent à l'étage. Tous les meubles avaient été repoussés contre les murs. Au sol, on avait étalé un grand drap de lin, long de deux toises et large de deux coudées. Le chirurgien examina le tissu de près.

– Ce linge n'a qu'un défaut, il est trop propre. Il faudrait le salir un peu, pour lui donner l'aspect d'un linge antique.

– Je m'en occupe, dit l'Épervier.

– Non ! Laisse-moi faire. J'en ai pour quelques heures.

Quand ce fut terminé, ils disposèrent le corps d'Alister Durward dans l'axe du drap, les mains croisées sur le pubis. Puis le chirurgien recouvrit la partie avant de son corps avec le drap.

– Je devine la suite, lança l'Épervier : nous appuyons bien fort sur le drap et l'image de notre faux Christ s'imprime dessus, comme une sorte de décalque.

– Et tu n'obtiendras rien ! railla le chirurgien. C'est un peu plus compliqué que ça. Regarde ce que je fais…

Il se saisit d'un chiffon et d'une coupe d'eau, puis s'agenouilla devant le corps. Après avoir trempé son chiffon dans l'eau, il tamponna le visage d'Alister.

– Nous allons commencer par humecter l'ensemble du corps sur les deux faces, comme ceci…

À mesure qu'il tamponnait le visage sous le drap, celui-ci prit la forme du crucifié.

– C'est bien compris ?

– D'accord, c'est facile.

– C'est facile, mais c'est fatigant. Je prends la partie haute du corps. Toi, l'Épervier, prends le thorax et le ventre. Brice, les bras. Et toi, Clotaire, les jambes. Surtout ne posez pas vos mains sur le drap, vous y laisseriez des traces et tout serait fichu.

Tous s'y mirent, à demi accroupis sur le corps supplicié d'Alister Durward. L'Épervier et ses deux hommes ne cessaient de bougonner, ce que le chirurgien trouvait insupportable. Il vérifiait chaque détail.

– Pas trop d'eau, surtout. Il suffit d'humidifier légèrement, comme je le fais.

Quand la face avant du corps fut terminée, on retourna le blessé, couvert cette fois par l'autre pan du suaire.

– C'est un travail de femme, protesta l'Épervier.

Cette fois, le chirurgien haussa le ton.

– Veux-tu qu'on aboutisse, oui ou non ? Qui d'autre que nous peut accomplir cette tâche ? C'est une opération indispensable, qui conditionne la suite.

L'Épervier, honteux, tenta de le calmer.

– C'est bon, c'est bon, ne t'énerve pas.

Il se dit qu'une fois le travail fini, un bon coup de couteau dans le dos…

– Je sais à quoi tu penses, misérable, grinça le chirurgien. Tu auras encore besoin de moi pour vendre ce linge.

– Mais je ne…

– Tais-toi et travaille !

Quand ce fut terminé, le chirurgien se leva le premier.

– Laissons-le sécher au moins une journée entière.

– Et si on créait un courant d'air ? proposa le nommé Clotaire.

– Bonne idée. Ouvrez la porte et la fenêtre. Mais attention au vent, qui pourrait déposer de la poussière.

– On le laisse sur le dos ?

– Oui. Quand il sera sec, on le retournera. À présent, allons à la cuisine.

Un feu brûlait dans la cheminée, au-dessus duquel pendait une marmite pleine d'eau.

– Clotaire, as-tu les os ?

Le brigand ouvrit un sac de jute, qui contenait les os de six poulets. Le chirurgien les déposa dans une écuelle. Puis il saisit dans son sac un pilon en pierre.

– Vous trouverez dans le même sac des pilons identiques. Il faut écraser les os, jusqu'à former une poudre très fine. Allez, au travail !

En soupirant, l'Épervier et ses deux hommes s'exécutèrent. Le chirurgien éprouvait un malin plaisir à les voir broyer leurs os.

– C'est plus dur que de trucider les gens pour les détrousser, hein, l'Épervier ?

L'autre émit un grognement.

Quand ils eurent fini, le chirurgien dispersa le broyat d'os de poulet dans la marmite.

– On va les laisser bouillir pendant douze heures.

Le lendemain matin, la colle était prête. Ils retournèrent dans la salle où reposait le corps d'Alister. Le chirurgien ouvrit un petit sac de cuir, fermé par un cordon.

– Maintenant, le plus délicat…

Dans le sac, il y avait une poudre très fine que le chirurgien saisit du bout des doigts.

– J'ai ici un pigment d'ocre rouge, qui contient de l'oxyde de fer. Je vais le mélanger par petites quantités à la colle, qui servira de liant.

Les autres l'observèrent préparer soigneusement le mélange dans une petite coupe en céramique.

– À présent, je prends un chiffon propre...

Il trempa le chiffon dans le mélange, puis se positionna au-dessus de la poitrine d'Alister et tamponna délicatement le drap qui la recouvrait.

– On ne peut pas frotter ? demanda l'Épervier. Ça irait plus vite.

– Non ! Ce serait le meilleur moyen de donner à notre suaire l'allure d'une peinture. Il faut tapoter, juste tapoter. Je sais que c'est fastidieux, mais j'ai bien étudié le sujet. Nous n'y arriverons qu'ainsi, sans quoi notre linceul ne vaudra rien. Divisons-nous le travail, comme ce matin. Après, on traitera l'autre face.

– Et ce sera fini ?

– Presque. Si le travail a été bien fait, il fera illusion et nous pourrons le mettre sur le marché des reliques.

– Combien en tirerons-nous ?

– Tout dépend de la finition. Si elle est très bonne, ce linge peut valoir une fortune. J'ai vu d'autres faux suaires, exposés dans des églises. Quand ce n'étaient pas de simples peintures, les faussaires utilisaient un bas-relief, pas un être vivant. La vie, les taches de vrai sang, voilà ce qui fera le prix du nôtre. Et l'homme que vous avez trouvé est si ressemblant !

Ils firent sécher le drap pendant une journée entière, en laissant passer un léger courant d'air. Mais quand le chirurgien revint pour l'examiner, il fut pris d'un doute.

– Étendez le suaire sur un fil.

Inquiets, l'Épervier et ses hommes s'exécutèrent. Le chirurgien s'approcha du linge et fronça les sourcils.

– Ah, les imbéciles !

– Qu'y a-t-il, chirurgien ?

– Tes hommes, ces abrutis, ne m'ont pas écouté ! Par endroits, le pigment a été frotté.

– Et c'est grave ?

– Évidemment, c'est grave ! rugit le chirurgien. Tel qu'il est, le suaire ne vaut rien. Le premier évêque venu vous dira qu'il a été peint. Maladroitement, en plus.

Comme des enfants, Brice et Clotaire se rejetèrent mutuellement la faute.

– Taisez-vous ! ordonna leur chef. Qu'est-ce qu'on fait ?

– Il faut tout recommencer. Je dois d'abord me procurer un nouveau drap de lin et d'autres pigments d'ocre rouge à Antioche. Ensuite, je reprendrai le travail à zéro. Mais cette fois, seul.

L'Épervier trouvait que son complice était bien difficile.

– On ne peut pas acheter un drap de lin et des pigments au souk ?

Le chirurgien se releva dans un mouvement de colère et fit mine de s'en aller.

– Si tu veux, remplace-moi. Vous ferez un faux qui ferait rire un enfant !

L'Épervier eut un geste d'apaisement.

– Très bien, pars à Antioche…

Il se tourna, soucieux, vers Alister qui gémissait faiblement.

– Mais comment allons-nous garder ce pauvre type vivant ? Dans l'état où il est, ce n'est pas gagné.

– Débrouillez-vous. Donnez-lui des soins, faites ce que vous voulez. Mais je ne veux pas travailler sur un cadavre !

11

À présent Ulysse, Kostandin et Sibylle chevauchaient vers l'Italie. Ils allaient à bonne vitesse, dormant peu et se limitant à de courtes pauses. Les relations entre les trois compagnons de voyage se firent plus simples, plus naturelles. À tel point que Sibylle, oubliant parfois qu'elle voyageait avec deux hommes, n'hésitait plus à se dévêtir devant eux.

Un soir, Ulysse remarqua le regard concupiscent que Kostandin portait sur elle. Il entraîna son écuyer à l'écart.

– Ne la regarde pas comme ça, mon ami, ce n'est pas bien.

– C'est une belle fille, Ulysse, où est le mal ? Toi aussi, tu avais les yeux sur elle.

Ulysse devait reconnaître qu'il avait raison.

– À force de nous battre en Palestine pour libérer le tombeau du Christ, ajouta Kostandin, nous avons oublié les femmes. Aujourd'hui, elles se rappellent à nous.

– Je vais lui parler, décida Ulysse.

La jeune fille était en train de ranimer le feu avant de se coucher.

– Où étiez-vous, tous les deux ? Je vous ai cherchés.

Ulysse se pencha vers elle.

– Sibylle, veux-tu faire quelques pas avec moi ?

Un peu surprise, elle se leva et le suivit.

– Quelque chose ne va pas, Ulysse ?

– C'est que, euh... nous avons discuté de toi avec Kostandin.

– Ah ?

– Tu es une belle fille, Sibylle. Et nous sommes deux hommes.

Elle commençait à comprendre.

– Et alors ? Vous allez me sauter dessus ?

– Bien sûr que non. Mais nous avons une mission à accomplir, nous ne devons pas nous laisser distraire par quoi que ce soit d'autre. C'est pourquoi je te demande, à l'avenir, de rester pudique en notre présence.

Elle rougit jusqu'aux oreilles.

– Je ne le suis pas ? Avec mon frère, on se baignait nus dans la rivière, on n'en faisait pas des histoires.

– Nous ne sommes pas tes frères ! Je peux me mettre nu devant Kostandin, mais pas toi. Tu comprends ?

– Je crois, oui. Tu peux compter sur moi, Ulysse. C'est que... je commençais à me sentir comme une égale avec vous deux.

– Tu l'es, mais tu es une femme aussi. Va te coucher, maintenant.

Elle obéit, mais prit sa couverture et alla s'étendre plus loin dans la forêt.

– Ne t'éloigne pas trop du feu quand même, lui conseilla Kostandin, à cause des bêtes.

– Allez en enfer, tous les deux !

Kostandin se tourna vers Ulysse, l'œil moqueur.

– Je vois, maître, que tu sais bien parler aux femmes !

Ulysse lui tourna le dos. Cette nuit-là, il ne trouva pas le sommeil.

Le lendemain, ils passèrent le fleuve Pô, puis s'approchèrent de Bologne. La scène pénible de la veille avait jeté un froid au sein du trio. Les plaisanteries de Kostandin tombaient à plat,

Sibylle évitait de croiser le regard d'Ulysse. Dans un village, ils rencontrèrent des saltimbanques, qui annonçaient une grande fête sur la Piazza Maggiore.

– C'est la fête du vin, messires. Vous ne pouvez pas manquer ça !

En dépit de l'urgence de leur mission, Ulysse songea que ce serait le bon moyen de dégeler leurs relations.

– Veux-tu y faire un tour ?

Elle resta de marbre.

– Non. Plus vite nous serons à Lucques, mieux ce sera.

– Eh bien moi, j'assisterais volontiers à cette fête du vin ! répliqua Kostandin.

Sibylle ne répondit rien. Ils laissèrent leurs chevaux à l'entrée de la ville et gagnèrent à pied la place centrale. Une foule joyeuse s'agitait sur la piazza, ornée de belles colonnades. Des viticulteurs étaient venus de toute l'Italie et même de France, pour faire connaître leurs crus. Kostandin, qui parlait un peu d'italien, ne tarda pas à goûter les spécialités du coin.

– Le vin de Toscane est fameux, mes amis !

Ulysse y goûta aussi, mais il gardait un œil sur Sibylle.

– Ne t'éloigne pas trop, tu pourrais te perdre.

Elle fit comme si elle n'avait pas entendu. Kostandin chuchota un conseil à son ami.

– Lâche-lui la bride, Ulysse, ce n'est plus une enfant. Viens plutôt goûter ce bon vin de France.

Sur les étals, il y avait aussi des soieries délicates, des draps des Flandres, des épices venues d'Orient, des fourrures de Russie. Sibylle, qui se laissait porter par la foule, était fascinée par les beaux atours des bourgeoises de la ville. Des acrobates, des magiciens et des jongleurs sillonnaient la fête en proposant leurs tours. Ulysse la surveillait de loin. Elle lui fit signe de venir, elle semblait avoir retrouvé sa bonne humeur.

– Je n'ai rien connu de pareil. L'Écosse est si triste, en comparaison !

Il était heureux de la voir ainsi, au point qu'il l'aurait volontiers serrée dans ses bras. Sibylle était si pleine de vie, si spontanée, que… Il essaya de penser à autre chose. Kostandin avait raison, la croisade leur avait fait oublier qu'ils étaient aussi des hommes.

Un marchand de bijoux capta l'attention de la jeune fille.

– Belle dame, que pensez-vous de ce pendentif ?

Il lui tendit un collier en cuir, avec un médaillon orné.

– Quel est ce motif ?

– L'arbre de vie, celui du jardin d'Adam et Ève. Votre Adam voudra-t-il vous l'offrir ? dit-il en désignant Ulysse.

– Je ne suis pas son Adam.

– Mon Cerbère, plutôt !

Elle avait répondu sur le ton de la plaisanterie, mais Ulysse se renfrogna. Elle saisit un autre collier.

– Je préfère celui-ci, il est mieux ouvragé.

– C'est une chouette celtique. Voyez comme les yeux sont bien imités.

Le collier lui allait à ravir. Pour en apprécier l'effet, elle détacha sa chevelure, qui retomba librement sur ses épaules. Elle était resplendissante. Kostandin, qui les avait rejoints, ne put retenir son admiration.

– Je retourne boire à la plus jolie fille des Highlands !

Ulysse l'arrêta.

– Tu as assez bu.

Sibylle acquit aussi un bracelet décoré de motifs celtiques, qui formait avec le collier un ensemble harmonieux. Elle discuta du prix avec le marchand et sortit une pièce d'or de sa bourse. L'œil d'Ulysse, exercé à repérer le danger, remarqua immédiatement quelques regards intéressés dans la foule. Il s'approcha de Sibylle et lui demanda de rebrousser chemin. Elle ne comprenait pas sa précipitation.

– Et ma monnaie ?

– Qu'il la garde, ta bourse intéresse trop de gens ici. Ne nous attardons pas.

Kostandin approuva.

Ils regagnèrent leurs chevaux en silence et quittèrent Bologne au petit trot. C'était une belle journée de printemps, le soleil était doux. Ulysse arrêta sa monture.

– Ici, nous serons en sécurité.

– Mangez sans moi, proposa Sibylle, je vais me laver pour me débarrasser des odeurs du marché. Loin de vous, messires, pour éviter de vous choquer !

Kostandin adressa un sourire complice à Ulysse.

– Un fier caractère, hein ?

– J'aimerais seulement qu'elle ne s'éloigne pas trop, s'inquiéta Ulysse.

Sibylle, attentive depuis son enfance aux bruits de la nature, avait remarqué un petit cours d'eau qui serpentait dans un coin de la forêt où le soleil jouait avec les ombres des bouleaux. Elle commença à se déshabiller.

– Ne bouge plus !

L'intrus pointait vers elle une dague effilée. C'était un tout jeune homme, peu habitué à ce genre d'exercice. Sibylle nota qu'il tremblait en tenant son arme. Ulysse avait raison, elle avait été imprudente. Le voleur les avait suivis à distance et avait attendu qu'elle soit seule pour l'agresser. Un enseignement de son père lui vint à l'esprit : devant un cheval effrayé, garde ton calme. C'est ce qu'elle fit.

– Mes amis ne sont pas loin, menaça-t-elle. Et ce sont des croisés.

Tout en parlant, elle s'avança tranquillement vers lui, ce qui le fit reculer et accentua sa nervosité.

– Si tu appelles, je t'égorge ! Donne-moi ta bourse et tout se passera bien.

Sibylle fit un pas de plus vers lui. Cette fois, elle haussa le ton.

– Tu veux ma bourse ? Eh bien, viens la chercher !

– Tais-toi, petite folle !

Non loin de là, Kostandin tendit l'oreille. D'un geste, il alerta Ulysse en posant un doigt sur sa bouche. À pas de loup, les deux hommes suivirent les traces de Sibylle. Cachés derrière les arbres, ils comprirent immédiatement la situation. Ulysse mit la main sur son épée, mais Kostandin l'arrêta.

Sibylle continuait d'avancer vers le voleur, qui reculait en tremblant de plus belle. Ce qui arriva ensuite fut totalement inattendu. D'une main, la jeune fille immobilisa le poignet qui tenait la dague. De l'autre, elle saisit la tunique du voleur et l'entraîna vers elle en se renversant en arrière. Dans le même mouvement, elle lança sa jambe droite contre son ventre et le fit culbuter, avec un bruit mat, contre un gros chêne. Puis elle se dressa comme un ressort, saisit la dague et la planta profondément dans la cuisse de l'intrus. Le tout s'était déroulé en une poignée de secondes.

L'homme poussa un hurlement de douleur. C'est alors qu'Ulysse et Kostandin, armes à la main, firent leur apparition. Le géant arménien se pencha sur le voleur et retira la dague de sa jambe d'un coup sec. Il la planta aussitôt dans l'autre jambe, jusqu'à la garde.

– À l'avenir, mon gars, tu continueras à voler avec des béquilles !

Par réflexe, Sibylle courut se réfugier dans les bras d'Ulysse, qui la raccompagna vers leurs chevaux. Il lui tendit sa gourde.

– Tu as pris des risques. Un voleur plus expérimenté aurait pu t'égorger. Où as-tu appris cette forme de lutte ?

– C'est Alister. Il avait été initié par un maître persan venu du Levant.

Sa respiration s'était faite plus courte et sa voix tremblait. Elle avait eu très peur, mais pensa qu'Alister, s'il avait pu la voir, aurait été fier d'elle.

12

Loin de là, dans une maison abandonnée sur les hauteurs de Safed, Clotaire alla vérifier l'état de santé d'Alister Durward. Pour améliorer son confort, ils l'avaient installé sur une couche dans la grande salle, à proximité du feu de cheminée.

– Tiens, « Jésus », de la soupe de légumes comme en faisait ma propre mère !

Il lui présenta aussi une écuelle.

– Et dans cette assiette, de la viande rôtie avec des pois. Nous l'avons découpée en tout petits morceaux, pour que tu puisses mieux la mâcher.

Il approcha l'écuelle du nez d'Alister.

– Sens-moi ça, pour t'ouvrir l'appétit.

Alister ne broncha pas. Clotaire, inquiet, haussa le ton.

– Eh, Jésus, je t'ai parlé ! Je t'apporte un repas fin et tu ne me remercies pas ?

Aucune réponse. Clotaire lui tâta la poitrine. Ne sentant rien, il posa son oreille directement contre le cœur d'Alister. Il ne savait trop qu'en conclure. Il se leva et courut dans la cuisine, où Brice et l'Épervier déjeunaient.

– Chef, j'ai un mauvais pressentiment…

– Explique-toi, répondit l'Épervier, la bouche pleine.

– Notre Jésus… je crois qu'il est mort.

– Tudieu ! hurla l'Épervier.

Il se leva d'un bond et alla vérifier par lui-même.

– Le cœur bat encore, mais si faiblement que…

Il se releva, pensif.

– Si nous le perdons, nous perdons des montagnes d'or. Et le chirurgien va nous injurier à son retour d'Antioche.

Il tourna en rond, cherchant une idée.

– Clotaire, prends ton cheval et galope jusqu'à Saint-Jean-d'Acre. Rends-toi chez Barthélemi le Défroqué, dis-lui que nous devons ranimer un mourant à tout prix. Précise bien « à tout prix », il comprendra.

Moins de trois heures plus tard, Clotaire ramena un petit homme à la barbe blanche, vêtu comme un prêtre. Il avait été déchu de son office pour s'être commis dans une orgie, dans les bas-fonds d'Acre. Depuis, il jouait les médecins à tout faire, qu'on allait consulter quand il fallait recoudre une blessure ou soigner une jambe cassée.

– Barthélemi, aboya l'Épervier, remets-moi ce malade sur pied !

Le Défroqué fut stupéfait en découvrant l'état d'Alister.

– Que lui avez-vous fait ? On dirait…

– Ne t'occupe pas de son apparence. On l'a torturé pour lui faire avouer où il a caché son or, mentit l'Épervier. On a un peu forcé sur l'interrogatoire. S'il meurt, il emportera son secret dans la tombe.

L'auscultation du Défroqué ne fut pas longue. Il dodelina de la tête.

– Je n'entends presque plus le cœur, il passera avant demain.

– Tu es médecin, oui ou non ? cria l'Épervier. Donne-lui un remède de cheval !

Une idée jaillit alors dans l'esprit du Défroqué.

– Je sais ce qu'il lui faut. Allez me chercher de l'ail, beaucoup d'ail. Et aussi du thym, de l'huile de foie de morue, des graines de lin, du vinaigre de cidre et de l'huile d'amande douce.

Les hommes de main s'exécutèrent.

– Es-tu certain de ce que tu fais, au moins ? s'inquiéta l'Épervier.

– La dernière fois que j'ai donné ce remède à un cheval, il est parti au galop sans jamais s'arrêter. On ne l'a jamais retrouvé !

Dans la cuisine, le Défroqué mélangea scrupuleusement tous les ingrédients. Il goûta sa préparation du bout de la langue.

– Je vais rajouter de l'ail.

– Un peu de vin aussi ? demanda l'Épervier.

– Vas-y, ça ne peut pas faire de mal.

Sa décoction prête, il en emplit un gobelet. Délicatement, il releva la tête du blessé et approcha le verre de ses lèvres, mais Alister resta inerte.

– Bon, faisons comme avec les enfants !

Il boucha le nez d'Alister et lui fit ingurgiter son breuvage.

– Laissons-le reposer à présent. Nous constaterons le résultat dans une heure.

– Viens partager notre repas, Défroqué.

Une heure après, ils entendirent un hurlement de douleur.

– C'est lui !

Ils se précipitèrent. Alister était si agité qu'ils durent se mettre à trois pour le maîtriser. Barthélemi le Défroqué posa à nouveau l'oreille contre sa poitrine.

– Le cœur bat plus vite, le pouls aussi. Quand je vous disais que mon remède le ferait galoper !

13

Lorsque le trio entra en Toscane, Sibylle pensa immédiatement à ces gravures qui la faisaient rêver quand elle feuilletait les livres de son père. La plupart des sites qu'ils traversaient semblaient composés par un peintre. Des bosquets de cyprès décoraient agréablement des collines vallonnées, des oliviers centenaires bordaient les chemins de terre. Souvent, le paysage s'agrémentait de vignes où mûrissait un beau raisin noir. Kostandin lui apprit le nom du vin qu'on faisait ici : le chianti.

Ils contournèrent Florence et obliquèrent vers l'ouest en direction de Lucques, leur destination. Tout à coup, la ville apparut en contrebas. Lucques était une république indépendante, qui disposait de sa propre administration. Derrière ses fortifications, on devinait de nombreuses églises, dominées par une cathédrale de marbre blanc, le Duomo di San Martino, dédié à saint Martin de Tours.

Avant d'entrer dans la ville, Ulysse alla fouiller dans leurs bagages. Il en sortit une tunique à capuche, taillée dans une étoffe grossière.

– Nous arrivons à Lucques, dit-il à Sibylle. Pour la suite de notre mission, il ne serait pas décent de te montrer avec un habit d'homme, tu attirerais l'attention. Enfile ça !

Sibylle la saisit de mauvaise grâce. Elle la renifla.

– Il sent mauvais, ton habit.

– C'est possible, je le traîne depuis longtemps, je le porte quand il pleut. Nous t'en achèterons un autre plus tard, mais pour le moment c'est tout cc que j'ai. Quand je te le dirai, tu rabattras la capuche, nous te ferons passer pour notre écuyer.

– Dois-je aussi tondre mes cheveux ? demanda-t-elle froidement.

– Remonte-les et attache-les.

C'est ce qu'elle fit.

– Devrai-je également changer ma voix ?

– Non, mais parle le moins possible !

Elle haussa les épaules. Ulysse remonta sur son cheval.

– En route !

Ils prirent la direction de la cathédrale, près de laquelle se dressait un long campanile de briques, qui semblait plus ancien.

– La façade ressemble à de la dentelle, s'écria Sibylle, émerveillée.

Trois galeries superposées étaient garnies de nombreuses colonnettes qui donnaient à l'édifice une légèreté incomparable. De part et d'autre du portail, des sculptures évoquaient la déposition de la Vierge et l'Annonciation.

– Que de monde ! lança Kostandin.

Devant le portail, une foule importante était canalisée par des moines à la forte carrure. Ulysse, Sibylle et Kostandin entrèrent à leur suite. Une file s'était formée devant une petite chapelle intérieure.

– Je pense qu'ils sont venus adorer une relique, dit Ulysse.

Kostandin haussa les épaules.

– Un bout d'os ou un morceau de chiffon censé avoir appartenu à un saint. Que ces malheureux sont naïfs !

– Ne parle pas comme ça, Kostandin, répliqua Sibylle. C'est la foi qui compte, pas le morceau de chiffon.

Ulysse ignora la foule qui patientait devant la chapelle. Il s'approcha d'un moine et lui montra la lettre qu'Alan Durward avait écrite à l'intention de l'évêque. Le moine approuva. Ulysse appela ses amis.

– Venez, il va nous conduire.

Ils contournèrent les dizaines de fidèles qui, tout en priant à voix haute, pénétraient au compte-gouttes à l'intérieur de la chapelle. Certains avaient des béquilles, d'autres venaient avec un enfant malade ou paralysé, en quête d'une guérison miraculeuse. Sibylle les observa avec curiosité.

– Depuis combien de temps sont-ils là ?

– Certains depuis l'aube, répondit le moine.

Il précéda le trio dans un dédale de couloirs et d'escaliers. Puis il frappa à une porte.

– Oui ? dit une voix étouffée.

– Monseigneur, ces trois personnes ont voyagé depuis l'Écosse pour vous rencontrer. Ils se recommandent de sir Alan Durward.

– Ah ! Fais-les entrer.

Assis au fond de la pièce, l'évêque Paganello da Porcari avait atteint un âge très avancé. Il se leva avec difficulté et accueillit ses visiteurs avec un large sourire.

– Êtes-vous apparentés à sir Alan ?

– Je suis sa fille, dit-elle.

Ulysse lui tendit sa lettre d'introduction.

– Voici un écrit de la main de son père.

L'évêque parcourut rapidement la missive.

– Nous nous sommes bien connus au Liban, il y a une quinzaine d'années. Et lui, comment va-t-il ?

– Il se porte bien, monseigneur, mais nous avons des inquiétudes pour son fils.

– Alister ?

– Nous n'en avons plus de nouvelles, nous sommes très inquiets.

Cette nouvelle sembla plonger l'évêque dans un franc désarroi.

– Racontez-moi, mes enfants.

Ils prirent place autour d'un *scriptorium*, une écritoire qui tenait lieu de bureau. Ulysse résuma la situation. À mesure qu'il parlait, Sibylle vit l'évêque blêmir.

– Il semblerait, monseigneur, que vous ayez chargé Alister Durward d'une mission à Saint-Jean-d'Acre. Est-ce vrai ?

L'évêque ferma les yeux et garda le silence pendant quelques secondes. Puis il se décida à parler.

– Je supposais que cette négociation serait sans danger…

Sibylle insista.

– Si vous nous racontiez tout depuis le début ?

– Il y a quelques mois, en effet, j'ai rencontré votre frère, à l'endroit précis où nous sommes aujourd'hui…

14

Des mois plus tôt, Alister Durward était venu de Modène, où il avait vendu un bien de son père. Il comptait s'embarquer pour la Terre sainte à Rimini et s'était arrêté un moment dans la cathédrale de Lucques. Il avait demandé à saluer l'évêque Paganello da Porcari, qui fut heureux de le rencontrer.

– Je voudrais vous transmettre un bonjour chaleureux de mon père, monseigneur.

– Adresse-lui ma bénédiction, Alister. Tu t'embarques pour la Palestine, m'a-t-on dit ?

– C'est exact, monseigneur. Auparavant, avec votre permission, je voudrais me recueillir un instant devant le *Volto Santo*. J'en ai tellement entendu parler…

L'évêque baissa la tête, comme s'il paraissait ennuyé.

– Le *Volto Santo*, oui, bien sûr…

C'était une des plus célèbres reliques d'Italie. Conservée dans la cathédrale de Lucques, elle avait été ramenée de Terre sainte après la première croisade. Ce crucifix en bois de cèdre façonné, disait-on, par saint Nicodème après la crucifixion de Jésus, exprimait si bien la souffrance et la compassion du Seigneur qu'on le disait *acheiropoïète*, c'est-à-dire sculpté par les anges. Alister constata la gêne de l'évêque sans la comprendre.

– Quelque chose ne va pas, monseigneur ?

Le prélat ferma les yeux et sembla méditer. Puis il fixa Alister droit dans les yeux.

– Alister, c'est le Seigneur qui t'envoie ! Puis-je te parler franchement ?

– Bien entendu.

– Depuis longtemps, je cherche un chevalier suffisamment expérimenté à qui je pourrais confier une mission très délicate. Malheureusement, ceux que j'ai rencontrés jusqu'ici m'ont paru peu dignes de foi. Toi, c'est différent, tu es le fils de ce cher Alan Durward, en qui j'ai toute confiance. En plus, tu pars pour la Palestine.

Alister ne comprenait toujours pas où monseigneur Paganello da Porcari voulait en venir. Le vieil homme se leva et, d'un pas encore alerte malgré son âge, lui fit signe de le suivre. Ils redescendirent vers la nef principale, où se trouvait la chapelle du *Volto Santo.* C'était un petit kiosque en marbre, campé sur huit colonnes et coiffé d'un dôme ouvragé. L'évêque continua à voix basse :

– À cette heure nous serons tranquilles, la cathédrale vient de fermer. Mais dans une heure, les fidèles viendront adorer la relique.

Il ouvrit une châsse vitrée. À l'intérieur, on pouvait voir le fameux crucifix. Alister se signa et joignit les mains pour prononcer une prière, mais l'ecclésiastique l'arrêta.

– Ne te fatigue pas, mon ami. Cette relique est un faux !

Alister eut un mouvement de recul.

– Un faux ?

– Une bonne copie, mais une copie. Pour un œil exercé, le doute n'est pas possible. Celui qui a rapporté cette relique de Judée voulait juste faire une bonne affaire.

L'évêque ouvrit le crucifix par le milieu. À l'intérieur, on voyait une ampoule contenant un coton imbibé de sang, un gros clou et quelques épines.

– Le marchand vendait quatre reliques en une seule. Toutes fausses, évidemment, mais il en a tiré un très bon prix auprès de mon prédécesseur à Lucques.

Alister avait du mal à en croire ses oreilles.

– Les fidèles qui viennent dans cette cathédrale adorent donc un faux depuis deux siècles ?

– Oui et c'est bien triste. Ils lui attribuent aussi des miracles qui n'existent que dans leur imagination. Mais aucun évêque de Lucques n'a eu le courage d'avouer la vérité. C'est que l'adoration du crucifix rapporte au diocèse une véritable fortune. Aujourd'hui, je voudrais mettre un terme à cette imposture. Un jour, un fidèle plus malin que les autres découvrira la vérité et la dénoncera publiquement. Cette situation serait catastrophique pour le diocèse, elle atteindrait la crédibilité de l'Église elle-même. C'est pourquoi j'ai besoin de toi, Alister Durward.

– Mais comment pourrais-je vous aider, monseigneur ?

– Je sais, par divers témoignages, que l'original du *Volto Santo* existe vraiment. Il aurait été volé dans le trésor de Constantinople et serait aujourd'hui entre les mains d'un trafiquant de reliques qui se fait appeler l'Épervier. Puisque tu te rends à Saint-Jean-d'Acre, prends contact avec lui, dis-lui que je suis disposé à payer quinze mille livres pour acquérir l'original du *Volto Santo*.

C'était une somme considérable, sans doute tout ce que possédait le diocèse. L'évêque se fit alors presque suppliant.

– Tu comprends pourquoi je cherchais un homme de confiance ? Je t'ai confié un lourd secret et tu emporteras cette somme avec toi. Accepte, Alister. Pas pour moi, mais pour le bien de l'Église. Je voudrais mourir en paix, en sachant que le vrai crucifix a remplacé cette misérable copie. Accepte, je t'en prie !

*

Le récit de l'évêque avait tout éclairci.

– La suite, dit Ulysse, nous la connaissons grâce à la lettre du maître du Temple : Alister a pris contact avec l'Épervier, puis a disparu.

– On lui aurait volé l'argent ?

– Mon frère n'est pas un naïf, répliqua Sibylle. Il aurait attendu de disposer du crucifix pour payer l'Épervier. Il s'est donc passé quelque chose que nous ignorons.

L'évêque semblait presque soulagé par son aveu.

– Voilà, mes amis, tout ce que je puis vous dire. Je m'inquiétais du silence d'Alister, je pensais que son enquête rencontrait des difficultés, qu'il ne tarderait pas à me donner des nouvelles. Mais les distances sont grandes, entre Lucques et Saint-Jean-d'Acre. Je suis heureux que vous preniez cette affaire en mains. Je serais bouleversé si, à cause de moi, Alister…

– Nous le retrouverons, monseigneur, le rassura Sibylle.

– Merci, mes enfants, que Dieu vous accompagne. Je vais descendre avec vous.

Ils regagnèrent la nef de la cathédrale. Le dignitaire s'adressa à l'un de ses moines.

– Alfonso, tu peux ouvrir les portes !

– J'y vais, monseigneur, ils sont des centaines à trépigner dehors !

À peine la cathédrale ouverte, une foule de pèlerins se précipita vers la chapelle, en proie à une étonnante ferveur.

– Vous imaginez, dit l'évêque, s'ils apprenaient qu'ils adorent un faux ?

– Je comprends, monseigneur. Nous n'avons qu'un impératif, à présent : retrouver Alister Durward vivant, rien d'autre.

– Je vous bénis tous les trois.

Ils se dirigèrent vers la sortie, mais le prélat les rappela.

– Oui, monseigneur ?

– Pour vous rendre à Saint-Jean-d'Acre, prenez plutôt le bateau. Une nouvelle croisade est en train de se former en Italie du Nord, ils vont gagner Acre par la terre. Vous avez entendu parler de la croisade populaire de Pierre l'Ermite ?

– Oui, mais c'était il y a deux siècles. On dit qu'ils ont tout saccagé sur leur passage.

– La croisade italienne sera pire encore. Des paysans armés de couteaux et de bâtons veulent massacrer tous les musulmans qu'ils rencontreront. Ne vous trouvez pas sur leur passage.

Ulysse et ses amis décidèrent donc de gagner le port de Rimini, sur la côte est de l'Italie.

– Il faudra trouver un bateau en partance pour Chypre, nous lui demanderons de faire un détour pour nous laisser à Saint-Jean-d'Acre.

Sibylle, elle, avait perdu son optimisme du début. Pour la première fois, Ulysse la sentit un peu découragée.

– Parle-moi franchement, Ulysse. Crois-tu que nous retrouverons mon frère vivant ?

– Je l'espère, mais nous ne gagnerons rien à attendre. Il faut se rendre dès à présent sur place.

Les avertissements de l'évêque se révélèrent fondés : sur leur route, ils croisèrent un petit groupe de pèlerins armés, qui marchait en chantant des hymnes religieux.

– Restons à distance, suggéra Ulysse, ils vont rejoindre le gros de leurs troupes.

– Qu'espèrent-ils faire en Palestine ? demanda Sibylle. Chasser les musulmans ?

– Ils sont exaltés, mais pas fous, rétorqua Kostandin, ils savent bien qu'ils ne pourront rien contre le sultan. Ce qu'ils veulent, c'est tuer, voler et piller. En se réclamant du Christ, ils feront main basse sur tout ce qui peut se vendre. La croisade de Pierre l'Ermite s'est déroulée de la même manière.

– Et comment s'est-elle terminée ?

– Par un massacre. La plupart des pèlerins ont été assassinés par les Turcs, les plus jeunes ont été vendus comme esclaves sur les marchés d'Orient. Je le regrette pour eux, mais ils l'avaient bien cherché !

Comme ils l'avaient prévu, ils n'eurent aucune difficulté à trouver à Rimini un navire partant pour Chypre. Les liaisons avec l'île étaient nombreuses, à présent que les réfugiés venus de Palestine en avaient fait leur terre d'accueil. Ulysse négocia leur passage avec le capitaine, qui se laissa fléchir.

– Je vais livrer des marchandises à Chypre, mais je pourrai vous déposer sur la côte de la Palestine.

– Je préférerais Saint-Jean-d'Acre.

– Avec la flotte du sultan qui y mouille ? Certainement pas ! Je vous débarquerai un peu plus au nord, vous ferez le reste de la route avec vos chevaux.

UN TRÉSOR
DE RELIQUES

15

La nef sur laquelle Ulysse, Sibylle et Kostandin avaient embarqué était une caraque à deux mâts. C'était un modèle courant, généralement utilisé pour le transport de marchandises. Le navire filant à une dizaine de nœuds par heure, le voyage durerait une dizaine de jours. Au début de la traversée, Ulysse s'isola un moment avec Kostandin pour mettre au point un plan de bataille.

– Nous pourrions nous faire passer pour des amateurs de reliques ?

– Et quand nous trouverons l'Épervier ?

Kostandin connaissait une méthode éprouvée.

– Je ne vois que la torture pour le faire parler.

– C'est prendre beaucoup de risques pour Alister.

– Tu as raison. En plus, Sibylle ne voudra pas nous lâcher.

Très vite, ils décidèrent que ces plans restaient bien incertains et qu'il vaudrait mieux juger sur place. Ils rejoignirent la jeune fille sur le pont. Elle les interpella d'un air goguenard.

– Qu'ont décidé les grands stratèges ?

– D'attendre et de voir.

Elle ne put s'empêcher de leur lancer une pique.

– Il vous a fallu deux heures, dans votre isoloir, pour trouver ça ?

Ulysse préféra ne pas répondre et alla s'allonger sur les planches chaudes du pont.

– Je crois que tu l'as vexé, confia Kostandin à Sibylle.

– Je m'en moque. Dis, j'étouffe sous ma tunique d'écuyer.

– Je pense que tu pourrais la retirer.

– Accompagnée de deux gaillards comme vous, que risque une jeune fille ?

Un peu plus tard, en découvrant ses passagers inoccupés, le capitaine leur fit une proposition.

– Si le cœur vous en dit, mes amis, j'ai un jeu d'échecs dans ma cabine. Mais peut-être ne savez-vous pas y jouer ?

– Moi je sais, annonça Sibylle.

Le capitaine afficha un grand sourire.

– Voulez-vous faire une partie avec moi, jeune homme ?

Elle décida de retirer sa capuche.

– Ah pardon, je n'avais pas vu, dit le marin.

Elle se tourna vers Ulysse, qui resta impassible. Pressé de commencer une partie, le capitaine installa une petite table et deux tabourets sur le pont. Il sortit l'échiquier et les pions d'une petite boîte de bois. Sibylle et lui s'assirent face à face. Ulysse et Kostandin s'approchèrent pour les regarder. Quatre ou cinq marins, intéressés, arrêtèrent leurs occupations pour assister eux aussi à la partie. Le capitaine expliqua le principe du jeu à ses passagers.

– Comme vous voyez, l'échiquier comprend soixante-quatre cases, trente-deux blanches et trente-deux noires. Chacun de nous déplacera une de ses pièces à tour de rôle. À vous l'honneur, Milady !

Sibylle avança un de ses pions, puis ce fut au tour du capitaine. Chaque pion, régi par des règles strictes, avait sa propre manière de bouger. On n'entendait plus que le bruit des vagues et celui des pièces déplacées par les joueurs.

– Le but du jeu, précisa le capitaine, est de mettre l'adversaire « échec et mat », c'est-à-dire de faire prisonnier le roi de l'adversaire.

– Comme Richard Cœur de Lion à la troisième croisade ? suggéra Ulysse.

– À ceci près que votre roi fut jeté en prison par ses alliés, rappela le capitaine.

– Les pires pions, commenta Sibylle, sont parfois ceux de son propre camp.

La partie s'accéléra. La vitesse d'exécution de la jeune fille était étonnante, elle semblait ne pas prendre le temps de réfléchir, ou si rapidement que c'était imperceptible. Son adversaire en fut troublé.

– Échec et mat ! lança-t-elle enfin, triomphante.

Le capitaine se retourna et vit ses marins sourire, ce qui le mit en colère.

– Qu'est-ce que vous fichez là, vous autres ? Retournez au travail !

Il se leva et serra la main de Sibylle.

– Je n'ai jamais été battu si vite. Vous êtes une adversaire redoutable, Milady. Où avez-vous appris à jouer ?

– Mon frère avait apporté un jeu au château. Nous avons fait des milliers de parties ensemble.

– Félicitez votre frère, il a formé une championne ! Si vous le souhaitez, vous pouvez le garder pendant la traversée.

Elle tenta d'initier Ulysse et Kostandin au jeu d'échecs, mais ils se révélèrent des adversaires médiocres face à la dextérité de la jeune fille. Elle semblait deviner leurs coups avant même qu'ils bougent leurs pions. Le capitaine, qui assistait parfois à leurs parties, eut une réflexion malheureuse :

– Les Arabes disent que l'habileté aux échecs est une preuve d'acuité intellectuelle.

– Alors nous sommes des ânes, lâcha Ulysse.

Il se leva, visiblement de mauvaise humeur.

– Je vais inspecter notre équipement.

– Il est mauvais joueur, votre ami, murmura le capitaine.
– Il n'aime pas perdre, expliqua Kostandin.

Quelques jours après, Ulysse appela ses deux amis.
– La côte !
Le capitaine alla voir.
– C'est bien la Palestine, je vais préparer l'accostage. L'anse que vous voyez se trouve à une vingtaine de lieues au nord de Saint-Jean-d'Acre. Vous y serez en quelques heures.
– Et pour les chevaux ?
– Nous pourrons les débarquer, la plage est praticable. Je vous laisserai également des vivres et de l'eau, les auberges sont plutôt rares dans la région !

Au début de l'après-midi, le trio avait gagné la terre et la caraque reprit le large.
– À partir de maintenant, ordonna Ulysse, je vous demande d'être discrets et prudents. Toi, Sibylle, remets ta capuche, tu redeviens un homme.
Elle s'exécuta sans discuter.
– Les mamelouks n'ont pas encore lancé leur offensive. Le danger, pour le moment, vient de la croisade populaire. Les premiers partis d'Italie croiseront peut-être notre route. Ouvrez l'œil !
La côte étant trop accidentée pour les chevaux, ils suivirent le rivage les pieds dans l'eau, leurs montures tenues par la bride. Ils se parlaient à voix basse, pour éviter de signaler leur présence. En fin de journée, Ulysse proposa une halte.
– Nous allons manger un peu de viande séchée, puis nous dormirons. Kostandin, tu restes de veille, je prendrai mon tour ensuite.
– Je veux en être aussi, dit Sibylle.
Ulysse hésita. Elle insista. Il comprit qu'elle ne céderait pas.

– Très bien, prends ton tour tant qu'il y a encore de la lumière. Si tu entends quoi que ce soit, réveille-nous discrètement.

– Entendu.

Elle s'arma d'une dague et prit place sur un rocher. Kostandin et Ulysse partirent se coucher.

– As-tu vu comme elle est fière ? chuchota l'écuyer.

– Elle est courageuse et sait se battre, reconnut Ulysse, elle mérite le respect.

Kostandin semblait ravi de ces paroles.

– J'ai compris dès le début qu'elle ne serait pas un poids mort.

Ulysse soupira de lassitude et lui tourna le dos.

– Tu n'es pas fatigué, Kostandin, de jouer les mères poules avec tout le monde ?

Le lendemain, le voyage reprit dès l'aube.

– Pouvons-nous remonter sur nos chevaux, Ulysse ? demanda Sibylle. La route le permet, il me semble.

– Oui, mais restons prudents, continuons à progresser au pas.

Le rivage nu céda bientôt la place aux premières habitations.

– Ce sont des villages arabes. Nous ne sommes plus loin de Saint-Jean-d'Acre, jugea Ulysse.

Lors d'une pause, Kostandin dressa l'oreille.

– Un groupe d'hommes, qui arrive dans notre direction !

– Je n'entends rien, dit Sibylle.

– Fais-moi confiance, j'ai l'oreille fine.

Ils se dissimulèrent derrière un monticule rocheux et virent passer une dizaine d'Italiens avinés. Ils chantaient et brandissaient furieusement leurs armes, le plus souvent des couteaux de boucher, dans des attitudes menaçantes. L'un d'eux avait accroché une prise sinistre à sa ceinture. Sibylle poussa un cri étouffé.

– Une tête !

– Sans doute celle d'un paysan qu'ils ont pris pour un mamelouk, commenta Ulysse.

– Ils se dirigent vers le village là-bas, observa Kostandin.

– Ils veulent manger, mais n'hésiteront pas ni à violer ni à tuer. Pour eux, les musulmans ne sont pas des êtres humains.

– D'autres arrivent, regardez, annonça Kostandin.

Un nouveau groupe de pèlerins rejoignait les premiers. Ils étaient bien plus nombreux.

– Reprenons la route, ordonna Ulysse quand le silence fut revenu.

Le reste de la journée se déroula sans incident.

– Je pense que demain nous serons à Saint-Jean-d'Acre. Qui prend la veille ?

– Je veux bien commencer, proposa Kostandin.

Au milieu de la nuit, l'écuyer réveilla ses deux compagnons. Une odeur de brûlé leur assaillit les narines.

– Le feu !

– Les pèlerins ?

– Je le crains. Ne restons pas ici, dit Ulysse. Longeons la plage, comme au début.

Ils cheminèrent en pleine nuit, en faisant le moins de bruit possible. Soudain, Kostandin s'arrêta.

– Devant nous…

Un groupe d'une dizaine de pèlerins se baignaient nus, après avoir festoyé. Ils retenaient prisonnières deux paysannes en sang, qu'ils avaient totalement déshabillées et certainement violées.

– *Eh ! accostare*[1], lança l'un d'eux aux nouveaux venus.

– *Aiutati,* dit un autre en montrant les filles, *per ciò che resta*[2].

Ils se mirent à rire.

– Merci, répondit Kostandin dans un italien approximatif, nous sommes attendus.

1. Eh, approchez-vous !
2. Servez-vous, pour ce qu'il en reste.

Ils se turent. L'accent étranger de Kostandin les avait alertés.

– D'où venez-vous ?

– Ce ne sont pas des Italiens, dit un autre.

Aucune réponse. Un des ivrognes tira Sibylle par son vêtement.

– Tu es bien jeune, toi. Viens manger notre viande.

Kostandin le repoussa sans le provoquer.

– Il a déjà dîné, et nous aussi.

Le soudard s'énerva.

– Je ne t'ai pas parlé, toi le gros bœuf !

Il revint à la charge et attrapa la manche de Sibylle. Elle se dégagea en le faisant chuter sur le rivage.

– Derrière moi, Sibylle, lui intima Ulysse.

Les autres pèlerins s'étaient armés de leurs couteaux. Ulysse et Kostandin dégainèrent leurs épées. La suite fut très rapide. Sibylle n'avait jamais assisté à un combat à mort. Celui-ci ne dura que quelques secondes. Plusieurs membres coupés et trois corps gisaient à présent sur le sol rocheux de la plage. Les survivants disparurent dans la nuit.

– Filons avant qu'ils n'ameutent leurs compères, ordonna Ulysse.

Ils remontèrent tous les trois en selle et suivirent la plage au galop.

Au bout d'un moment, Kostandin se retourna.

– Ils sont loin, à présent.

– Faisons une halte !

À la surprise de Sibylle, Ulysse descendit de cheval et s'éloigna vers la mer. Il dégaina son épée et s'agenouilla sur la plage de sable, la tête penchée sur le pommeau de son arme.

– Il prie ? demanda Sibylle.

– Oui, il demande pardon pour les âmes que nous avons expédiées au ciel.

– Et alors ? C'est un guerrier, c'est son métier de tuer !

– Ulysse est un chrétien, Sibylle, un vrai. Moi, tuer, ça m'est égal. Pas lui.

– Tu as le cœur sur la main, pourtant.

– Je sais aussi plonger mes mains dans les tripes de mes ennemis, quand il le faut. Ulysse n'est pas fait comme moi, il est venu se battre en Palestine pour défendre les valeurs de sa foi. Mais depuis Néphin, il ne supporte plus de verser le sang.

– Néphin ?

– Un village du Liban. Il y a un an, nous avons...

Il s'interrompit, il avait le sentiment d'avoir un peu trop parlé. Elle insista.

– Kostandin, que s'est-il passé à Néphin ?

– Il n'aimerait pas que je te raconte. Demande-lui, ça lui sortira peut-être cette histoire du crâne. Mais attends le bon moment, sans quoi il se refermera comme une huître.

Néphin. En gravant ce nom dans son esprit, elle sourit intérieurement. Comme Kostandin, elle prendrait soin d'Ulysse, mais pas pour les mêmes raisons. Leur ami revint vers eux, silencieux. Il remonta sur son cheval et indiqua la direction d'Acre.

– Nous ne sommes plus loin de la ville, à présent.

Ils repartirent au petit trot.

16

Quand le chirurgien revint enfin de son expédition à Antioche, il s'inquiéta immédiatement de l'état de leur modèle.

– Il respire encore ?

L'Épervier acquiesça.

– Je ne dirais pas qu'il est en pleine forme, mais il vit. Il faut dire que nous avons été aux petits soins. Pour avancer le travail, nous avons aussi broyé les os de poulet, on t'attendait pour fabriquer la colle.

– Bon, allons-y pendant qu'il vit encore.

Tandis que la marmite bouillait, le chirurgien alla examiner Alister. Il enleva un linge qu'ils avaient appliqué sur ses mains, mais fit la grimace.

– Les plaies sont sèches, des croûtes se sont formées.

– Tu veux qu'on le fasse saigner ?

– Laissez-moi faire, c'est un travail d'orfèvre, pas pour des bouchers dans votre genre.

Il fouilla dans la boîte qui contenait ses instruments et en sortit un couteau à lame très fine. Il s'en servit pour tailler dans les plaies d'Alister et faire s'écouler un peu de sang. Le malheureux était dans un tel état qu'il ne ressentait plus rien.

– Bon, je vais dormir quelques heures. Réveillez-moi au chant du coq.

Dès l'aube, l'infatigable chirurgien se mit au travail. À quelques pas derrière lui, l'Épervier et ses hommes s'approchèrent pour le voir opérer.

– Reculez, imbéciles ! Je vous appellerai quand j'aurai besoin de vous.

L'Épervier emmena ses sbires en grommelant. Après avoir mélangé la colle au pigment d'ocre rouge, le chirurgien recommença son fastidieux tamponnage. Alister Durward ne bougeait presque plus. À peine, parfois, une légère plainte.

– Ne t'en fais pas, mon ami, tu auras bientôt fini de souffrir.

Plusieurs heures s'écoulèrent. Où ce petit homme sec et déjà âgé puisait-il son énergie ? Dans l'appât du gain, certainement. Mais aussi dans cette passion du travail bien fait qui habite certains individus, jusqu'aux plus abominables des bourreaux.

Quand il eut fini le traitement de la face avant, il appela l'Épervier et ses hommes pour retourner le corps et traiter, cette fois, la face arrière. Puis il les renvoya.

– Fichez-moi la paix, je vous rappellerai quand j'aurai terminé.

Il respira un grand coup et se remit à tapoter le corps d'Alister, presque inerte, pendant des heures.

– J'y suis !

Dès qu'ils entendirent ces paroles, ses acolytes se précipitèrent. Le chirurgien les arrêta immédiatement.

– Attention, c'est frais !

Délicatement, ils déplièrent le suaire.

– Il faut maintenant soulever le corps et le déposer à côté.

Ils s'y prirent à quatre. Deux pour les bras, deux autres pour les pieds.

– Bien. Disposez-vous aux quatre coins du linge. Cette fois, nous allons le laisser sécher à même le sol, c'est préférable au fil d'étendage.

– Quand sera-t-il sec ? demanda l'Épervier.

– Demain, je pense. Mais nous ne le toucherons pas pendant quelques jours.

– Tu es content, cette fois ?

Le petit homme examina le linge en promenant son visage à quelques centimètres seulement de la surface du suaire.

– Je crois, oui, qu'il sera parfait !

L'Épervier avait du mal à contenir sa joie. Le nommé Brice montra le corps d'Alister, totalement immobile à présent.

– On l'enterre ?

– Non, quelqu'un pourrait le retrouver et dénoncer la supercherie. Attendez la nuit, vous le balancerez dans un fossé. Les animaux en feront leur repas.

Après quelques heures, tandis que le chirurgien se restaurait et que l'Épervier se saoulait, Brice et Clotaire se saisirent du corps d'Alister et le transportèrent au-dehors.

– On va le mettre sur une mule. Je connais un endroit, dans la montagne, où nous ne rencontrerons personne.

– Faisons vite, dit Clotaire. Je n'ai pas envie de voir son visage plus longtemps. Il me fait penser à une icône dans une église.

Brice se mit à rire.

– Ne t'inquiète pas, bientôt il puera comme une charogne.

Sous la clarté de la lune, les deux hommes de main cheminèrent sur les sentiers de montagne. Brice était pensif.

– Dis, Clotaire, tu crois que Dieu nous a vus faire ?

– Penses-tu ! Il se fiche bien de nous.

– Même quand on a cloué ce pauvre type comme son Fils ?

– Tu n'as rien de mieux à dire ?

Il s'arrêta.

– Halte ! Ce fossé, qu'est-ce que tu en penses ?

Brice approuva. Ils se mirent à deux pour porter le corps d'Alister jusqu'au bord du ravin et le firent rouler. Dans sa chute, le corps entraîna avec lui quelques pierres. Puis le silence se fit.

– Adieu, l'icône !

Au fond du ravin, le corps d'Alister Durward gisait, nu, tel un pantin désarticulé. Le malheureux qui avait servi de modèle pour forger la plus extraordinaire relique de l'Histoire avait l'apparence d'un cadavre, prêt à servir de nourriture aux bêtes de la montagne. Son visage aux yeux clos était immobile, presque rigide. Mais sa poitrine restait animée d'un léger souffle, à peine perceptible.

17

Sur les hauteurs du massif montagneux de Haute-Galilée, à près de neuf cents mètres d'altitude, un monastère inhabituel est taillé à même la montagne. Construit au quatrième siècle autour d'une grotte, Saint-Paul du mont Méron est un des plus anciens établissements orthodoxes de Terre sainte. Il abrita des ermites, qui souhaitaient vivre les mêmes expériences que les prophètes. Puis, au fil des siècles, une communauté monastique s'y installa.

Les vingt-sept moines qui le peuplaient étaient des *hésychastes*, c'est-à-dire qu'ils avaient prononcé un vœu de silence, réservant leurs seules paroles à la prière. Le reste du temps, les actions de la vie quotidienne étaient réglées par un ensemble ritualisé de gestes et de signes qui leur permettaient de se faire comprendre sans user de la voix. Pour autant, ces moines ne passaient pas leurs journées à prier, ils s'étaient donné un noble but : restaurer les icônes endommagées après le sac de Constantinople. Le père Barnabas, qui dirigeait l'institution d'une main de fer, distribuait ce travail délicat selon les compétences de chacun.

Leur monastère étant adossé à la montagne, dans un paysage purement minéral, les moines avaient choisi de créer un potager à une heure de marche. Ils cultivaient leurs légumes sur une terre pauvre, mais assez fertile pour leur fournir de quoi cuisiner leur soupe quotidienne. Ils se relayaient deux fois par jour pour le travail au potager, qui était laissé la nuit sans surveillance. Qui aurait l'idée saugrenue d'escalader ces pentes escarpées pour venir voler quelques carottes ?

Ce matin-là, frère Zacharias, grimpé sur sa mule, cheminait à petite vitesse vers le potager communautaire. C'était un petit bonhomme jovial et ventripotent, qui n'avait qu'un défaut : il était bavard comme une pie. Ce trait de caractère sans doute natif, marié à son vœu de silence, lui rendait parfois la vie difficile. Aussi, dès qu'il fut suffisamment loin du monastère, il se mit à chanter à haute voix les louanges du Seigneur. C'était si agréable de libérer ainsi ses cordes vocales, emprisonnées le reste du temps par la pieuse règle du silence.

Peu avant le terrain en pente qui menait au potager, Zacharias remarqua au-dessus de sa tête un vol inhabituel d'oiseaux de proie. Un cadavre d'animal dont ils se rassasiaient ? Frère Zacharias s'approcha et découvrit… un homme.

– Seigneur !

Il descendit de sa mule et dévala à quatre pattes au fond du fossé où gisait la victime. Son visage…

Le frère Zacharias se signa.

Ce visage lui rappelait celui d'une icône sur laquelle il travaillait depuis des mois. Elle représentait un Christ en proie aux souffrances de la Passion. L'homme était nu, visiblement à bout de forces. Sa face était maculée de sang séché. Quant aux autres plaies…

– Jésus, Marie, Joseph !

Zacharias se signa et prononça le début d'un *Pater* en grec :

« Pater Hemon, je en tois ouranois
hagiasthētō à onoma sou ;
elthetō hē basileia sou ;

genethetō à sou Thélème,
hos en Ourano, kai epi tes ges[1]. »

Fébrile, le moine posa une oreille contre la poitrine de l'inconnu. Son cœur battait très lentement, ses poumons se soulevaient à peine, mais juste assez pour absorber un peu d'air. Privé de soins, vidé d'une grande partie de son sang, l'homme finirait par mourir dans quelques heures. Il fallait le ramener au monastère. Mais ces satanés oiseaux de proie ? Comment éviter qu'ils lui crèvent les yeux ? Frère Zacharias défit le cordon de sa robe de bure et l'étala sur le blessé. Le vêtement le protégerait, le temps d'aller chercher du secours.

Trente minutes plus tard, le moine se précipita à moitié nu dans le monastère. Comme il le craignait, il provoqua l'indignation muette des autres moines. Il courut jusqu'à la cellule du père supérieur.

– Mon père, un miracle !

Surpris, le père Barnabas se retourna aussitôt. Il était convenu que la rupture du vœu de silence des hésychastes ne pouvait se faire qu'en cas de danger grave. Pour donner l'alerte, par exemple.

– Père Barnabas, j'ai vu un miracle à côté du potager. Un homme qui porte tous les signes de la Passion. Comme nos icônes, mais lui est vivant !

Attirés par les cris, tous les moines se rassemblèrent autour de frère Zacharias. Certains étaient choqués de l'entendre prendre la parole, d'autres intrigués par ce qu'il disait avoir vu. Le ton et l'affolement du petit moine suffirent néanmoins à convaincre le père supérieur qu'il fallait se rendre sur place.

– Suivez-moi tous, ordonna-t-il à haute voix.

1. Notre Père, qui es aux cieux, Que ton nom soit sanctifié, Que ton règne vienne, Que ta volonté soit faite, comme dans le ciel, ainsi sur la terre.

Le père Barnabas monta sur une mule, les autres le suivirent à pied. Le père supérieur prit quand même une précaution.

– Prenez avec vous des râteaux et des fourches, on ne sait jamais.

Tous firent route vers le potager.

– Vous le voyez, en bas ? dit enfin le frère Zacharias.

On distinguait en effet un homme allongé au fond du fossé. Il avait le corps en partie recouvert par la robe de bure du petit moine. Quand le père supérieur la retira d'un coup sec, tous poussèrent un cri. Le frère Zacharias n'avait pas rêvé, l'homme portait les stigmates du Seigneur !

Ce n'étaient pas de simples taches rouges, comme on en voyait parfois sur les corps de certains stigmatisés, qui faisaient des crises nerveuses en songeant au supplice de Jésus. Non, les mains et les pieds de cet homme avaient réellement été percés de clous, les traces de fouet n'étaient pas imaginaires, ni le coup de lance qu'il avait reçu au flanc.

Pour couronner le tout, l'apparence physique du personnage était bouleversante. Personne, évidemment, ne savait quel était le visage du Fils de Dieu, mais les traits du blessé évoquaient irrésistiblement les icônes byzantines. Certains moines étaient enthousiastes :

– C'est un miracle !

– Le Ciel veut nous remercier pour notre labeur.

D'autres se montrèrent plus méfiants :

– Et si c'était une ruse du diable ?

Le père Barnabas, qui conservait la tête froide, donna un ordre bref. Tous ses moines se mirent au travail pour remonter le blessé sur le chemin, en usant des cordes qui fermaient leurs robes. L'homme, que ses plaies faisaient souffrir, se mit à gémir.

– Il est encore vivant ! Mettez-le sur la mule.

Une fois le moribond allongé sur le dos de l'animal, deux moines se disposèrent de part et d'autre pour l'empêcher de tomber. Et le petit groupe reprit le chemin du monastère.

18

Une surprise attendait Ulysse et ses amis à l'entrée de Saint-Jean-d'Acre.

– Ma parole, on entre et on sort comme on veut, dans cette ville ! s'étonna Kostandin.

En passant le portail principal, ils virent les soldats de faction somnoler.

– Les villes sont comme les humains, déplora Ulysse. Celle-ci agonise.

– En plus, ça pue ! s'écria Sibylle en se bouchant le nez.

En ce début de printemps, la chaleur était déjà forte et les odeurs, celles d'une agglomération surpeuplée, insupportables. Habituée aux montagnes écossaises, la jeune fille n'avait jamais vu un tel spectacle.

Face à eux se dressaient deux forteresses géantes. La première, celle des chevaliers hospitaliers de l'ordre de Saint-Jean de Jérusalem, gardait la partie nord-ouest de la ville. Ses murs épais abritaient une tour centrale et cinq mille mètres carrés de pièces d'habitation. L'autre forteresse, celle des Templiers, était plus modeste et donnait sur le port.

– Allons chez les Templiers, proposa Ulysse.

Construite face à la mer, la citadelle des Templiers possédait une entrée protégée par deux tours fortes. Sur chacune, les moines-soldats avaient installé un lion doré de la taille d'un taureau.

– Attendez-moi ici, ordonna Ulysse.

Il alla parlementer avec un gardien, déclina son identité et demanda à parler au grand maître Guillaume de Beaujeu. Le garde appela un officier, qui l'accompagna au sommet de la tour. Ils longèrent un couloir qui déboucha sur une vaste salle où un homme de haute taille, à la chevelure blanche et à la barbe grise, examinait une carte détaillée de la ville et de ses fortifications. À l'entrée d'Ulysse, il leva la tête.

– Tu es Ulysse Cameron de Bath ?

– C'est bien moi.

Guillaume s'approcha et lui donna l'accolade. Ulysse lui tendit la lettre d'introduction de sir Alan Durward. Beaujeu ne vérifia rien, il avait confiance. L'intelligence et la bienveillance de son regard tranchaient avec son apparence redoutable.

– Je sais pourquoi tu viens. Hélas, je n'ai toujours aucune nouvelle de son fils. Je comprends son obstination, à sa place j'agirais comme lui. Mais la disparition d'Alister date de plusieurs mois, je doute vraiment qu'il soit encore vivant. Suis-moi…

Il se dirigea vers la fenêtre qui donnait sur la ville. Ulysse l'imita. Du haut de la citadelle, la foule qui circulait dans Saint-Jean-d'Acre faisait penser à une fourmilière agitée.

– Cette ville est devenue folle ! Tout le monde attend l'assaut final du sultan, notre situation est intenable. Faute d'espérance, chacun fait main basse sur ce qu'il pourra revendre en Occident. Les assassinats se multiplient, même les églises ont été pillées ! Alister, je le crains, a été victime d'un de ces brigands.

– Dans ta lettre à Alan Durward, insista Ulysse, tu disais qu'il avait pris contact avec un homme qui se fait appeler l'Épervier ?

– C'est le pire de tous ! Un Espagnol, je crois. Il n'a plus qu'un œil, mais il est devenu si vif qu'on lui a attribué ce surnom. Il contrôle le commerce des reliques, vraies ou fausses, dans toute la région. On dit qu'il se serait emparé de celles dérobées au palais des Blachernes, pendant le sac de Constantinople. Il les a cachées quelque part et il les négocie très cher, les unes après les autres.

Ulysse rendit compte de son voyage à Lucques et de la mission que l'évêque avait confiée à Alister. Guillaume secoua la tête à regret.

– S'il me l'avait dit, je lui aurais conseillé de renoncer, on ne peut se fier à ces gens. Ils ont sans doute massacré Alister pour lui voler son argent, sans rien lui donner en échange.

Ulysse soupira.

– Pour son père, il me faut une certitude, Guillaume. Sans quoi il continuera à penser que son fils est encore vivant.

– Tout ce que je peux faire pour t'aider est de te communiquer les mêmes noms que j'ai donnés au jeune Durward. Ils te mèneront peut-être à l'Épervier. Prends garde à ne pas finir comme ce pauvre garçon.

Le Grand Maître griffonna quelques noms sur un bout de papier.

– Merci, Guillaume.

Le templier qui l'avait mené à Guillaume le raccompagna vers la sortie, mais le Grand Maître le rappela.

– Ulysse…

– Oui, sire de Beaujeu ?

– Si, par chance, tu trouves Alister vivant et si tu as besoin d'aide, reviens me trouver. Je dois beaucoup à son père, je ne l'oublierai pas.

Ulysse s'inclina à nouveau.

Quand il émergea de la citadelle, Ulysse rapporta à Sibylle et Kostandin son entretien avec le Grand Maître, sans révéler le peu d'illusions qu'il nourrissait sur son sort.

– Kostandin, nous allons nous séparer. Il faut sillonner la ville et retrouver les informateurs d'Alister. Va dans le souk, j'irai dans les bas-fonds et sur le port avec Sibylle.

La jeune fille était d'un autre avis.

– Nous serions plus efficaces à trois !

Ulysse fit la grimace.

– Je connais tes capacités, Sibylle, mais la cité est hantée par des vauriens. Une jeune fille comme toi…

Elle rabattit sa capuche.

– À partir de cette heure, je redeviens un jeune écuyer qui recueille des informations pour son chevalier.

Ulysse n'était pas convaincu.

– En Italie, ta capuche pourrait convenir, mais ici…

– Et si je me salis un peu le visage ?

Elle revint à eux avec le visage maculé, comme celui d'un charbonnier. Ulysse se résigna.

– Bien. Sibylle, tu prendras le souk, Kostandin explorera les bas-fonds, moi le port. Rendez-vous aux vêpres ici même, sur le parvis de la citadelle.

19

Affolé, le moine Zacharias dévala les escaliers du monastère Saint-Paul pour prévenir le père supérieur. Fidèle à son vœu de mutisme, il s'exprimait par gestes et agitait ce qui ressemblait à une perruque. Le père Barnabas avait du mal à comprendre.

– Parle-moi normalement, Zacharias. Que s'est-il passé ?

– En faisant la toilette du blessé, ce matin…

Il montra la fausse chevelure d'Alister.

– … ses cheveux me sont restés dans les mains !

Le père Barnabas examina la perruquc. Elle donnait à l'homme qu'ils avaient recueilli dans la montagne l'apparence présumée du Christ de la tradition. Mais les cheveux étaient faux.

– Quelle est cette diablerie ? Et ses blessures ?

– Elles sont vraies, j'en ai la certitude.

– Suis-moi.

Ils traversèrent le monastère pour se rendre dans une cellule minuscule, sous les combles, où ils avaient caché leur trouvaille. Alister était encore en train de délirer.

– Il a de la fièvre, mon père, je crois qu'il a perdu beaucoup de sang.

Le père Barnabas se pencha sur le blessé et l'examina attentivement. Ses paumes, d'abord, puis ses pieds et son flanc.

– Les traces des clous sont authentiques, cet homme a vraiment été cloué à la croix. Et on l'a fouetté, comme Notre-Seigneur.

– Comment expliquez-vous les faux cheveux, père Barnabas ?

– Je n'y comprends ricn.

Il s'agenouilla et parla à l'oreille d'Alister.

– Qui es-tu, toi ? Que t'est-il arrivé ?

Le blessé se tourna vers lui et le regarda sans le voir.

– Il a perdu l'esprit, peut-être à cause de ses souffrances.

Songeurs, ils descendirent tous deux au réfectoire.

– Mon père, pensez-vous que des hommes puissent avoir eu l'audace d'infliger à ce malheureux le supplice du Christ ?

– Et pourquoi l'auraient-ils fait ?

– Je ne sais pas, moi. Pour le vendre ?

– Mais qui voudrait acheter un pauvre fou, tout nu, qui hante la montagne avec les mains et les pieds troués ? Ses bourreaux n'ont pas fait une bonne affaire, puisqu'ils s'en sont débarrassés.

– Pas forcément, il pourrait s'être sauvé.

– Dans l'état où il est ? Impossible, il est incapable de marcher.

Le petit moine se mit à réfléchir.

– Père Barnabas, et si…

Il hésita. Le père supérieur fronça les sourcils.

– Qu'as-tu en tête, Zacharias ?

– Si cet homme est arrivé jusqu'à nous, nous pourrions en faire une chance…

Il attendait un nouvel encouragement du père Barnabas pour continuer.

– Le diable t'aurait-il soufflé une idée de son cru ?

– J'ai entendu parler d'un miraculé, dans la ville d'Ashkelon, qui portait sur ses mains et ses pieds tous les stigmates de la crucifixion. On venait le voir de toute la Palestine pour lui demander une guérison, en lui apportant des offrandes.

– Et tu voudrais agir de même avec notre blessé ? N'y pense même pas !

– Et pourquoi pas ? Si cet homme est un miraculé, pour quelle raison serions-nous les seuls à pouvoir l'adorer ?

Le père Barnabas devait s'avouer qu'une idée voisine lui avait traversé l'esprit. Il la chassa d'un geste sec, comme si c'était une mouche du désert.

– Notre vocation est de restaurer les icônes de Constantinople, mon fils, pas d'exhiber des… Cet homme n'est même pas un miraculé, des criminels impies lui ont collé une perruque.

Mais le petit moine poursuivit, sans tenir compte de l'objection :

– Notre monastère deviendrait un lieu respecté en Terre sainte, où afflueraient les pèlerins…

Le tentateur ! pensa le père supérieur. Ses mots se faufilent en moi comme le venin d'un serpent. Il se raidit.

– Tu proposes donc à ton père supérieur de propager un mensonge ?

L'avidité étalait à présent sa grimace sur la face ronde du petit moine.

– Mon père, préférez-vous passer le reste de votre vie dans un endroit oublié du monde, à vous nourrir de mauvais légumes et à restaurer des icônes endommagées ?

Le père Barnabas se leva.

– Agenouille-toi, Zacharias. Dès maintenant, je t'ordonne un silence absolu sur tout ce que tu as vu.

Le petit moine, penaud, se mit à genoux et baissa la tête.

– Oui, mon père.

– Tu m'as bien entendu ? Un silence…

– … absolu !

– Va lui remettre sa fausse chevelure. Si nos frères pensent avoir recueilli un miraculé, ne les décevons pas, nous aviserons ensuite.

– Oui, mon père.

Le petit moine parti, le père Barnabas resta songeur. Il s'était souvent posé la question de l'utilité de son sacrifice, dans ce monastère perdu dans la montagne. Il est vrai que le monastère Saint-Paul regorgeait de talents. Et si nous les mettions au service d'une œuvre collective ? Même faux, le miraculé pourrait redonner confiance aux croisés, qu'on sentait prêts à abandonner la Palestine aux mahométans. Ne serait-ce pas finalement une bonne action ?

20

Tandis que Kostandin effectuait ses recherches sur le port et qu'Ulysse se renseignait dans les rues mal famées de Saint-Jean-d'Acre, Sibylle arpentait les longues allées du souk. Elle n'avait jamais vu un endroit pareil, on y vendait de tout. Des épices, de la viande, des pâtisseries au miel, de la vaisselle, des légumes, des fruits secs, de la verroterie. Elle se rendit chez les marchands figurant sur la liste de Guillaume de Beaujeu et fit savoir que son maître souhaitait rencontrer l'Épervier pour négocier une affaire de première importance. Après avoir constaté le peu de résultat de sa quête, elle changea de tactique. Elle annonça que son maître paierait cher quiconque le mettrait en contact direct avec le trafiquant de reliques.

– Combien est-il disposé à payer ?

L'homme qui l'avait accostée était habillé d'une robe sale et coiffé d'une calotte blanche. Était-il souriant ou grimaçant ? Sans doute les deux à la fois.

– Tout dépend de ton sérieux. Mon maître est armé et n'aime pas qu'on se moque de lui.

– Je m'appelle Angelos Agorakritos. Je connais tout Saint-Jean-d'Acre, je suis le meilleur des guides.

– Mais saurais-tu nous conduire à l'Épervier ?

– Sans aucun doute, mais d'abord il vous faudra...

Elle l'interrompit.

– Ne m'en dis pas plus, je vais te présenter à mon maître et à son écuyer.

Ils sortirent du souk et allèrent au point de rendez-vous fixé devant la citadelle des Templiers. Sibylle suggéra à Angelos de reculer et d'attendre un geste d'elle pour les rejoindre.

À l'heure convenue, Ulysse et Kostandin firent leur apparition.

– Je n'ai recueilli aucun renseignement fiable, dit Kostandin. Il m'a suffi de prononcer le nom de l'Épervier pour que les gens décampent. Je crois qu'il terrifie tout le monde.

– J'ai eu les mêmes réactions, dit Ulysse. Nous sommes mal partis. Et toi, Sibylle ?

– J'ai peut-être quelqu'un, mais je ne garantis rien.

Elle appela Angelos, qui s'approcha.

– Je vous présente Angelos Agorakritos, dit-elle. Il est…

– … négociant, continua Angelos. Je suis grec, je vends et j'achète. Je suppose que vous êtes un amateur de reliques ?

– Tout dépend, dit Ulysse, méfiant.

– On parle toujours trop sur les places publiques. Je connais une petite taverne où l'on sert du bon vin, suggéra Angelos.

– Suivons-le, maître, proposa Kostandin. Nous sommes équipés pour…

– Vous n'avez rien à craindre de moi, se défendit Angelos, je ne cherche qu'à faire des affaires.

– Alors, allons-y.

La taverne se trouvait juste derrière la citadelle des Templiers. Ils prirent place dans un coin tranquille.

– Tu as encore ton vin de Smyrne ? demanda Angelos à l'aubergiste.

– Une pleine cruche qui n'attendait que vous !

– Apporte-la, alors.

Ulysse en vint rapidement au cœur du sujet, il n'avait guère envie de perdre son temps avec un bavard.

– Tu connais l'Épervier ?

– Tout le monde le connaît, c'est-à-dire que tout le monde en a peur. L'Épervier a plus de sang sur les mains qu'une armée du sultan ! Mais si tu cherches une relique authentique, il faut en passer par lui.

– Je veux mettre la main sur une relique qui compte parmi les plus précieuses.

– Laquelle ?

– Ne me trahis pas, Angelos, je ne te le pardonnerai pas.

– Si je te trahis, tu ne payeras rien, ce n'est donc pas dans mon intérêt. Quelle relique cherches-tu ?

– L'original du *Volto Santo*, un crucifix sculpté par saint Nicodème peu après la mort du Christ.

Visiblement, Angelos n'en avait jamais entendu parler.

– Si cet objet existe, l'Épervier le possède certainement. Ou alors, il sait où le trouver.

– Comment rencontrer ton Épervier ?

– En passant par moi.

La méfiance d'Ulysse monta d'un cran.

– Qu'est-ce qui me garantit que tu ne cherches pas simplement à me soutirer de l'argent ?

– Si vous avez une meilleure solution, messire, libre à vous !

Ulysse consulta Kostandin et Sibylle du regard. Il sembla comprendre ce qu'ils pensaient.

– Avançons. Mais je te préviens, nous resterons sur nos gardes.

– C'est bien normal.

Le Grec se pencha vers Ulysse.

– Tu t'y connais en reliques ?

– Non, répondit franchement Ulysse. Je viens négocier ce crucifix pour un évêque italien, pas pour écrire un traité sur les vestiges sacrés.

– Si nous nous mettons d'accord, je te conduirai chez les Pardonneurs.

Ulysse n'avait jamais entendu prononcer ce mot.

– De qui parles-tu ?

– Ce sont d'anciens moines défroqués. On les trouve dans des tavernes comme celle où nous sommes. On les appelle les « Pardonneurs » parce qu'ils vendent des indulgences papales, mais aussi des reliques. Le plus souvent, ce sont des faux.

– Qu'irions-nous faire chez eux ?

– Je vais leur annoncer que tu cherches à rencontrer l'Épervier. Mais lui ne parle qu'avec des connaisseurs, il ne traite que les grosses affaires. Il faut que tu puisses donner le change.

– Et tu proposes d'être mon maître d'école ?

– Juste t'apprendre à distinguer le vrai du faux, ce ne sera déjà pas si mal. Fais-moi confiance, je vais t'amener chez un bon maître…

21

– Étonnant !

Le chirurgien ne put réprimer un cri d'admiration quand il découvrit le suaire entièrement terminé. Une fois sec, ils l'avaient accroché à un long fil, ce qui permettait de l'examiner de près.

– Je crois que nous le vendrons très cher, dit l'Épervier avec satisfaction.

Le linge montrait le corps étendu, de face et de dos, du Christ-Alister. Le corps était nu, les mains croisées sur le pubis. Les deux silhouettes (celle de face et celle de dos) étaient disposées tête-bêche. Le visage portait une barbe et une chevelure longue. Il conservait les traces de nombreuses tuméfactions, consécutives aux coups que Jésus-Alister avait reçus avant sa crucifixion. Le sang qui avait suinté était celui d'Alister, il avait coulé de ses plaies aux mains, aux pieds et au flanc.

Le chirurgien montra le dessin qui lui avait servi de modèle.

– Le visage ressemble à celui du Mandylion d'Édesse, mais ce suaire est bien plus réaliste. On sent que le crucifié était un être vivant, un homme de chair.

– Reconnais que j'ai trouvé un modèle parfait, fit remarquer l'Épervier.

– Oui, tes informateurs l'ont bien choisi. En ce qui me concerne, j'ai terminé mon travail. La partie commerciale t'appartient.

L'Épervier semblait très excité.

– Justement, annonça-t-il, j'ai des demandes qui arrivent, des clients fortunés qui cherchent des reliques rares.

– Tiens-moi au courant. Au fait, qu'est-il devenu ?

– Qui ?

– Eh bien, le modèle.

L'Épervier eut une hésitation.

– Mes hommes s'en sont débarrassés.

Le chirurgien fronça les sourcils.

– Il était bien mort, au moins ?

L'Épervier hésita de nouveau.

– Avec ce qu'il a subi…

– Il était mort, oui ou non ? insista le chirurgien.

Pris d'un doute, l'Épervier appela un de ses hommes.

– Brice !

– Oui, maître ?

– Qu'avez-vous fait du modèle ?

– Nous l'avons abandonné dans la montagne.

– Mort ?

– Je crois, répondit Brice sans conviction.

Pour le chirurgien, l'affaire était claire : personne n'avait vérifié. L'Épervier tenta de dissiper le malaise.

– Pas d'inquiétude, chirurgien. Même s'il était encore en vie, les animaux de la montagne en auront fait leur repas.

– J'aimerais quand même m'en assurer.

Il y eut un silence. Le vieil homme était songeur.

– Tu imagines la situation, s'il avait survécu ?

– Dans l'état où on l'a mis ? Impossible !

– J'en suis moins certain que toi. Je suis bien placé pour savoir à quel point la vie peut s'accrocher à un corps. Je voudrais vérifier qu'il est bien mort.

– À cette heure la nuit est tombée, intervint Brice, nous ne verrons rien !

– Alors nous irons demain à l'aube, tous les quatre.

L'Épervier s'adressa à son homme de main.

– Fais venir Clotaire. Et prenez des outils, nous l'enterrerons.

*

Aux premières lueurs de l'aube, le petit groupe cheminait déjà dans la montagne.

– C'est encore loin ? s'impatienta l'Épervier.

Brice éprouvait des difficultés à s'orienter.

– C'est peut-être dans ce coin.

– Tu es sûr ?

– Maintenant que le jour est levé, j'ai un peu de mal…

Cette fois, son chef fut tenté de l'assommer.

– Tu y vois mieux la nuit que le jour, imbécile ?

L'homme de main, qui n'en menait pas large, se tourna vers son ami Clotaire.

– Qu'est-ce que tu en penses, toi ?

– À mon avis, c'est plus loin.

Ils progressèrent de quelques centaines de pas dans la colline. Clotaire prit un peu d'avance. Il appela les autres.

– C'est ici, j'en suis certain. Je reconnais ce rocher.

Les autres se penchèrent avec lui. Il y avait bien un fossé, mais…

– Où est le corps ?

L'Épervier sentit un frisson lui parcourir l'échine.

– Allons voir, ordonna le chirurgien.

Ils dévalèrent le long de la crevasse. Aucune trace du supplicié.

– J'espère que mes hommes se trompent, dit l'Épervier.

Le chirurgien, lui, inspectait le sol.

– Regarde, il était bien ici.

Par terre, on voyait des traces de sang.

– Tudieu !

– C'est ce que je craignais. Ces abrutis l'ont jeté dans le fossé, sans vérifier qu'il était mort.

L'Épervier bondit sur Brice avec l'intention de l'assommer.

– Pardon, maître, il était dans un tel état que…

Le chirurgien stoppa l'Épervier dans son élan.

– Les violences ne nous avanceront à rien. Sur un point, Brice a raison : Alister Durward a perdu beaucoup de sang. Même s'il gardait une petite flamme de vie, il n'a pu aller bien loin. Nous allons ratisser toute la colline, il faut le retrouver.

– Commencez sans moi, dit l'Épervier. Ce soir, j'ai rendez-vous chez les Pardonneurs pour rencontrer un amateur de reliques qui arrive de Toscane. On dit qu'il a beaucoup d'argent. Un client pour notre suaire, qui sait ?

22

Quand Alister ouvrit les yeux, il ne savait pas où ni qui il était. Il constata qu'on l'avait allongé sur un lit garni d'un matelas de paille, dans une pièce minuscule aux murs passés à la chaux. Ses poignets et ses pieds avaient été bandés. Son dos, enduit de graisse, le faisait horriblement souffrir. Il appela, mais aucun son ne pouvait sortir de sa gorge. Il se pencha et glissa à terre. Toutes ses douleurs se réveillèrent. À nouveau, il perdit conscience.

Quelques instants après, il sentit que quelqu'un essayait d'ouvrir la porte, mais il la bloquait involontairement avec son corps. Un petit moine insista et entra. Il alla chercher d'autres moines, qui l'allongèrent sur sa couche.

Puis un autre moine, plus âgé, fit son apparition. Compte tenu du respect dont on l'entourait, Alister comprit qu'il s'agissait du père supérieur. Il fit signe aux autres de sortir. Une fois la porte refermée, le père Barnabas se pencha vers Alister.

– Quel est ton nom ?

Alister ouvrit la bouche, mais il était incapable de prononcer un mot.

– Es-tu grec ? Ou natif de Judée ?

Le blessé fit le geste éloquent de celui qui ne pouvait pas parler.

– C'est peut-être aussi bien ainsi, murmura le père Barnabas, songeur.

Il entrouvrit la porte et demanda par gestes qu'on fasse monter le frère Zacharias. Celui-ci arriva en courant. Une fois la porte fermée, ils se mirent à chuchoter.

– Comment va-t-il ?

– Il est vivant, c'est tout ce qu'on peut dire.

– Il a parlé ?

– Il ne peut pas. Il ressemble à ces idiots qui errent dans les rues.

– Que décidez-vous ?

Le père Barnabas scruta le petit moine avec sévérité.

– Zacharias, tu n'as parlé à personne de sa perruque ?

– À personne, mon père.

– J'ai réfléchi à ta proposition. Oublions l'idée de confectionner un suaire, il y en a déjà trop sur le marché. En revanche, nous pourrions faire courir le bruit que cet homme est un saint envoyé par Dieu sur la Terre pour nous rappeler les souffrances de son Fils.

– Une relique vivante, en quelque sorte ?

– Nous dirions que le monastère Saint-Paul du mont Méron a été choisi par le Seigneur pour manifester toute sa gloire. On viendra de toute la région pour voir le saint et lui demander des guérisons et des miracles.

Zacharias osa à peine prononcer les paroles qui lui venaient à l'esprit.

– Voudrez-vous le vendre, mon père ?

Le père Barnabas rugit comme le tonnerre.

– Non ! Cet homme fera de notre monastère un des lieux saints de la Haute-Galilée. Mais…

Le père Barnabas jeta un regard menaçant au pauvre moine.

– Prends garde, Zacharias. Si j'entends parler d'autre chose, je saurai que cela vient de toi. Et ma colère, alors, sera terrible !

– Je ne dirai rien, mon père.

– Bien. À présent, fais-toi aider par d'autres frères. Lavez-le, parfumez-le, rendez notre relique présentable. Cet homme est un trésor tombé du ciel.

23

Comme convenu, Angelos vint chercher Ulysse et ses amis à leur auberge. Il s'inquiéta en voyant Sibylle leur emboîter le pas.

– Le jeune garçon vient avec nous ?

– Je ne suis pas un garçon, dit Sibylle en retirant sa capuche.

Angelos éclata de rire.

– Je l'avais pressenti dès le début, belle demoiselle ! Tu as bien fait de te dissimuler, c'est plus prudent dans le souk quand on est seule.

– Je ne le suis plus et je viens avec eux, répondit Sibylle.

Ulysse approuva silencieusement.

Angelos entraîna le trio dans les méandres du souk, où les marchands commençaient à plier leurs étals pour rentrer chez eux.

– Première leçon : oubliez les reliques que vous verrez en vente libre sur les étalages, elles sont toutes fausses !

– Où va-t-on, alors ?

– Chez un marchand qui s'appelle Dimitrios Zaraïdès. Je le connais depuis trente ans. Il a plus de quatre-vingt-dix ans, mais il a gardé toute sa tête.

Il les guida jusqu'à une des extrémités du souk. À sa suite, ils pénétrèrent dans une cour qui donnait sur trois portes. L'une d'elles conduisait chez le fameux Zaraïdès. C'était un long couloir garni d'étagères, faisant songer à un bazar plein à craquer. On y trouvait un peu de tout : du matériel pour la cuisine, des étoffes, des outils pour travailler la terre, le bois et le fer. Mais aussi des bocaux de verre emplis d'objets improbables, évoquant des restes humains. On y respirait une odeur d'encens, comme dans les églises.

– Dimitrios ! appela Angelos.

Un homme d'âge mûr se présenta.

– Je suis son fils, Cyrille Zaraïdès.

– Ton père est dans le coin ?

Un vieil homme fit son apparition, comme s'il avait attendu de savoir qui était là pour se montrer. Sa face était fort ridée, mais il semblait bien alerte pour son très grand âge.

– Sois le bienvenu, Angelos. Qui m'amènes-tu ?

– Ulysse et ses compagnons arrivent d'Écosse pour acheter des reliques. Je leur ai dit que tu étais la meilleure adresse en Terre sainte.

– La plus ancienne, en tout cas.

– Peux-tu nous montrer tes merveilles ?

Le vieillard eut un sourire moqueur.

– Les vraies ou les fausses ?

– Montre-leur un peu de tout pour qu'ils fassent leur choix.

– Cyrille, ordonna Dimitrios, va leur chercher la marchandise !

Il les invita à entrer. Ils rejoignirent l'arrière-boutique ouvrant sur un jardin minuscule où le vieux marchand avait installé une petite table, sur laquelle attendait un samovar avec un service à thé. Au passage, Angelos chuchota à l'oreille d'Ulysse :

– Il va vous montrer un éventail de reliques. À la fin, achetez-lui quelque chose, pour le payer du temps passé avec vous.

Cyrille revint avec une pleine corbeille d'objets, qu'il déversa sur la petite table.

– Vous avez là un bel assortiment, dit-il. C'est pour une église ?

– Non, pour son père, répondit Ulysse en désignant Sibylle du menton.

– Alors oubliez les fantaisies, suggéra Cyrille en écartant quelques marchandises.

– Attends, l'arrêta Angelos. Décris-nous tes petites merveilles, je veux qu'ils sachent distinguer le vrai du faux.

L'autre eut un sourire entendu.

– Tu joues donc les maîtres d'école, Angelos ?

– Nous te récompenserons pour le temps passé avec nous, ne t'inquiète pas.

– Dans ce cas, tout est possible.

Il montra un premier objet. C'était un tube de verre fermé aux deux extrémités, dans lequel on distinguait une fine poudre noire.

– Vous avez là une ampoule emplie du Saint Sang.

Par réflexe, Sibylle fit un signe de croix.

– Le sang du Christ ?

– Pensez-vous, c'est du sang de mouton séché !

La jeune fille avisa un petit flacon où flottait ce qui ressemblait à une petite peau.

– Et dans cette fiole ?

– Vous contemplez le Saint Prépuce du Seigneur !

– Incroyable…, s'étonna Kostandin.

– On dit qu'il a été recueilli par une vieille servante juive après la circoncision de Jésus et qu'elle l'a conservé dans un vase d'huile de vieux nard.

– Pourquoi pas, après tout ? commenta Kostandin.

– Sauf qu'on trouve sur le marché quatorze ou quinze prépuces du Christ, ce qui fait quand même beaucoup !

Tous éclatèrent de rire. Sibylle, elle, se pencha vers une autre ampoule qui contenait une substance blanche.

– Et ça ?

– Je vous laisse deviner, dit Cyrille en affichant un grand sourire.

– Je ne vois pas.

– Du lait de la Vierge.

– Faux, évidemment ?

– C'est une sécrétion qu'on trouve sur la paroi d'une grotte. Mélangée à de l'eau, elle donne un liquide qui ressemble à du lait. Comme la grotte se trouve à Bethléem, on a dit que c'était le lait de la Vierge.

– Et vous trouvez des clients pour en acheter ?

– On trouve toujours des naïfs. Il faut dire que je ne la vends pas cher. Même s'il n'est pas convaincu, le client se dit qu'à ce prix, c'est un porte-bonheur abordable.

Il fouilla encore dans la corbeille et en sortit un gros caillou.

– Je pourrais aussi vous montrer une pierre qui a servi à la lapidation de saint Étienne. Ou bien ceci…

Il exhiba un tube de zinc duquel il tira un objet oblong, entouré de bandelettes de lin sale.

– Je ne vois pas, dit Sibylle.

– C'est un doigt momifié de l'apôtre Thomas, celui qui a touché la plaie du Christ. Rappelez-vous le texte de Jean : « Avance ton doigt ici et regarde mes mains, avance ta main et enfonce-la dans mon côté, cesse d'être incrédule. »

– Il connaît même les textes sacrés par cœur ! ajouta Angelos, admiratif.

– C'est le métier qui le veut.

Ulysse s'impatienta.

– Bon, nous avons vu les fausses reliques. Et les sérieuses ?

– Ce sont les plus rares et les plus chères. La plupart d'entre elles ont été volées à Constantinople, le jour du sac de la ville. Les empereurs collectionnaient les reliques les plus précieuses.

Le vieux Dimitrios ferma les yeux, en poussant un soupir.

– C'est loin ! J'ai quatre-vingt-quatorze ans aujourd'hui, je n'étais alors qu'un petit bonhomme de six ou sept ans. Ma famille vivait près du palais des Blachernes, au nord de la ville. Jamais, mes amis, je n'ai vu une telle folie…

24

Comme si la seule évocation de cette tragédie avait enclenché une mécanique secrète de la mémoire, Zaraïdès raconta ce qu'il avait vu ce 13 avril 1204, dans la capitale de l'Orient. Du sang, partout. Celui qui coulait dans les rues de son quartier formait plusieurs ruisseaux enchevêtrés. Les hurlements qu'on entendait évoquaient des bêtes sauvages, la douleur s'y mêlait à la rage.

Qui aurait pu l'imaginer ? Des chrétiens d'Occident étaient venus massacrer des chrétiens d'Orient ! L'avidité, ce poison mortel, menait la danse. Entraînés par les marchands vénitiens, qui entendaient se faire payer le prix du transport de leurs troupes en Terre sainte, les croisés avaient décidé de faire main basse sur la grande cité qu'on appelait alors « la deuxième Rome ». Ils savaient qu'elle regorgeait de trésors et d'œuvres d'art sans prix, certaines dataient même de la Grèce antique. Incontestablement, les Français et les Flamands furent parmi les plus furieux. Pendant trois jours, une soldatesque avinée pilla les riches demeures et les églises. On cherchait de l'or, mais on voulait aussi s'emparer des précieuses reliques conservées dans l'église des Blachernes, dans la basilique Notre-Dame du Phare et dans le palais de Boucoléon.

– Je les revois encore, se rappela Dimitrios Zaraïdès. Ils étaient comme des fauves lâchés dans les rues. Même le pape, qui les avait menacés d'excommunication, n'avait pu les arrêter. Ils se ruaient dans les habitations et s'emparaient de tout ce qui brillait ou semblait avoir de la valeur. Ils tuaient les habitants qui se terraient dans les caves, ils volaient ce qu'ils pouvaient et détruisaient ce qu'il était impossible d'emporter. La violence avait envahi toute la ville.

Les monastères et les églises furent saccagés. À l'intérieur de la basilique Saint-Sophie, la belle *Hagia Sophia*, on vit des soldats ivres briser les objets du culte et se disputer les saintes icônes. Des prostituées, arrivées avec les croisés, montèrent sur le trône patriarcal et chantèrent des chansons grivoises françaises. Dans les couvents, des religieuses furent agressées et violées.

– Cela, continua le vieux Zaraïdès, tout le monde le sait. Sur ce chapitre des massacres et des injustices, les chrétiens égalent les Sarrasins.

Il s'interrompit et se tourna vers son fils.

– Mais j'ai vu, moi, quelque chose que les autres ignorent...

Il hésita.

– Crois-tu, Cyrille, que je peux leur raconter ?

– Dis-leur, c'est loin à présent. De toute manière, ils ne te croiront pas.

– C'est pourtant la vérité ! Pendant que les croisés pillaient les principaux palais de la ville, un groupe de marchands génois s'est introduit dans l'église des Blachernes, dans le quartier où j'habitais. Un Byzantin, qu'ils avaient sans doute payé, leur servait de guide. Ils semblaient chercher quelque chose...

– Une relique ?

Dimitrios sembla irrité par l'interruption. Cyrille expliqua.

– Mon père est un conteur-né, mais il ne faut pas l'interrompre.

Le vieillard approuva, puis reprit le cours de son récit.

– Je les ai suivis sans me faire voir, en profitant de la nuit. Dans ce sanctuaire, disait-on, l'empereur cachait un linge qu'on appelait « le Mandylion d'Édesse ».

Il s'agissait d'une très ancienne légende qu'on rapportait à Constantinople, de génération en génération. En langue grecque, « mandylion » signifie « image ». Le saint Mandylion d'Édesse était la première image supposée du Christ, miraculeusement imprimée sur une pièce de tissu rectangulaire. Certains ont imaginé qu'il pouvait s'agir du linceul du Seigneur, replié pour ne laisser voir que sa face. Ce linge sacré aurait été offert au sixième siècle au roi Abgar d'Édesse, en Mésopotamie. Puis, on ne sait comment, il arriva à Constantinople aux alentours de l'an mil.

Le vieux Dimitrios se mit à chuchoter. Il semblait effrayé en parlant de ce morceau de tissu.

– Les gens, dans notre quartier, disaient que le Mandylion avait des pouvoirs magiques.

– Magiques ? répéta Ulysse, incrédule.

– Oui ! Il brillait dans le noir. Je l'ai moi-même vu, une nuit. Avec d'autres gamins comme moi, nous nous sommes introduits dans l'église. Je vous le jure sur le Christ : *le Mandylion luisait dans l'obscurité !* L'église entière était illuminée par la lueur qui en émanait, une lumière bleutée.

– C'est donc cette relique que cherchaient les soldats génois ?

– Oui, c'était pour eux un trésor qu'ils auraient revendu une fortune. Mais il est arrivé quelque chose de pas ordinaire.

Il en devenait presque fébrile.

– Je me suis caché pour les observer depuis le balcon de l'église. Quand les Génois se sont approchés de la relique, la lumière qu'elle projetait est devenue plus intense, comme celle d'un phare côtier. Elle a envahi toute la nef. La plupart des Génois ont eu peur et ont préféré gagner la sortie. Moi, sur le balcon, j'ai vu la suite. Celui qui semblait être le chef du groupe a bravé la lumière et a voulu s'emparer du Mandylion. Il…

Dimitrios semblait si ému qu'il avait de la peine à poursuivre.

– Il a pris feu ! Il a brûlé comme une torche. Puis la lumière a perdu de son intensité et l'obscurité est revenue. Le reste des Génois a pris la fuite.

Un silence suivit cette révélation.

– Savez-vous ce qu'est devenu le Mandylion ? demanda Sibylle.

– Il a disparu, il n'était plus dans l'église, deux jours après. Peut-être a-t-il été volé par d'autres croisés, plus chanceux que les Génois ? À moins que Baudouin de Hainaut, le nouvel empereur nommé par les croisés, l'ait dissimulé ailleurs.

Cyrille posa une main affectueuse sur l'épaule de Dimitrios.

– Je respecte infiniment mon père, mais si je ne l'arrête pas, nous en aurions pour la nuit entière ! Personnellement, je vous dirai que je ne crois guère à ces légendes. J'ai entendu parler de plusieurs suaires du Christ, ce sont tous des faux. Comment voulez-vous qu'un simple linge ait résisté au pourrissement pendant plus d'un millénaire ? La couronne d'épines, c'est quand même plus sérieux. Regardez-moi ça...

Il montra une sorte de flacon en verre qui contenait un objet indéfinissable.

– Vous en avez ici un bon bout.

Angelos protesta.

– Cyrille, la couronne d'épines a été achetée par le roi de France Louis IX, il y a cinquante ans !

– Oui, mais il restait quelques épines. Je vous les vends à un prix raisonnable : une livre l'unité.

– Achète-la, chuchota Ulysse à Sibylle, pour les récompenser du temps qu'ils ont passé avec nous.

– Je vous en prends une, Cyrille.

– Si c'est pour offrir à votre père, je vous ferai un joli paquet.

– Merci, Cyrille.

Ulysse estima que le contact amical qu'ils avaient noué avec les Zaraïdès pouvait lui permettre de progresser dans sa quête.

– En vérité, dit-il, je cherche un crucifix qu'on dit avoir été sculpté par saint Nicodème. Il en existe une copie dans la cathédrale de Lucques, mais l'évêque voudrait acquérir l'original.

Dimitrios approuva.

– Je connais cet objet, il appartenait aussi au trésor de Constantinople. Si quelqu'un le possède, ce ne peut être que l'Épervier. Demandez aux Pardonneurs de vous mettre en relation.

– J'y ai pensé, Dimitrios, dit Angelos. Merci pour tes informations.

Le fils de Dimitrios tendit à Sibylle son paquet-cadeau.

– Votre père est un homme pieux ? lui demanda-t-il.

– Très.

– Alors il sera content.

Une fois dehors, Angelos se tourna vers Ulysse.

– Maintenant que vous en savez un peu plus, nous irons demain chez les Pardonneurs.

25

La taverne des Pardonneurs se trouvait sur le port. Il avait été décidé que seuls Ulysse et Angelos iraient au rendez-vous. Kostandin et Sibylle veilleraient à proximité, au cas où Ulysse tarderait à sortir.

Angelos avait un plan :

– Ils vont certainement vous proposer un certain nombre de marchandises et observeront vos réactions. Je ne sais pas si l'Épervier sera parmi eux, mais je présume qu'il ne sera pas loin. Convenons d'un code : si je ferme les paupières deux fois de suite, c'est un faux. Si je les ferme une seule fois, c'est une relique intéressante, mais pas ce que vous cherchez. Au bout d'un moment, les Pardonneurs sauront à qui ils ont affaire. Il sera temps, alors, de demander à parler à l'Épervier.

– Très bien, Angelos, allons-y.

La salle était bondée et bruyante. Angelos alla glisser un mot à l'aubergiste, qui indiqua une porte.

– C'est par là, Ulysse. Ils nous attendent.

La pièce où ils entrèrent était plongée dans la pénombre. Aucun moyen de distinguer clairement les visages de leurs interlocuteurs, assis autour d'une table. Ulysse les évalua à trois ou quatre.

– Prenez place, les amis, dit Angelos. Voulez-vous boire quelque chose ?

– Nous ne sommes pas là pour ça, lança une des silhouettes.

À la lumière de la bougie posée sur la table, Ulysse observa l'homme qui avait parlé. Il était en vêtement laïc, mais portait encore la tonsure des moines. Angelos prit la parole.

– Je vous ai amené le sire Ulysse Cameron de Bath, qui est envoyé par l'évêque Paganello da Porcari, de la cathédrale Saint-Martin de Lucques.

– Une belle personne, bien introduite, apprécia le moine. J'imagine, messire, que vous n'avez pas besoin d'indulgences ?

Il indiqua plusieurs parchemins éparpillés sur la table de bois.

– Je vous les montre quand même. Elles sont signées par le pape Nicolas IV et vous vaudront quelque répit avec le Ciel. J'ai ici quatre indulgences partielles et deux plénières, qui vous éviteront plusieurs années de purgatoire.

En dépit de la pénombre, Angelos avait gagné une place où la lumière d'une chandelle permettait à Ulysse de le voir. Il cligna des yeux deux fois.

– Je ne suis pas venu acheter des indulgences. En outre…

Il prit une des indulgences manuscrites étalées sur la table.

– Je ne reconnais ni la signature ni le sceau de Sa Sainteté le pape Nicolas IV, que je compte parmi mes amis. Ces indulgences ne sont pas authentiques.

Il y eut un silence.

En réalité, Ulysse ne connaissait ni le pape ni son sceau, mais son stratagème avait impressionné son interlocuteur. Il marqua un point.

– Je vois que monseigneur est difficile à contenter, dit le moine. Et que diriez-vous de ceci ?

Il montra deux petites boîtes, qu'il ouvrit l'une après l'autre.

– Dans cette ampoule est conservée une larme du Christ, recueillie sur la croix par un soldat romain. Le même soldat a conservé dans cette autre boîte un des derniers souffles du Seigneur. Elle est parfaitement close et certifiée par un évêque de Damas.

Deux battements de paupières eurent raison de cette nouvelle proposition.

La comédie continua ainsi plusieurs minutes. Bientôt, la cause fut entendue. Le défroqué en arriva au fait :

– Que cherchez-vous, messire ?

Ulysse décrivit le *Volto Santo*, le crucifix sculpté par saint Nicodème.

– Mon évêque est prêt à payer très cher l'original. Je dis bien *l'original*.

Le moine approuva.

– Combien ? dit une autre voix, restée dans l'ombre.

Ulysse ne distinguait pas l'homme qui avait parlé. Il répondit quand même :

– Quinze mille livres.

La somme était considérable, c'était le neuvième de ce qu'avait déboursé le roi de France Louis IX pour l'achat de la couronne d'épines.

– Tu as l'argent avec toi ?

Ulysse se mit à rire.

– Je ne suis pas assez fou, tu l'imagines, pour me promener dans Acre, la nuit, avec une somme pareille. J'attends de voir l'objet et j'alerterai mon écuyer pour qu'il m'apporte l'argent.

– Tu as entendu parler de moi ?

L'homme qui se tenait dans l'ombre s'avança. À la lumière de la bougie, Ulysse put distinguer son visage. Il était de haute stature et portait un cache noir sur un œil.

– C'est toi qu'on appelle l'Épervier ?

– Tu l'as dit. Si on t'a parlé de moi, tu dois savoir qu'on ne me trompe pas. Tu auras ce que tu demandes si tu apportes l'argent. Mais si tu cherches à me piéger…

La menace était explicite.

– Il n'y aura aucun piège, l'Épervier. Montre-moi le crucifix.

Ulysse se doutait que l'Épervier n'avait pas emporté ses reliques avec lui. Ce qu'il espérait, c'était remonter jusqu'à son repaire.

– Viens demain à l'entrée du village de Safed, dans la montagne de Haute-Galilée. Je te conduirai quelque part. Je te montrerai le crucifix que tu cherches et… autre chose.

– Quoi donc ?

– Tu seras le premier à la contempler. C'est la plus extraordinaire relique qu'on puisse trouver aujourd'hui dans le monde chrétien. Si ton évêque ou le pape que tu dis connaître peuvent réunir l'argent, elle sera à toi.

26

En dépit des soins qu'on lui avait prodigués, Alister Durward n'avait toujours pas retrouvé la parole, ni la mémoire. Ses plaies encore béantes avaient cessé de saigner. La graisse avec laquelle les moines l'avaient massé avait calmé ses douleurs. Pour autant qu'il puisse en juger, la cellule où il était enfermé se trouvait juste sous le toit du monastère. Par une étroite fenêtre, il distinguait la cour inondée de soleil où les moines allaient et venaient en silence. Il aperçut alors des hommes à cheval qui se présentaient à l'entrée.

Un moine alla chercher le père Barnabas. En utilisant le langage des gestes, il lui fit comprendre que trois hommes demandaient à le voir. Ils étaient armés.

– Ont-ils dit ce qu'ils veulent ? demanda, toujours par signes, le père supérieur.

Le moine l'ignorait. Le père Barnabas se leva et lui emboîta le pas. Puis il s'arrêta auprès du frère Zacharias, occupé à balayer la cour, et chuchota à son oreille :

– Va fermer à double tour la cellule du blessé.

Le frère Zacharias approuva en silence et courut exécuter ses ordres.

Les trois visiteurs, qui s'impatientaient à la porte du monastère, descendirent de leurs montures. Deux d'entre eux avaient des allures de brutes, le troisième semblait être un méchant homme, au regard inquisiteur.

– Je vous salue, mon père, dit le chirurgien. J'arrive avec mes deux hommes de Saint-Jean-d'Acre. Nous sommes attachés au service d'ordre du grand maître du Temple, Guillaume de Beaujeu. Nous cherchons un voleur qui s'est enfui récemment. On nous a informés qu'il se trouvait dans la région.

Le père supérieur répondit par des gestes volontairement incompréhensibles.

– Ils sont muets ? demanda un des deux hommes de main.

– Je ne crois pas, répondit le chirurgien, ils sont tous comme lui. Je pense qu'ils ont fait vœu de silence. Entrons !

Il s'avança dans la cour, suivi par les deux autres.

– Puisque nous ne pouvons pas nous comprendre, mon père, nous allons inspecter les lieux.

Le père supérieur essaya de leur barrer le chemin, ce qui éveilla la méfiance du chirurgien.

– Laisse-nous passer !

D'autres moines accoururent, mais furent bousculés. Le père Barnabas pria intérieurement pour que le frère Zacharias ait eu le temps de fermer la cellule du blessé. Il attendit, dans l'angoisse.

Fort heureusement, la fouille des trois hommes resta superficielle. Les visiteurs ouvrirent quelques cellules, allèrent inspecter le réfectoire, mais ne trouvèrent rien de significatif. La chambre d'Alister n'attira pas leur attention, elle avait l'allure d'un placard à balais. Le chirurgien retourna vers le père Barnabas, resté à l'entrée.

– Pardonnez notre intrusion, mon père, c'était une erreur. Nous allons chercher ailleurs.

Le père supérieur fit un geste apaisant. L'incident était clos.

Depuis sa cachette, Alister observa les cavaliers remonter sur leurs chevaux. Des images se bousculèrent dans son esprit. Ces trois hommes, il les connaissait. Mais où les avait-il vus ? Et quand ? Son esprit était comme occupé par un blanc, une absence. Il ne pouvait pas non plus prononcer la moindre parole. Il avait le sentiment qu'il pourrait articuler des mots, que sa gorge n'était pas mutilée comme ses mains et ses pieds, mais que les mots s'arrêtaient dans sa bouche. Il ne pouvait que geindre et pleurer. Une seule pensée naquit en lui quand il les vit s'éloigner : « Seigneur, sauvez-moi ! »

27

Quand Ulysse retrouva Kostandin et Sibylle, il leur raconta son entrevue avec l'Épervier.

– En suivant la trace du *Volto Santo*, nous remonterons peut-être jusqu'à Alister. Il m'a aussi parlé d'une autre relique précieuse, c'est une piste possible. Nous devons nous retrouver demain matin dans la montagne, à l'entrée de Safed. Quand je serai sur place, je déciderai si je dois continuer à jouer l'acquéreur de reliques ou utiliser mes armes.

– Il y a une autre méthode, suggéra Kostandin, le torturer jusqu'à ce qu'il avoue ce qu'il a fait d'Alister.

– Nous verrons, tempéra Ulysse. Nous ne savons même pas s'il a joué un rôle dans sa disparition. Mais ce que j'ai vu du personnage me fait penser qu'il sait sûrement quelque chose.

– Quoi qu'il en soit, je viens avec vous, lança Sibylle.

Ulysse refusa net.

– Sibylle, nous serons peut-être obligés de passer à l'action…

Elle haussa le ton.

– Si mon frère est là-bas, je veux le savoir ! Et si tu m'interdis de venir, je vous suivrai tous les deux à distance.

Ulysse savait qu'elle ne céderait pas. Il réfléchit un moment, puis changea de tactique.

– Dans ce cas, nous irons tous les deux. Tu enlèveras ta capuche et tu dénoueras tes cheveux, il ne se méfiera pas d'une jeune fille. Kostandin et Angelos nous suivront discrètement. Au premier cri, dit-il à son écuyer, tu accours avec ta masse d'armes.
– Tu peux compter sur moi.

Juste après le dîner, Ulysse alla fourbir ses armes dans la pièce attenante. Il trouva Sibylle agenouillée devant un feu de cheminée. Il s'approcha discrètement et vit qu'elle priait. Sans faire de bruit, il s'installa à une table voisine et posa son épée à plat. L'aubergiste lui apporta le chiffon et les deux coupes qu'il avait demandés.
– Le vinaigre et l'huile, messire.
– Merci.
Quand Ulysse releva les yeux, Sibylle se tenait debout, près de lui.
– Que fais-tu là ?
– Je peux m'asseoir à côté de toi ?
– Si tu veux. Tu priais un tas de bûches ?
– Peu importe devant quoi on prie, le Seigneur est partout. J'ai demandé au Christ de nous aider, demain, à sauver Alister.
– Nous aurons besoin de son aide, car la partie sera rude. Tu n'es pas effrayée ?
– Regarde…
Elle montra sa main qui tremblait.
– Je suis morte de peur ! Mais je n'aurais pas supporté de rester seule à l'auberge.
– De toute façon, j'ai renoncé à te convaincre.
Elle le regarda passer le chiffon sur son épée.
– Que fais-tu là ?
– L'épée est la meilleure amie du croisé, à condition d'être propre.

Il trempa son chiffon dans la première coupe. Sibylle s'approcha pour en sentir le contenu.

– C'est du vinaigre d'alcool. Il enlève la rouille, qui finirait par rendre l'épée cassante.

– Et l'autre coupe ?

– De l'huile. Elle protégera l'épée de la rouille.

Elle le regarda s'activer en silence.

– J'ai vu, avec les pèlerins, que tu n'aimes pas tuer.

– Seuls les fous aiment ça, mais le monde est plein de fous.

Elle fut tentée de pousser la conversation un peu plus loin et de lui parler de Néphin, mais jugea que ce n'était pas le bon moment. Elle préféra aller se coucher.

– Bonne nuit, Ulysse.

– Bonne nuit, Sibylle.

Le lendemain, ils se retrouvèrent devant l'auberge avant l'aube. Kostandin était allé chercher les chevaux. Méticuleusement, Ulysse harnacha le sien, Sibylle en fit autant.

– Toujours décidée ?

– Toujours.

Il s'adressa à Kostandin et Angelos.

– Partez, vous deux, au chant du coq.

28

Quand le soleil fut haut dans le ciel, la route qui allait à Safed disparut complètement et devint une colline en pente douce. Sibylle, qui chevauchait près d'Ulysse, inspira à pleins poumons.

– Que j'aime l'air de la montagne, c'est comme dans les Highlands !

– Safed est la plus haute ville de Palestine. Il y a trente ans, les Templiers y ont construit une forteresse qu'ils croyaient imprenable, mais les mamelouks les ont quand même vaincus.

– Et aujourd'hui ?

– Je n'en sais rien. Si l'Épervier cache ses reliques dans le coin, il a certainement trouvé un endroit sûr au sommet de la montagne.

Au passage, ils virent des vergers où poussaient des dattiers, des bananiers et des manguiers. Cette région était riche, généreuse en fruits de la terre. Quel dommage, songea Sibylle, que les hommes aient choisi cet endroit pour se chercher querelle depuis des siècles ! Elle se retourna.

– J'espère que Kostandin et Angelos ne nous ont pas perdus.

– Angelos connaît la région. Et ne t'en fais pas pour Kostandin, c'est un farouche guerrier.

– Vous êtes comme les deux doigts de la main.

– Un peu, oui.

– Tu n'as jamais pensé à vivre autrement ?

– Que veux-tu dire ?

– Je ne sais pas, prendre une épouse, avoir des enfants. Quel âge as-tu, Ulysse ?

– Entre vingt-deux et vingt-trois ans.

– Le temps file vite, tu sais. Et l'aventure des croisades se termine. Pas comme vous l'espériez, mais elle se termine.

– Ce ne sont pas les musulmans, mais notre égoïsme et notre avidité qui nous auront vaincus.

– Peut-être, mais tu devrais songer à ce que sera ta vie d'après.

– Et toi, tu y as pensé ?

Elle se détourna, troublée, et répondit sans le regarder :

– Mon seul dessein, pour le moment, est de retrouver mon frère. Quand ce sera fait…

– Si Dieu le veut.

– Nous reconstruirons avec Alister le château de mon père. Il y a tant à faire là-bas.

Soudain, Ulysse s'immobilisa.

– Tais-toi et descends de ton cheval. Lentement…

– Qu'est-ce que…

Quand ils eurent mis pied à terre, il l'entraîna derrière des rochers. On vit alors surgir un petit détachement de cavaliers mamelouks. Ils n'étaient pas plus d'une demi-douzaine.

– C'est l'avant-garde des armées du sultan, chuchota Ulysse. Ils viennent sans doute reconnaître le terrain pour dresser des cartes. Dans peu de temps, ils seront des centaines de milliers ici.

Sibylle frissonna.

– Laissons-les passer, ajouta Ulysse, nous reprendrons la route après.

Il se produisit alors un incident inattendu. On entendit un sifflement, suivi d'un choc et d'un cri sourd. Un des mamelouks tomba de cheval, percé d'une flèche. Un groupe de neuf cavaliers déferla de nulle part et chargea les mahométans avec des cris de guerre. Coiffés de chapeaux aux bords relevés, ils étaient vêtus de cuirasses lamellaires et armés d'arcs, de lances et de petits sabres recourbés. Certains continuaient à projeter leurs flèches depuis leurs chevaux.

– Les Tartares[1] ! souffla Ulysse.

On leur avait donné ce surnom, car ces petits hommes aux yeux bridés semblaient venir du Tartare, cette région brumeuse et sinistre que les anciens Grecs assimilaient aux Enfers. En quelques instants, les mamelouks furent terrassés. Les Tartares sautèrent à bas de leurs montures et allèrent les fouiller. Il se saisirent de leurs armes et de quelques pièces d'or. Puis, sur un signe de leur chef, ils remontèrent sur leurs destriers et disparurent aussi vite qu'ils étaient venus.

Sibylle resta muette de surprise.

– Que font ces Tartares en Palestine ?

– Ils profitent du désordre créé par les croisades. Il y a vingt ans, ils ont pris Alep, mais les mamelouks les ont repoussés de Syrie. Depuis, ils se sont retirés en Perse.

– Et ceux que nous avons vus ?

– Des pillards, sans doute, qui écument le pays. Il faut se méfier, ils sont très dangereux.

Ils reprirent leur route en silence.

– À partir de maintenant, restons sur nos gardes. L'ennemi est partout. Les mamelouks, les Tartares…

– Et l'Épervier tout là-haut, compléta Sibylle.

1. On appelait ainsi les guerriers mongols.

29

Ulysse arrêta son cheval.

Ils étaient arrivés en vue du village de Safed, qui se résumait à quelques habitations en ruine. Non loin de là, un tas de décombres et de poutres calcinées signalait l'emplacement de l'ancienne forteresse des Templiers.

– Les combats ont été terribles par ici, constata Sibylle. Même les tombes du cimetière ont été saccagées.

– C'était il y a plus de vingt ans, expliqua Ulysse. Le sultan Baybars avait ordonné l'extermination de tous les chrétiens de la forteresse. Les Templiers ont résisté avec vaillance, mais les mamelouks les ont submergés.

Dans le froid vif, on n'entendait que le cri sinistre des corneilles.

– Attendons ici, proposa Ulysse. Je suis certain que l'Épervier nous a vus venir, il ne tardera pas.

Ils descendirent de leurs chevaux et s'installèrent sur de grosses pierres.

– Tu as faim ? demanda Ulysse.

– Un peu, dit Sibylle. J'ai emporté de la viande séchée et des pommes. Tu en veux ?

– Pourquoi pas ! J'espère qu'il ne nous fera pas languir pendant des heures.

Elle alla chercher un sac qu'elle avait accroché à sa selle, mais Ulysse la rappela.

– Sibylle, ils sont là !

Il montrait deux cavaliers qui s'approchaient au petit trot. L'un des deux était l'Épervier.

– Restez debout, ordonna-t-il. Qui est cette jeune femme ?

– Ma sœur et ma conseillère, mentit Ulysse. Elle sait tout sur les reliques, les vraies et les fausses. Elle m'éclairera si j'en ai besoin.

– Tu semblais pourtant t'y connaître, à la taverne…

– Grâce à elle.

– J'ai étudié toutes les archives, messire, expliqua Sibylle.

– Bon. Nous allons vous bander les yeux, puis vous remonterez sur vos chevaux et vous vous laisserez conduire.

Ulysse accepta la proposition. Quelques minutes après, le convoi se mit en route. L'Épervier et son aide tiraient les chevaux d'Ulysse et de Sibylle par la bride. Les tournants étaient si nombreux et si peu logiques qu'Ulysse sentait bien que l'Épervier cherchait à les égarer. Au bout d'un moment, il donna l'ordre de s'arrêter.

– Restez en place, Brice va vous enlever vos bandeaux.

Quand ils ouvrirent les yeux, Ulysse et Sibylle virent qu'ils se trouvaient dans la cour intérieure d'une ferme abandonnée, dont les murs avaient été partiellement démolis.

– Descendez de vos chevaux et suivez-moi.

Ils entrèrent dans une maison en ruine, nettement plus vaste que les autres. Il s'engagea dans un petit escalier.

– Nous descendons à la cave.

Après une dizaine de marches, l'Épervier ouvrit une porte en fer avec une grosse clé. La pièce était plongée dans l'obscurité, mais le brigand alluma plusieurs torches accrochées aux murs. Peu à peu, dans la pénombre, apparut une véritable chambre aux trésors.

– Incroyable ! murmura Sibylle.

C'était une invraisemblable accumulation d'objets issus du palais des Blachernes, mais aussi des bibliothèques et des hôtels particuliers de Constantinople. Autour de quelques coffres débordant de vaisselle d'or et d'argent ou d'étoffes brodées, l'Épervier et ses hommes avaient arrangé (avec un certain goût, reconnut Ulysse) un décor où les manuscrits de l'Antiquité, les bijoux et les vases précieux étaient disposés sur des portions de colonnes de marbre et de porphyre. Mais une place particulière avait été faite aux reliques, que la capitale de l'Orient chrétien possédait en abondance.

– Vous avez ici exposées les plus belles reliques dont on puisse rêver, annonça l'Épervier avec fierté. Je les vends à toutes les cours d'Europe qui m'en font la demande. Et je ne manque pas de clients, croyez-moi !

– Épervier, l'interrompit Ulysse, je suis venu pour t'acheter l'original du *Volto Santo.* Le possèdes-tu ?

– Tu vas le voir, mais je voulais aussi vous montrer le reste. Je ne sais pas encore pour qui vous travaillez...

– Je te l'ai dit, pour l'évêque de Lucques.

– Allons donc ! J'ignore toujours qui vous envoie réellement...

Il laissa passer un silence avant de reprendre.

– Mais s'il s'agit de celui à qui je pense, j'aurai une belle proposition à vous faire.

Il alla ouvrir un coffre au fond de la pièce. Ulysse se pencha vers Sibylle.

– Je crois qu'il nous prend pour des envoyés du pape Nicolas.

– Approchez-vous. Tu voulais voir le *Volto Santo* ? Le voici.

Il ouvrit un petit coffre tapissé de velours, qui renfermait un gros crucifix.

– C'est l'original sculpté par saint Nicodème après la mort du Christ, mais en réalité façonné par des anges.

L'Épervier est un bon vendeur, se dit Ulysse, il a bien appris sa leçon.

– Je vous le cède à quinze mille livres, comme je vous l'ai annoncé.

Ulysse essaya alors un stratagème. Il examina le crucifix en faisant la grimace. L'Épervier le remarqua et fronça les sourcils.

– Quelque chose te dérange ?

– Puis-je te parler franchement, Épervier ?

– Je t'écoute.

– Il y a quelque mois de cela, l'évêque de Lucques t'a envoyé un chevalier écossais, nommé Alister Durward, pour acheter ce crucifix.

L'Épervier se raidit aussitôt. Ulysse poursuivit son mensonge.

– Durward t'a payé quinze mille livres et a ramené le *Volto Santo* en Italie. On peut le voir aujourd'hui dans la chapelle de Lucques, où le peuple vient l'adorer.

– C'est impossible, lança l'Épervier. Le *Volto Santo* n'a jamais quitté cette pièce !

– C'est pourtant vrai. Alors le crucifix que tu me présentes est-il l'original ou as-tu vendu un faux crucifix au chevalier Alister Durward ?

Visiblement, l'Épervier ne savait plus quoi répondre. Par précaution, il mit sa main sur sa dague, Ulysse en fit autant.

– Je n'ai jamais rencontré ce Durward, se défendit l'Épervier. Jamais, tu entends ?

– Il t'a pourtant donné les quinze mille livres que lui avait confiées l'évêque ?

Ulysse l'avait si bien embrouillé que l'œil unique de l'Épervier roulait dans son orbite.

– Ce Durward a menti ! Il a certainement empoché l'argent de l'évêque et lui a rapporté un faux crucifix. On peut en trouver chez les marchands, dans le souk. Mais l'original, je vous l'affirme, est ici.

Ulysse jeta un coup d'œil à Sibylle. Ils étaient sur la bonne piste. Il ne restait plus qu'à souffler le chaud et le froid pour regagner la confiance de l'Épervier et glaner de nouveaux renseignements.

– Je suis rassuré, Épervier, car cet Alister Durward n'existe pas !

Cette fois, l'Épervier n'y comprenait plus rien.

– Je voulais juste m'assurer que tu n'essayais pas de me vendre un faux crucifix à prix d'or. Car tu as raison, je ne suis pas envoyé par l'évêque de Lucques.

– Qui es-tu, alors ?

– Je viens de Rome, mentit Ulysse, pour négocier des reliques de première qualité à l'intention du pape Nicolas IV.

L'Épervier poussa un soupir de soulagement.

– J'en étais sûr !

– Mais, comme tu le sais, le pape est très exigeant. Il voudra donc le meilleur et n'aime pas qu'on lui joue de mauvais tours. Oublions ce crucifix. Et dis-moi : qu'as-tu de vraiment précieux à nous proposer ?

– Des merveilles, répliqua aussitôt l'Épervier.

Il replongea dans son coffre et en sortit un morceau de lance à la pointe rouillée.

– La Sainte Lance, par exemple, celle qui a percé le flanc du Christ sur la croix.

– Nous en avons vu plusieurs dans le souk, objecta Sibylle.

– Mais celle-ci est la vraie. Elle a été découverte par les croisés à Antioche. Alors qu'ils étaient cernés par les Turcs, la relique a changé le cours de la bataille et leur a donné la victoire[1].

– Combien ?

– Quarante mille livres. Pour le même prix, j'ai aussi un authentique vase de Cana et la verge de Moïse.

---

1. Authentique. Mais la « découverte » arrivait trop à point pour ne pas avoir été mise en scène.

– La quoi ? demanda Sibylle.

– Le bâton du prophète, avec lequel il appela les miracles de Dieu. Il a été retrouvé dans une église de Constantinople, avec la croix de Constantin.

Il referma son reliquaire et prit un ton grave.

– Mais si le pape a beaucoup d'argent à m'offrir, je pourrais lui vendre la plus extraordinaire de toutes les reliques.

Ulysse l'interrogea du regard.

– C'est la grande affaire du moment. Je viens de l'acquérir auprès d'un Grec qui l'avait dissimulée pendant le sac de Constantinople. Je l'ai payée très cher. C'est le suaire de Notre-Seigneur, celui qui a recouvert son cadavre au pied de la croix.

Ulysse avait le pressentiment que l'instant de vérité approchait.

– Je suis intéressé. Peux-tu nous le montrer ?

– Brice ! appela l'Épervier.

Il demanda à son homme de main de l'aider à ouvrir un autre coffre. À l'intérieur, il y avait un linge plié. Ils le saisirent délicatement et le déployèrent dans la largeur de la pièce. Il était long d'au moins deux toises.

– Prends la bougie et contemple cette image, suggéra l'Épervier. Mais ne t'approche pas, ce linge est fragile.

Ulysse saisit un bougeoir et regarda le linge. On voyait deux silhouettes allongées.

– Ce drap de lin a recouvert la face arrière et la face avant de Jésus après son supplice. Il porte encore son empreinte.

Ulysse approcha prudemment sa bougie du personnage imprimé sur le linge. Sibylle eut un geste de recul et poussa un cri étouffé. Ulysse lui fit signe de se taire.

– Impressionnant, n'est-ce pas ?

L'Épervier, qui pensait ses acquéreurs intéressés, donna un ordre à un autre de ses hommes :

– Ugo, ajoute de la lumière, pour que nos amis contemplent cette merveille.

Pendant qu'Ugo allumait de nouvelles torches murales, Sibylle se rapprocha d'Ulysse et lui parla à l'oreille. Sa voix tremblait.

– Ulysse, cette image…

– J'ai compris, Sibylle.

Le visage sur le drap avait les yeux fermés, dans la posture rigide d'un cadavre. C'était Alister Durward.

30

L'Épervier remarqua le trouble de ses visiteurs, mais le mit sur le compte de l'effet produit par la relique.

– Je vous le répète, vous avez devant vous le vrai visage du Christ. J'ignore comment son empreinte s'est inscrite sur le tissu. Peut-être est-ce un miracle ?

Ulysse essaya de donner le change, en affichant une mine dubitative.

– Oui… si la relique est vraie.

L'Épervier se récria.

– Elle l'est, je vous le certifie ! Tous les autres suaires proposés sur le marché sont des peintures. Et je vais vous le prouver : approchez-vous du visage.

Ulysse et Sibylle firent ce qu'il demandait. Sibylle avait les larmes aux yeux.

– Voyez, il n'y a aucune trace de peinture ni d'un pinceau. Le suaire a retenu l'image authentique du Christ. D'ailleurs, il y a encore des traces de sang sur le visage et sur la poitrine, des clous ont vraiment percé ses poignets. C'est du vrai sang, pas un pigment rouge.

Sibylle était sur le point de hurler, mais Ulysse lui serra le bras très fort, bloquant le cri dans sa gorge.

– Vous pourrez montrer le suaire à tous les chirurgiens de la terre, ils vous répondront qu'il a recouvert un homme en chair et en os. Et cet homme portait toutes les blessures recensées dans les Évangiles. Il a été fouetté, son crâne est percé par la couronne d'épines, ses mains et ses pieds ont été cloués. Exactement ce que décrivent les Écritures.

Ulysse se redressa, aussi troublé que Sibylle.

– Je sais, continua l'Épervier, que c'est toujours une immense émotion pour un chrétien de découvrir les tortures que les Romains ont infligées à Notre-Seigneur. Mais cette relique est exceptionnelle pour la chrétienté. Quand je la mettrai sur le marché, tous les princes d'Europe voudront l'acheter. Vous êtes les premiers à qui je la montre.

– Quand l'as-tu acquise ? demanda Ulysse.

– Il y a peu de temps, six mois à peine.

Les dates concordaient avec la disparition d'Alister. Il n'y avait plus de doute, ces hommes lui avaient fait subir les tortures du Christ et avaient – Dieu sait comment ? – imprimé son image sur ce linge. Mais qu'avaient-ils fait d'Alister lui-même ? Était-il encore vivant ? Il fallait le savoir avant de tuer ce brigand en le faisant souffrir comme il avait fait souffrir sa victime.

– Tu n'es pas convaincu ? interrogea l'Épervier.

– Ton linge est troublant, je te l'accorde, mais il y a tant de fausses reliques qui circulent ! J'ai entendu parler d'un autre suaire du Christ qui était à Constantinople, le Mandylion d'Édesse. Lequel est le vrai ?

L'Épervier se fit méfiant.

– Qui t'en a parlé ?

– Un vieux revendeur du souk, qui était présent lors du pillage de la ville.

– Le père Zaraïdès ?

– C'est possible.

– Il vous a raconté le pouvoir maléfique du Mandylion ?

– Il nous a dit qu'il luisait dans l'obscurité, en effet.

– Ce linge est maudit ! Le père d'un ami, qui est chirurgien, l'a vu de près. Pour le saisir, il a fallu le récupérer avec une longue perche et l'enfermer dans une cage en plomb. Sans quoi, il brûlait tous ceux qui le touchaient. Le père de mon ami, qui avait un talent de peintre, a tout juste eu le temps de faire un dessin du visage imprimé sur le Mandylion.

– À quoi ressemblait-il ?

– Il était assez semblable au nôtre, à ceci près que notre suaire, qui est l'authentique suaire du Christ, ne procure que des bienfaits. Le Mandylion d'Édesse était une création de l'Antéchrist, conçue pour égarer les chrétiens. Ceux qui l'ont volé, à l'époque, ont tout fait pour s'en débarrasser. On dit qu'ils l'ont vendu à des Tartares qui croyaient en ses pouvoirs magiques, c'est pourquoi vous ne le trouverez nulle part. Mais si mon linge ne vous intéresse pas, passez votre chemin !

Cette fois, visiblement, l'Épervier s'impatientait.

– Combien en demandes-tu ?

– Parlons franchement, répondit l'autre. Le pape Nicolas IV est un pontife très riche. Cette relique fera de lui un des papes les plus respectés de la chrétienté, tous les fidèles d'Europe viendront à Rome pour l'admirer et se recueillir devant elle.

– Assez bavardé. Combien ?

– J'en veux le même prix que le roi Louis IX a payé pour la couronne d'épines, cent trente-cinq mille livres.

C'était une somme colossale. Au temps de Louis IX, elle représentait la moitié des revenus annuels du royaume de France. Ulysse siffla entre ses dents.

– Tu en demandes beaucoup !

– Dis au pape qu'il sera en lice avec le roi de France Philippe le Bel. Lui aussi, je puis te le dire, est intéressé.

C'était un mensonge, de toute évidence, puisqu'il n'avait encore montré cette relique à personne. Mais Ulysse joua le jeu.

– Philippe le Bel n'a pas d'argent.

– La rivalité du roi de France avec le pape n'a pas de prix. Pour cette relique, il empruntera aux Templiers, comme il le fait toujours. En exhibant le suaire authentique du Christ, il gravera son nom dans l'histoire.

Ulysse fit celui qui hésitait.

– Je veux bien te croire, mais tu comprendras que je ne puis conclure avec toi sans en parler avec le Saint-Père. Il nous faut donc rentrer à Rome, afin d'obtenir une réponse. Il est possible que le pape envoie un de ses spécialistes pour examiner le linge.

– Qu'il m'envoie tous ses spécialistes. Je te donne quarante jours pour m'apporter l'accord de Sa Sainteté et l'argent.

Il regarda Sibylle.

– En attendant, cette jeune fille restera ici avec moi, en gage.

– C'est impossible, objecta Ulysse.

– Elle sera bien traitée, tu as ma parole. Mais tu comprendras que je reste prudent. Je ne voudrais pas que le pape ou qui que ce soit d'autre m'envoie une petite armée pour voler mon suaire. Cette jeune fille, que je cacherai dans la montagne, sera ma garantie. Si tu me trahis, chevalier, je l'égorgerai moi-même.

Sibylle était livide. L'Épervier tourna les talons.

– Nous allons à nouveau vous bander les yeux et vous ramener là où nous nous sommes rencontrés.

– Et si le pape refuse ?

L'Épervier fit volte-face.

– Il ne refusera pas.

– Mais s'il ne veut pas payer ton prix ?

– Ce serait dommage, pour lui comme pour vous. Brice !

L'homme de main s'approcha et attacha un bandeau autour des yeux d'Ulysse.

– Quarante jours !

31

Non loin de là, le chirurgien marmonnait sur son cheval. Quelque chose le chiffonnait dans cette histoire. Depuis le début de la matinée, avec Brice et Clotaire, ils avaient écumé toute la région. Un moribond comme Alister Durward n'avait pas pu aller bien loin. Quelqu'un lui avait forcément porté assistance. Et pourquoi pas ces moines ? Brice et Clotaire avaient fouillé le monastère, mais superficiellement. Ce sont de tels idiots ! Et il y a tant d'endroits où cacher un homme, dans un lieu pareil.

Il retourna vers le fossé où le blessé avait été abandonné. Tout près de là, il y avait un potager. Il ordonna à ses deux complices de descendre de cheval, de se dissimuler derrière un rocher et d'attendre avec lui. Au bout d'un moment, ils virent un moine arriver, juché sur sa mule. Il se dirigea vers le potager, muni d'une serpe et d'un panier. Le chirurgien jaillit alors de sa cachette, dévala la pente et serra le bras du petit homme.

– Eh ! Que fais-tu là, le moine ?

Terrorisé, le frère Zacharias resta muet devant les trois bandits qui l'entouraient.

– Qu'as-tu fait du blessé qui se trouvait dans le fossé ?

Zacharias chercha le salut dans son vœu de silence et répondit avec des gestes. Cette fois, le chirurgien sortit une dague.

– Tu vas parler, oui ? Ou je te coupe la langue. Tu seras muet pour de bon !

Frère Zacharias n'était guère courageux. Le simple énoncé de la menace suffit à le faire parler.

– Oui, seigneur, dit le moine.

– C'est mieux. À présent, dis-moi ce que tu sais.

– Je ne sais rien, seigneur.

Un des deux hommes empoigna les doigts de sa main et les tordit jusqu'à les briser d'un coup sec. Zacharias se mit à hurler.

– À présent, crève-lui un œil.

– Non, pitié, non !

– Alors ?

Après avoir égorgé le frère Zacharias, les trois scélérats retournèrent au monastère Saint-Paul. Cette fois, ils entrèrent à cheval dans l'enceinte. Le chirurgien cria un ordre :

– Je veux voir tous les moines dans la cour. Faites venir le père supérieur !

Les moines se réfugièrent, tout tremblants, sous le porche du monastère. Avec gravité, le père Barnabas vint à la rencontre du chirurgien et s'adressa à lui avec des gestes.

– Oublie tes simagrées, le vieux ! Tu m'as menti, tu caches l'homme que je cherche.

Le père supérieur garda le silence.

– Ordonne à tous tes moines de s'aligner devant moi. Combien sont-ils ?

Avec les doigts de ses mains, le père Barnabas indiqua qu'ils étaient dix-sept. Le chirurgien compta. Il y avait seize moines, le dix-septième était celui qu'il avait tué dans le potager.

– Brice, égorge le premier sur la gauche.

Sans hésiter, l'homme de main exécuta le premier moine de la file. Tous les autres crièrent de terreur.

– À présent, lança le chirurgien au père supérieur, prononce un *Pater*. Si personne n'avoue rien à la fin de ta prière, il y aura un nouveau mort. Allez !

Le père Barnabas commença :

« Pater Noster, qui es in cœlis,
Sanctificetur nomen tuum,
Adveniat regnum tuum... »

Il s'arrêta.

– Continue !

« Fiat voluntas tua, sicut in cœlo, et in terra... »

Le père supérieur s'arrêta à nouveau.

– Prends ma vie, plutôt ! dit-il.

– Ah oui ? Brice, tues-en un autre !

L'homme de main se dirigea vers un tout jeune moine, qui tomba à genoux.

– Pitié, seigneur ! Il y a un blessé caché sous les combles !

Un large sourire éclaira la face du chirurgien.

– Conduis mes hommes là où il se trouve.

Le jeune garçon, terrifié, entra dans le bâtiment, suivi des deux brutes. Ils longèrent un couloir, jusqu'au réduit où le père Barnabas avait caché Alister.

– Cette cellule, dit le moine.

D'un violent coup de pied, Brice enfonça la porte. La cellule était vide.

– Où est-il ?

Le moine se mit à trembler. Il bafouilla.

– Il était là il y a quelques minutes, je ne comprends pas.

Alister, qui avait assisté à la scène depuis sa cachette, avait réussi à gagner l'escalier en rampant. Il se dissimula dans le réfectoire, mais le moine qui l'avait dénoncé n'eut aucun mal à le trouver.

– Il est là !

Les deux hommes se saisirent du blessé.

– Je le tue ?

– Non, amenons-le dehors.

Sans ménagement, ils traînèrent Alister dans la cour.

– Le voici ! triompha Brice.

Aidé de Clotaire, il l'immobilisa face au chirurgien, resté sur son cheval.

– Tu as la vie dure, Alister Durward !

Le brigand mit pied à terre et s'approcha du blessé, sa dague à la main. Il saisit Alister par le col de sa chemise.

– Cette fois, nous allons vraiment en finir.

– Non !

Celui qui avait crié, un moine revêtu d'un tablier, était le cuisinier du monastère. Le spectacle auquel il avait assisté dans cette cour lui semblait inspiré par le démon.

– Retourne en enfer, Satan !

Il courut vers le chirurgien et lui enfonça un long couteau effilé dans le ventre. Le médecin en resta muet de surprise. Un de ses hommes se précipita, mais il l'arrêta.

– Non… laisse-le-moi.

En poussant un cri rauque, il extirpa le couteau de son ventre et le planta des deux mains dans le cou du moine cuisinier, qui s'effondra. Puis il se tourna vers Alister.

– À toi, maintenant…

On entendit alors un sifflement, suivi d'un bruit sec. Une flèche lui traversa la gorge, une seconde se planta dans son dos. Le chirurgien s'effondra. Un groupe de cavaliers fit irruption dans la cour.

– Les Tartares ! hurla un moine.

32

En attendant le retour d'Ulysse et de Sibylle, Kostandin et Angelos s'étaient postés aux abords de Safed. Ils s'étaient préparés à toutes les éventualités.

– C'est long, murmura Kostandin, qui devenait nerveux.

– Patience, ils sont sans doute en train de négocier.

Angelos tendit l'oreille. Une silhouette à cheval apparut sur le sommet de la colline.

– C'est Ulysse, il revient !

Kostandin fronça les sourcils.

– Et Sibylle ?

Ulysse, le visage sombre, leur expliqua l'absence de la jeune fille.

– Je n'ai rien pu faire, l'Épervier l'a gardée en otage.

Il descendit de cheval et but à la gourde que lui tendait Angelos.

– Nous savons tout, à présent. Alister leur a servi de modèle vivant pour fabriquer un faux suaire du Christ. J'ai émis l'idée de l'acheter, mais quand j'ai voulu repartir, il a craint un piège et a retenu Sibylle jusqu'à mon retour.

– Alister est mort ?

– Je n'en sais rien. Compte tenu des supplices qu'on lui a fait subir, je doute qu'il soit encore vivant.

– Allons délivrer Sibylle ! s'écria Kostandin.

Mais Ulysse l'arrêta.

– À nous deux ? Nous ne pourrons rien faire, ils sont trop bien défendus. Et leur premier geste, quand ils sauront que nous les avons trahis, sera d'égorger Sibylle.

– Que proposez-vous, Ulysse ? demanda Angelos.

– D'aller demander de l'aide au maître de l'Ordre. Guillaume de Beaujeu sera content de récupérer les reliques volées à Constantinople. Nous reviendrons avec une petite armée et nous donnerons l'assaut au village. Si l'Épervier ne veut pas perdre la vie, il nous rendra Sibylle.

Kostandin courut chercher les chevaux.

– Qu'attendons-nous ?

Comme si leur inquiétude pour Sibylle leur avait donné des ailes, ils galopèrent tous les trois jusqu'à Saint-Jean-d'Acre. Non loin de la cité, Ulysse leva le bras.

– Halte !

On sentait une forte odeur de brûlé.

– Un incendie ? s'inquiéta Kostandin.

– Plusieurs, corrigea Ulysse. Il y a de l'agitation autour de la ville. Allons voir.

Ils s'avancèrent en se faisant le plus discrets possible.

– Les pèlerins, encore !

Cette fois, ils étaient au moins une centaine qui marchaient en direction d'Acre. À leur tête, un homme à demi-nu portait une imitation de la croix de Jésus. Ils récitaient des psaumes.

– Le gros de la croisade italienne ne va pas tarder. Bientôt, ils seront des milliers.

Ils s'étaient répandus dans les petits villages avoisinants. Partout où ils passaient, ils détroussaient et mettaient à mort les paysans musulmans qui avaient le malheur de se trouver sur leur chemin. Par précaution, les Templiers avaient ordonné de fermer les portes de la ville.

– Angelos, connais-tu un chemin détourné pour entrer dans Acre ?

– Oui, répliqua le guide, en passant par les jardins des Hospitaliers. Suivez-moi…

Ils contournèrent la façade sud-ouest et pénétrèrent dans ce qui avait été, jadis, un vague jardin de bambous. Ils pensaient atteindre au but quand une seconde procession de pèlerins leur barra le passage.

– Halte ! Qui êtes-vous ? demanda un pèlerin dépenaillé.

– Je suis un chevalier écossais, répondit Ulysse. Et voici mon écuyer Kostandin.

– Et lui ? dit l'Italien en regardant Angelos. C'est un juif ?

– Non, je suis grec.

– Tu mens.

Il se tourna vers les autres en hurlant.

– Alerte aux ennemis du Christ !

Ulysse dégaina son épée.

– Comme à Tripoli, Kostandin ! Et toi, Angelos, serre-nous !

Ils poussèrent leurs chevaux en avant et abattirent leurs épées, taillant au hasard dans le gros de la foule. Le sang gicla. On entendit des insultes et des cris de rage. Sur les remparts d'Acre, les défenseurs avaient vu la scène. Un officier ordonna d'entrouvrir une porte dérobée. Ulysse le vit.

– La porte devant nous, Kostandin, vite !

Tous trois lancèrent leurs chevaux au galop, poursuivis par une foule furieuse. Dès qu'ils furent passés, les soldats se mirent à plusieurs pour refermer la porte.

– De justesse ! lança l'officier qui leur avait ouvert.

– Mais que se passe-t-il ici ? s'étonna Ulysse. Vous ne pouvez donc pas chasser ces gueux ?

– Ils sont affamés et prêts à tout pour manger, expliqua l'officier. Guillaume de Beaujeu a ordonné de les ménager, il pense qu'ils nous seront utiles quand le sultan donnera l'assaut. À titre personnel j'en doute, ces lâches ne savent s'en prendre qu'à des paysans et des marchands sans défense. Nous avons réussi à les repousser à l'extérieur des remparts, mais ils ont fait beaucoup de dégâts dans la ville.

– Compris, dit Ulysse. Allons à la citadelle des Templiers, ordonna-t-il à ses compagnons.

33

Ils traversèrent une partie de la ville qui avait été dévastée par les pèlerins. Angelos poussa un cri de douleur.

– Ils ont incendié le souk !

Il s'arrêta, sauta à bas de son cheval et se précipita vers le bazar, où la plupart des étalages avaient été renversés ou brûlés. Ulysse voulut l'arrêter.

– Angelos, nous n'avons pas le temps !

Kostandin lui expliqua l'inquiétude du guide.

– Sa famille habite ici, Ulysse, il faut l'aider.

Ils coururent tous deux derrière Angelos. Des négociants tentaient de récupérer leurs marchandises dispersées sur le sol, d'autres soignaient les blessés avec ce qu'ils avaient. Ils virent un groupe se recueillir devant une jeune femme morte, étouffée par la foule qui fuyait la horde des pèlerins. Ils finirent par retrouver Angelos sur le pas de sa porte, derrière une allée du souk. Sa femme et ses filles avaient heureusement pu se cacher dans la cave.

– Elles n'ont pas de mal ?

– Grâce au Christ, qui les a pris en sa sainte garde. Qu'avaient-ils en tête, ces Italiens ? Nous sommes nous-mêmes chrétiens !

Dans leur rage d'« occire du Sarrasin », les pèlerins avaient organisé ce qu'ils avaient appelé des « vêpres musulmanes ». Ils s'étaient répandus dans le bazar et avaient massacré tous les commerçants mahométans ou ceux qu'ils croyaient tels. Pris d'une folie meurtrière, ils avaient allègrement confondu des Syriens chrétiens avec des musulmans. Les chanceux qui avaient pu leur échapper s'étaient précipités auprès des chevaliers templiers et hospitaliers. Habitués aux combats, ces derniers avaient chassé les Italiens ivres de fureur et protégé les survivants en les escortant jusqu'à leurs deux forteresses.

Ulysse et Kostandin laissèrent Angelos avec sa famille et se dirigèrent vers la forteresse des Templiers. En dépit des difficultés que posait le maintien de l'ordre, Guillaume de Beaujeu les reçut sans tarder. Aussitôt, Ulysse lui expliqua la situation.

– Je connais bien Safed, dit Beaujeu. C'est un site presque imprenable.

Ulysse insista.

– Si tu me confies un groupe de bons soldats, je me fais fort d'emporter la place. N'oublie pas que l'Épervier détient une partie importante du trésor de Constantinople.

Le maître de l'Ordre prit un court instant pour réfléchir.

– Je te parlerai franchement, Ulysse. J'estime que ce trésor de reliques nous serait utile pour assurer la survie de notre Ordre, après la perte de Saint-Jean-d'Acre. Car Acre tombera, soyez-en sûrs. Dès que le sultan aura appris les exactions commises par les pèlerins italiens, il en fera un prétexte parfait pour lancer son offensive depuis Le Caire et soulever toute la région contre nous. Comment résister à ça ?

Il fit quelques pas vers la fenêtre qui donnait sur la ville.

– Et comment compter sur l'appui de ces gueux, que nous avons refoulés hors les murs ? Ces « chrétiens » sont nos pires ennemis !

Ulysse lui posa une main sur l'épaule.

– Pour ce qui me concerne, Guillaume, je te laisserai volontiers la possession des reliques. Je ne suis intéressé que par la survie de Sibylle et par le sauvetage d'Alister, s'il est encore vivant.

Ils se donnèrent l'accolade pour sceller leur accord.

– Propose-moi un plan d'attaque, je te confierai un groupe de quatorze templiers, parmi les meilleurs.

Le visage d'Ulysse s'illumina.

– Je t'accorde deux jours pour aboutir, pas une heure de plus. Passé ce temps, mes templiers reviendront auprès de moi, j'ai besoin de chacun de mes hommes en ce moment.

Ulysse approuva.

– Nous réussirons, Guillaume !

34

Dans la cour du monastère Saint-Paul, le chirurgien et les deux brutes qui l'accompagnaient n'étaient plus que des cadavres percés de flèches. Les moines, terrorisés, s'étaient réfugiés sous le porche. Le chef des Mongols descendit lentement de son cheval. C'était un homme de charpente robuste, qui arborait une longue moustache noire à la manière de leur chef mythique Gengis Khan.

– Que s'est-il passé ici ? demanda-t-il en grec.

Le père Barnabas, resté avec ses moines, s'approcha et s'inclina devant lui.

– Vous êtes arrivé à temps, Excellence. Ces hommes que vous voyez voulaient nous tuer et nous dépouiller.

Il n'en fallut pas davantage pour exciter l'avidité du chef mongol.

– Ah oui ? Et que possédez-vous donc de si précieux ?

– Oh, ce n'est qu'un malentendu. Notre monastère a fait vœu de silence et de pauvreté, nous ne possédons rien.

– Tu mens !

Il s'adressa à ses hommes en langue mongole. Aussitôt, ils se dispersèrent dans le monastère, qu'ils fouillèrent de fond en comble, renversant tous les objets de culte. Le père Barnabas se mit à genoux et pria. Les autres moines l'imitèrent. Au bout d'un moment, les pillards revinrent vers leur chef. Leurs gestes en disaient assez : ils n'avaient rien trouvé, en dehors d'un peu de vaisselle.

– Vous voyez ? insista le père supérieur, je vous ai dit la vérité.

Le chef mongol fit la grimacc.

– Je ne te crois pas. Les hommes qui voulaient vous tuer cherchaient quelque chose. Si ce n'est pas de l'or, ce sont des reliques.

– Nous n'avons aucune relique, se défendit le père Barnabas.

– Tous vos monastères possèdent des reliques chrétiennes. Elles se vendent très cher en Occident.

Le père Barnabas baissa la tête et ne répondit rien. Le Mongol aboya alors de nouveaux ordres. Un de ses hommes dégaina son sabre courbe et le leva au-dessus d'un moine qu'il obligea à s'agenouiller.

– Alors, où sont tes reliques ?

Le père Barnabas ne voulait plus sacrifier la vie d'un seul de ses moines.

– Notre seule relique est là, devant toi !

Il avait désigné Alister qui gisait sur le sol, inconscient.

L'autre éclata de rire.

– Cette loque humaine, une relique ?

– Tu ne comprends pas parce que tu n'es pas chrétien, seigneur.

– Je suis bouddhiste, mais une des épouses de mon roi Arghoun est chrétienne nestorienne. Quelle est la valeur de cet homme ?

Le père Barnabas montra les paumes et les pieds percés.

– Regarde, il porte tous les stigmates du Christ.

– Les stigmates ?

– Les mêmes blessures que celles infligées à Notre Seigneur Jésus-Christ. Cet homme est un saint, nous l'avons trouvé nu dans la montagne. Peut-être est-ce un ange qui nous arrive du ciel ?

Le Mongol examina le corps d'Alister. Il fut étonné par ses plaies, qui recommençaient à saigner.

– Il est mort ?

– Non. Malgré ses blessures, il est resté vivant. C'est lui que les brigands réclamaient. Je t'en fais présent en échange de nos vies.

Le Mongol dit quelques mots à un de ses hommes, qui donna l'ordre à ses affidés de ligoter Alister.

– J'accepte ton cadeau. L'épouse d'Arghoun, fils d'Abaqa, l'appréciera certainement.

Deux hommes se saisirent d'Alister et le hissèrent sur un cheval, derrière un des Tartares. Ils le lièrent au soldat, pour l'empêcher de tomber. Puis le chef donna l'ordre du départ. Le père Barnabas et ses moines les regardèrent s'éloigner en remerciant Dieu.

Jamais leur monastère n'avait traversé de tels malheurs. L'esprit de Barnabas, adapté à la gymnastique théologique, trouva vite une explication : le Dieu invisible les avait punis parce qu'ils avaient eu la tentation d'adorer une idole.

35

Sur un point au moins, l'Épervier n'avait pas menti. Depuis qu'elle était retenue en otage, Sibylle était bien traitée. Après le départ d'Ulysse, on lui avait bandé les yeux et on l'avait conduite à pied dans une maison proche. Impossible pour elle de savoir où elle se trouvait, la fenêtre avait été soigneusement murée. Il y avait aussi une pièce, juste à côté, où elle pouvait faire une toilette sommaire. Elle comprit qu'elle était enfermée dans une maison abandonnée depuis longtemps.

Un gros bonhomme, qui répondait au nom d'Ugo, faisait office de geôlier. Il avait un accent germanique très prononcé, mais ne parlait que rarement. Deux fois par jour, plutôt à contrecœur, il lui servait des repas à peu près convenables. Jamais il n'ouvrait la porte de la cellule, il se contentait de lui passer la nourriture par la lucarne.

Sibylle, qui cherchait un moyen de s'échapper, ne redoutait pas la carrure d'Ugo. L'art de la lutte, que lui avait enseigné son frère Alistair, pourrait lui permettre d'en venir à bout. Pour cela, néanmoins, elle devait obtenir qu'Ugo ouvre la porte.

Au troisième jour de sa détention, elle appela :

– Ugo ?

Aucune réponse. Elle recommença. Le gardien finit par répondre :

– *Was ?*

– J'ai soif.

– Attends ce soir. Tu auras de l'eau avec ton repas.

Elle insista et frappa encore à la porte.

– J'ai très soif ! Apporte-moi de l'eau.

Pas de réponse.

– L'Épervier t'a demandé, devant moi, de bien me traiter.

Ugo émit un grognement et marmonna une insulte dans sa langue maternelle. Il ouvrit la glissière de la lucarne et lui passa une cruche d'eau. Puis il referma la glissière en la faisant claquer. Sibylle eut un sourire. Elle avait trouvé le point faible d'Ugo : c'était une brute irritable.

Le jour suivant, elle poursuivit son petit manège. Elle réclamait Ugo plusieurs fois au cours de la journée, pour des raisons futiles. Elle le sentit bouillir de rage.

Un jour, elle monta d'un cran à l'heure du repas. Elle se saisit de l'écuelle et envoya le contenu de l'assiette à la face de son geôlier.

– Cette nourriture est infecte !

Ugo en resta paralysé de surprise. Il chercha fébrilement ses clés et...

– Sale petite...

– Quoi ?

– Je vais te...

Il se retint à grand-peine, puis se ravisa.

– Tu n'auras rien à manger aujourd'hui.

– Ah oui ? Eh bien, je dirai à l'Épervier que tu m'affames.

Il grogna à nouveau et ne répondit rien.

L'Épervier fit son apparition le lendemain. Il entra dans la cellule de Sibylle, suivi d'Ugo.

– Que se passe-t-il ici ?

Sibylle joua la crise de larmes.

– Il est entré hier dans ma cellule et s'est jeté sur moi. J'ai eu peur, j'ai cru qu'il voulait me violer.

– Quoi ? s'écria l'Épervier en se tournant vers Ugo, qui resta muet de surprise.

– Je n'ai pu l'éloigner, ajouta Sibylle, qu'en lui jetant le contenu de mon écuelle au visage. Depuis, il m'affame.

L'Épervier frappa durement Ugo au visage. Puis il sortit du réduit et revint armé d'une cravache.

– Tu te repentiras, espèce de *Schwein* !

Il battit le geôlier à plusieurs reprises avec la lanière de cuir.

– Je t'avais bien dit de la traiter avec respect ! Ce n'est pas une prisonnière, elle nous sert de garantie !

Ugo se laissa faire, paralysé par la peur. Puis l'Épervier s'adressa à Sibylle.

– Je passerai te voir tous les deux jours. Je n'ai personne ici pour remplacer Ugo, mais si cette situation se reproduit, j'agirai en conséquence.

– Merci, Épervier.

Une fois les deux hommes sortis, elle entendit à nouveau les cris que poussait Ugo, maltraité par l'Épervier. Puis le silence se fit, Ugo revint se planter devant sa porte. Sibylle ouvrit la lucarne et le considéra d'un air de défi. L'autre lui lança un regard de haine. Bientôt, il serait à point.

36

Au lendemain de l'entrevue avec Guillaume de Beaujeu, Ulysse, en compagnie de Kostandin, se rendit dans la cour de la citadelle pour rencontrer les hommes mis à sa disposition par le maître de l'Ordre. En les apercevant, Kostandin fit la grimace.

– Ils ne sont pas quatorze, mais onze. Et plus très jeunes.

Les templiers se présentèrent. La plupart avaient guerroyé un peu partout en Syrie et en Palestine. En quelques mots, Ulysse leur expliqua la situation.

– Si j'ai bien compris, résuma un des hommes, ces bandits ne sont que quatre ou cinq, réfugiés à Safed. Le plus simple, selon moi, serait de donner l'assaut. Ce sont des voleurs, pas des soldats. Dès que nous nous montrerons, ils prendront la fuite.

– Tu ne les connais pas, objecta Ulysse. L'Épervier et ses hommes sont bien armés.

– Ils sont réfugiés dans la citadelle, ajouta Kostandin.

Le templier haussa les épaules.

– Nous avons attaqué d'autres citadelles, nous savons y faire.

Ulysse émit une nouvelle objection, moins convaincante pour ces vieux soldats qui n'avaient jamais hésité à verser le sang.

– Ils ont un otage, qu'ils pourraient exécuter, ne l'oubliez pas.

– Et alors ? rétorqua le templier. Est-ce si grave ?

– Il a raison, renchérit un autre. Seules les reliques nous intéressent. L'Épervier ne s'enfuira pas avec elles. Ces objets représentent une véritable fortune. Guillaume les négociera sans difficulté dans lcs cours d'Europc, contrc dcs hommes et du matériel.

– Exactement ce dont nous avons besoin, s'enthousiasma un troisième templier.

Tous approuvèrent.

– Qui est cette fille ? demanda un Espagnol.

– Elle s'appelle Sibylle Durward, répondit Ulysse. C'est la fille d'Alan Durward, un noble écossais.

– Autant dire qu'elle n'est personne. Elle ne manquera donc à personne !

– Une parole donnée à une femme ne vaut pas grand-chose.

Tous éclatèrent de rire.

Le doyen des templiers, Évrard de Cardalhaco, fit un pas en avant. Il s'adressa à ses frères.

– Qu'est-ce que vous racontez ? aboya-t-il. Nous sommes des soldats du Temple, des moines-soldats. N'imitons pas les débauchés qui se répandent en ce moment dans la ville et qui versent le sang pour de l'argent. Notre maître Guillaume de Beaujeu nous a donné un ordre, celui de nous placer au service d'Ulysse Cameron de Bath. Nous lui obéirons sans discuter. Quelqu'un n'est pas d'accord ?

Les autres grommelèrent.

– Expose-nous ton plan.

Peu après, Ulysse donna l'ordre du départ. Les onze hommes qui le suivaient se dirigèrent vers la sortie de la cité. Au détour d'une place, ils croisèrent un attroupement. La foule était contenue à grand-peine par des soldats en armes. Une estrade avait été montée en hâte, pour une exécution par pendaison. Neuf pèlerins italiens devaient périr, coupables d'avoir mis à mort des paysans musulmans qui portaient leurs denrées au marché de la ville.

– Si nous ne les réprimons pas, confia Cardalhaco à Ulysse, ces gueux mettront Saint-Jean-d'Acre à feu et à sang. Ils ne sont pas venus défendre la chrétienté, ils l'utilisent pour se remplir les poches. La croisade avait un autre idéal.

Au signal d'un templier, les soldats tirèrent les cordes attachées aux cous des condamnés. Glissant sur des poulies, elles soulevèrent les malheureux qui se mirent à gigoter dans le vide, devant la foule fascinée. Puis ils s'immobilisèrent.

– Sortons de la ville, ordonna Ulysse à ses hommes.

Au passage, il vit la foule gronder contre les templiers. Comment une pareille populace pourrait-elle résister aux hordes du sultan ? pensa-t-il. Guillaume a raison, Acre est condamnée. Je dois sauver Sibylle, retrouver son frère au plus vite et retourner en Écosse avec Kostandin. La croisade est bel et bien finie !

37

Dans une petite maison du village abandonné de Safed, Ugo grommelait en solitaire. Dans son esprit, il déchirait cette fille en mille morceaux, le sang giclait, il lui arrachait les tripes. Dans la réalité, il l'évitait comme le diable. Il se contentait de lui apporter ses repas sans dire un mot et de reprendre l'écuelle quand elle était vide. De son côté, Sibylle, qui connaissait à présent les points faibles de son gardien, avait imaginé un plan. Elle commença par ouvrir la lucarne. Il était assis en face d'elle, désœuvré.

– Comment vas-tu, Ugo ?

L'autre ne répondit rien et se détourna. Ce petit manège se répéta plusieurs fois dans la journée.

Une autre fois, elle le rappela :

– J'ai mal, je vomis le sang !

Ugo, qui ne pouvait se permettre de laisser leur otage mourir, fit glisser la lucarne. Elle lui lança alors le contenu de son verre d'eau au visage en éclatant de rire. À grand-peine, il se retint d'entrer dans la cellule et de la battre comme elle le méritait.

À la tombée de la nuit, alors qu'Ugo, silencieux, lui apportait son repas, elle se planta en face de lui.

– Ugo, tu n'es qu'un gros porc et ta mère n'était qu'une putain qui se vendait aux mamelouks !

Cette fois, c'en était trop. Ugo explosa de rage et lui lança l'écuelle au visage, mais elle l'évita. Il ouvrit la porte à la volée et se précipita vers elle, un bras levé pour la frapper. Elle l'agrippa par le col de sa tunique, glissa une jambe entre ses deux grosses pattes et le poussa de toutes ses forces pour qu'il retombe lourdement sur le dos. Quand il fut à terre, elle lui asséna un violent coup de pied dans les parties génitales. Pendant qu'il hurlait de douleur, Sibylle s'empara de son trousseau de clés, sortit de la cellule, claqua la porte et verrouilla la serrure. Il lui lança d'horribles injures en allemand en se jetant contre la porte, mais il était trop tard.

La nuit était tombée, à présent. Sibylle n'avait aucune idée de l'endroit où elle se trouvait, sans doute sur l'autre versant de la montagne. Elle fila droit devant elle, le plus vite qu'elle pouvait. Les nuages démasquèrent la lune, qui jeta un peu de lumière sur le paysage. Elle dévala une pente, puis s'enfonça dans la forêt. Les cris d'Ugo allaient alerter l'Épervier, qui lancerait ses chiens à sa poursuite. Il fallait faire vite.

Au bout d'une heure de fuite, elle s'affala sur le sol. Elle était épuisée. Ses vêtements s'étaient accrochés aux branches, ses bras saignaient et ses jambes aussi. Elle avait faim et froid. Dans le lointain, elle entendit les aboiements des molosses. Elle fit un effort pour se relever, pensa à son frère et reprit sa course.

Aux premières lueurs de l'aube, elle fut arrêtée par une rivière. Comme les aboiements se rapprochaient, elle n'hésita pas et plongea, c'était le seul moyen de leur échapper. L'eau était glacée, mais la rivière restait peu profonde. Elle la traversa et se hissa sur l'autre rive, comme elle l'avait fait parfois dans les Highlands. Mais cette fois, ce n'était plus un jeu, elle était à bout de forces.

Elle continua à progresser, en s'accrochant où elle le pouvait pour tenir debout. Soudain, son pied heurta une grosse pierre qui affleurait, elle tomba à plat ventre. Elle entendit le bruit des chevaux, puis des pas d'hommes qui accouraient vers elle. Elle se dit qu'elle avait échoué et qu'elle subirait la colère de l'Épervier, mais elle n'avait plus la force de résister. Elle ferma les yeux et attendit.

– Il y a une femme, là !

Des soldats en armes s'approchèrent. Elle leva la tête. Leur tunique, marquée d'une croix rouge, était reconnaissable entre toutes : c'étaient des chevaliers templiers. L'un d'eux l'aida à se relever. Elle balbutia, abasourdie :

– C'est toi, Ulysse ?

– Dieu soit loué, Sibylle, tu es sauve !

Il l'embrassa à l'étouffer.

– Eh bien, ricana un des templiers, il semble que notre chef a retrouvé sa promise !

38

Kostandin lui apporta un gobelet empli d'une boisson chaude.

– C'est de la soupe, murmura-t-il. Bois, ça te fera du bien.

Elle tremblait tellement qu'elle ne voulut pas toucher à la nourriture.

– Je suis gelée.

– Enlève tes vêtements, nous les sècherons près du feu.

Elle se déshabilla derrière un buisson. Évrard lui tendit une cape de templier.

– Tu es des nôtres, à présent ! lui lança-t-il en souriant.

Elle s'enveloppa dans le large manteau à la croix et vint rejoindre la petite troupe près du feu. Peu à peu, elle se rasséréna.

– Nous imaginions mille ruses pour les attaquer par surprise, lui apprit Ulysse. Je craignais qu'ils te fassent du mal.

– J'ai réussi à leur échapper en profitant de la bêtise de leur gardien. Mais prenez garde, ils ne sont pas loin…

Évrard, qui scrutait l'obscurité, estima qu'il n'y avait plus de danger.

– Je crois qu'ils nous ont vus. Ils vont rentrer à leur camp et préparer leur défense.

– Avec toi à nos côtés, observa Ulysse, nous avons les mains libres. Pourrais-tu situer l'endroit où se trouvent les reliques ?

– Après ton départ, ils m'ont bandé les yeux et m'ont fait sortir. Mais nous sommes restés à pied. Je pense que nous avons fait une centaine de pas dans la montagne, guère plus. Ils m'ont enfermée dans une maison en ruine.

Ulysse se tourna vers Évrard.

– En comptant l'endroit où ils ont caché leur trésor, cela fait deux maisons. Un village ?

Évrard déplia une carte.

– Il y en a un pas loin d'ici, un peu plus au nord sur la colline. Il est resté inhabité depuis la chute de la forteresse de Safed.

– C'est peut-être une piste, estima Ulysse.

Un peu avant l'aube, ils arrivèrent en vue des premières maisons du village. Ulysse rassembla ses hommes.

– Nous allons approcher à découvert. S'ils sont là, ils réagiront.

Il ordonna à ses templiers de se déployer.

– Six hommes, épée au poing, protégés par leurs boucliers. Trois hommes en soutien, avec leurs arcs.

Chacun prit son poste.

– Attendons le lever du soleil, nous serons alors parfaitement visibles. Sais-tu où est Sibylle ?

– Restée derrière, annonça Kostandin, elle tombe de sommeil.

– Laisse-la dormir, le reste nous regarde.

Quand la lumière éclaira la colline, le groupe mené par Ulysse alla prudemment de l'avant.

– On ne voit rien bouger.

– S'ils sont là, ils nous enverront leurs flèches.

– Ils n'en ont peut-être pas, dit Kostandin. Ce ne sont pas des soldats. Ils ne connaissent sans doute que les couteaux et les dagues.

Ulysse se dressa.

– Prêts à l'assaut, mes frères ?

Trois templiers, agenouillés, bandèrent leurs arcs. Les autres dégainèrent leurs épées.

– Pour Dieu !

Avec des cris de guerre, les chevaliers s'élancèrent à l'attaque.

La réponse du camp d'en face fut piteuse. Trois hommes de l'Épervier, dont le gros Ugo, prirent la fuite dans la montagne. Fébrilement, leur chef rassembla quelques reliques pour fuir à son tour. Une flèche l'atteignit à la cuisse. Les soldats du Temple l'entourèrent, leurs lourdes épées levées.

– Grâce ! implora l'Épervier.

– Deux hommes pour le surveiller, ordonna Ulysse.

Avec les autres, il fouilla les maisons en ruine.

– La petite chapelle ! C'est là, je crois, au sous-sol...

Ils forcèrent la porte. Le trésor de reliques était bien là. Les templiers furent stupéfaits par ce qu'ils voyaient.

– Tu avais raison, commenta Évrard, il y en a pour une fortune !

– Emportez tout, ordonna Ulysse. Donnez ces reliques à Guillaume, elles lui reviennent de droit.

Sibylle les avait rejoints. Elle jeta un coup d'œil accablé au suaire, que deux templiers repliaient. Puis elle s'adressa à Ulysse :

– Fais-le parler, je veux savoir ce qu'il a fait de mon frère.

39

Au même moment, la petite troupe mongole qui s'était emparée d'Alister Durward avait quitté la montagne et entrait en Basse-Galilée. À sa tête chevauchait Ariq Dokholkhu, farouche soldat en opérations et pillard à l'occasion. Un de ses compagnons s'approcha de lui.

– Le prisonnier est en mauvais état, il ne survivra pas jusqu'à Tabriz.

Ariq ordonna à ses hommes de faire halte. Il descendit de cheval et alla vers le Mongol qui portait Alister sur sa selle.

– Ce n'est pas un morceau de viande, triple idiot ! Je croyais que tu l'avais lié à toi ?

L'autre essaya de se trouver des excuses, Ariq était réputé pour sa brutalité.

– Il puait, alors je l'ai détaché et attaché seulement à ma selle.

Ariq tira à lui le corps du supplicié et le rattrapa avant qu'il ne glisse à terre.

– Regarde-moi ça ! S'il était tombé pendant notre chevauchée en montagne, il était perdu. Que veux-tu que j'offre à la reine ? Un cadavre ?

Il tâta Alister sur tout le corps.

– Si son dieu est le vrai Dieu, il s'est bien occupé de lui. Cet homme a la vie chevillée au corps ! N'importe qui d'autre, dans son état, serait mort depuis longtemps. Le lac de Tibériade est encore loin ?

– Non, annonça un des hommes, on l'aperçoit d'ici.

– Allons au bord du lac, ordonna Ariq. Nous y passerons la nuit et nous soignerons notre relique. Je veux qu'il arrive en vie à Tabriz !

Son second, un nommé Baraq, tenta d'ajouter :

– Nous ferons comme tu dis, Ariq, mais nous devons décider de ce que cette prise nous rapportera à nous aussi.

Ariq, qui n'aimait pas qu'on discute ses ordres, fit comme s'il n'avait rien entendu. Il remonta sur son cheval et partit au galop.

– En route !

Mais Baraq chevaucha à son côté et insista.

– Ariq, je t'ai posé une question.

Ariq se retourna et lui envoya au visage un coup de la lanière de cuir qui lui servait de cravache.

– À la prochaine, c'est mon sabre que tu recevras sur le crâne !

Le petit groupe dressa son camp au bord du lac, avant la tombée de la nuit.

– J'ai entendu dire que ce lac regorgeait de poissons. Baraq, prends quelqu'un avec toi et ramenez-nous de quoi dîner.

Baraq, la mine sombre, obéit. Ariq installa Alister près du feu qu'ils avaient allumé.

– Aidez-moi, nous allons le laver et panser ses plaies. Si nous voulons le garder vivant jusqu'à Tabriz, il faudra lui laisser un cheval pour lui seul et l'attacher à un dossier. Nous nous partagerons à tour de rôle les chevaux restants.

– Crois-tu que son prix vaille tous ces efforts ? demanda un de ses hommes. Combien vas-tu en demander ?

– On ne vend rien à la reine, surtout pas des misérables guerriers comme nous.

– Tu lui donneras cette relique pour rien ?

– Ne t'affole pas. Comme elle ne voudra pas d'un cadeau, elle me payera. Mais c'est elle qui en décidera.

Peu après, les deux hommes qu'Ariq avait envoyés pêcher revinrent avec deux gros poissons qu'ils écaillèrent et firent griller au-dessus du feu. Ariq s'approcha d'Alister pour lui faire avaler quelques bouchées.

– Comme une maman ! s'esclaffa un des hommes.

– Je voudrais t'y voir, toi, dans cet état avec les mains et les pieds troués !

Il retourna manger avec eux et leur parla en regardant son écuelle.

– Pour répondre à la question que vous vous posez tous, nous partagerons la somme que nous donnera la reine en dix parts égales.

– Mais nous sommes neuf !

– Il y aura deux parts pour moi, puisque l'idée vient de moi. Pas d'objection ?

Apparemment, il n'y en avait pas.

– Qu'ils sont étranges, ces chrétiens, fit un des hommes. Comment peut-on adorer un supplicié ?

– Chacun a ses manies. Nous, nous vénérons un gros bonhomme au ventre rebondi, qui raconte que le désir est une maladie. Tu crois que c'est mieux ?

– Pourquoi l'ilkhan, qui est bouddhiste, a-t-il choisi une chrétienne pour épouse ? Le sais-tu, Ariq ?

– Elle fait partie de son harem. C'est une belle femme, dit-on, au fort caractère. Il l'a épousée pour des raisons politiques, quand il a cru possible de s'allier aux chrétiens contre les musulmans. Il en va ainsi des contradictions entre les hommes. Les mamelouks étaient trop nombreux pour les chrétiens, les Mongols trop peu nombreux contre les mamelouks, mais les chrétiens se méfiaient trop des Mongols pour envisager une alliance.

– Si ces misérables avaient voulu de nous, nous aurions chassé les mahométans de Palestine !

– Que veux-tu ? Trop de choses nous séparent, ils nous prennent pour des diables jaunes surgis de l'enfer.

– C'est bien ce que nous sommes, non ?

Tous rirent de bon cœur.

40

– Amenez l'Épervier dans la chapelle, ordonna Ulysse, nous allons le faire parler.

Le blessé fut traîné sans ménagement par deux templiers. Sa jambe, percée de part en part, le faisait horriblement souffrir. Quand il découvrit Sibylle, il ne put se retenir de lui cracher dessus.

– Sale putain !

Kostandin le prit par le col et le frappa.

– Ne l'assomme pas, Kostandin, il faut qu'il parle.

L'Épervier fut solidement maîtrisé. Sibylle s'approcha tout près de lui.

– Qu'as-tu fait à mon frère ? lui hurla-t-elle aux oreilles.

– De qui parles-tu ?

– Cette silhouette, sur le linge que tu nous as montré, est le portrait de mon frère Alister Durward.

– Ce visage est celui du Christ, répondit l'Épervier en grimaçant de douleur.

Ulysse demanda à Kostandin de s'approcher.

– Tu vois cet homme ? dit-il en désignant Kostandin. Pendant cinq ans, il a été prisonnier des mamelouks. Il a appris, sur sa chair, leurs tortures les plus raffinées. Parle ou il s'occupera de toi.

– Je n'ai rien à dire, ces reliques m'appartiennent !

– Kostandin..., dit Ulysse.

Kostandin s'approcha et regarda Sibylle. Ulysse comprit ce qu'il avait à l'esprit.

– Tu ne dois pas rester, Sibylle, ce qu'il va lui faire est trop...

– Non, insista-t-elle, je veux le voir souffrir comme il a fait souffrir Alister.

Cette fois, Ulysse ne se laissa pas fléchir. Il l'entraîna avec autorité hors de la chapelle.

– La loi du talion n'a jamais fait progresser la civilisation, lui dit-il.

– Je me moque bien de la civilisation, ils ont tué Alister en le clouant à une croix !

– Nous ne savons pas encore s'il est mort, Sibylle. Attendons que l'Épervier raconte ce qu'il a fait.

Un hurlement de douleur l'interrompit.

– Viens, éloignons-nous...

Ils firent quelques pas en silence. Le froid était moins vif, on se serait presque cru par un après-midi de printemps.

– Quand j'étais entre leurs mains, j'ai prié pour que tu arrives, Ulysse.

– Et moi j'ai tremblé pour ta vie.

Délicatement, il lui prit la main, elle serra la sienne. Ils s'arrêtèrent. Il lui caressa le visage.

– Ce n'est peut-être pas le moment, mais...

Un nouveau hurlement de l'Épervier déchira le silence. Ils décidèrent l'un et l'autre de l'ignorer.

– J'y pense depuis longtemps, je voudrais te dire...

Elle baissa les yeux et attendit la suite avec avidité.

– Je n'ai jamais eu de femme, je veux dire... même physiquement. Au début, je voulais être un moine-chevalier, puis j'ai abandonné cette idée. À présent...

Elle lui sourit. Les hurlements de l'Épervier redoublèrent d'intensité. Elle baissa les yeux et lui fit une confidence.

– Ulysse, si tu te poses la question, sache que je suis aussi vierge, moi, que la mère de Dieu. Plusieurs gentilshommes écossais m'ont demandée, mais...

– Mais ?

– Je crois que je t'attendais.

Délicatement, en tremblant un peu, il posa ses lèvres sur les siennes. Un cri rauque de l'Épervier interrompit leurs effusions. Ulysse se tourna vers le village.

– Allons-y. Normalement, c'est le moment où les suppliciés se mettent à parler.

Sibylle lui laissa prendre de l'avance. Elle sentit monter en elle un flot d'émotions qu'elle n'avait jamais connues. Un homme venait à l'instant de lui déclarer son amour sur une montagne de Haute-Galilée, sous un ciel d'un bleu azur, au milieu des cris atroces d'un criminel subissant les affres de l'enfer. Elle ferma les yeux, murmurant pour elle-même :

– Je te suis, ma bonne étoile, emmène-moi où tu l'as décidé.

Quand elle rejoignit ses amis, elle détourna aussitôt le regard. L'Épervier n'était plus qu'une pièce de boucherie sanguinolente.

Kostandin baissa les yeux, honteux qu'elle le découvre comme elle ne l'avait jamais vu, ramené au rang d'une bête sauvage, les crocs plantés sur la dépouille d'une autre bête fauve. L'Épervier était nu et avait la poitrine tailladée. En voyant arriver la jeune fille, Kostandin cacha prestement les parties intimes de sa victime, qui saignaient abondamment. Près de lui, une épée était portée au rouge dans un petit brasier, prête à servir à nouveau.

– Je crois qu'il est disposé à dire ce qu'il sait.

– Il vivra ? interrogea Ulysse.

– S'il parle, il vivra, répondit Kostandin. Très mal, mais il vivra. Si je continue mon traitement, il mourra rapidement, vidé de son sang.

Ulysse s'approcha de l'Épervier.

– Tu as entendu ?

Il acquiesça de la tête.

– Qu'est-il arrivé à l'homme que tu as enlevé ?

– Nous avons fait le linge à son image, bredouilla-t-il. Un chirurgien espagnol m'a aidé.

Sibylle s'avança et lui parla avec une colère contenue.

– Pourquoi as-tu choisi mon frère ?

– Parce que son visage faisait penser à celui du Mandylion d'Édesse. Nous avons complété avec une fausse barbe et une perruque.

– Et vous l'avez flagellé, crucifié, percé d'une lance comme le Seigneur ?

L'Épervier ne répondit rien. Sibylle, qui céda à la colère, alla chercher l'épée portée au rouge dans le brasier, mais Ulysse l'arrêta.

– Il a souffert autant qu'Alister, Sibylle. Plus encore, sans doute.

– Qu'avez-vous fait de son corps ? dit-elle.

– Nous l'avons jeté dans un fossé, derrière la colline. Nous le pensions mort, mais…

– Continue.

– Le lendemain, il avait disparu.

Sibylle, qui l'écoutait, fut saisie d'un fol espoir.

– J'ai envoyé le chirurgien et deux de mes hommes le chercher pendant que je t'accueillais.

– L'ont-ils trouvé ?

– Je ne sais pas. Ils ne sont jamais revenus. Il y a un monastère, un peu plus bas. Ils en savent peut-être plus que moi.

Kostandin interrogea Ulysse du regard. Voulait-il le forcer à en dire plus ?

– Non, répondit Ulysse, c'est fini. Les templiers vont le ramener à Saint-Jean-d'Acre. Nous resterons ici tous les trois et nous poursuivrons notre quête.

Sibylle éclata en sanglots. Ulysse posa tendrement la main sur son épaule. Il sentait qu'elle perdait espoir. La journée avait été trop éprouvante, il y avait tant d'émotions mêlées. Elle voulut dire quelque chose, mais préféra fermer les yeux et prier silencieusement. Puis elle se tourna vers Ulysse.

– Appelle Kostandin, s'il te plaît.

– Laisse-le finir. Il doit recoudre l'Épervier, pour qu'il dure jusqu'à Saint-Jean-d'Acre.

– Les autres peuvent le faire. Je l'aime bien, tu sais ? Je voudrais prier avec lui.

41

Il fut convenu avec Ulysse que les templiers resteraient sur place. Ils attendraient une charrette envoyée de Saint-Jean-d'Acre par Guillaume de Beaujeu pour emporter le trésor de l'Épervier, ainsi que leur prisonnier.

– Et toi, Ulysse, que feras-tu ? lui demanda Évrard.

– Nous continuerons à chercher le frère de Sibylle, je l'ai promis à son père.

– Penses-tu qu'il a survécu, avec de telles blessures ?

– À la grâce de Dieu, déclara Sibylle.

– Qu'Il t'entende, alors, répondit le templier.

Ulysse, Sibylle et Kostandin saluèrent tout le monde.

– Nous prendrons les chevaux de ces brigands, ils n'en auront plus besoin.

Le trio prit le chemin du monastère qu'avait mentionné l'Épervier. Ils le trouvèrent facilement, bâti dans le roc. C'était la seule construction humaine dans la région.

– On va les voir ? proposa Kostandin.

Sibylle ne voulut pas s'arrêter.

– Avant, je voudrais trouver le fossé dont il a parlé. Nous trouverons peut-être des traces que ses hommes n'ont pas vues.

Ils poursuivirent leur chemin dans la montagne, puis descendirent de cheval et se partagèrent le périmètre, en restant à une dizaine de mètres les uns des autres. Au bout de quelques minutes, Kostandin appela :

– Il y a un potager, en bas.

On voyait en effet un petit jardin de légumes, aménagé au fond d'une fosse de terre.

– Sûrement le potager des moines, supposa Ulysse. Allons voir.

Ils descendirent la pente et se mirent à fouiller l'endroit. Sibylle était fébrile.

– Du sang ! cria Ulysse.

Sibylle se précipita. C'étaient bien des traces de sang, assez abondantes même.

– Le sang de mon frère ?

Ulysse restait perplexe.

– En tout cas, on ne voit ni blessé ni cadavre. S'il s'agit d'Alister, il a fui ou a été emporté.

– Le monastère ? suggéra Kostandin.

– L'Épervier dit qu'il y a envoyé trois hommes, mais qu'aucun n'est revenu. Allons-y quand même.

Le bâtiment se trouvait à une demi-lieue. Dès l'entrée, deux moines leur barrèrent le passage sans un mot.

– Ils sont muets ? s'étonna Sibylle.

– Non, je pense qu'ils ont fait vœu de silence, dit Ulysse. J'en ai vu d'autres comme eux en Galilée.

– Pouvons-nous parler à votre père supérieur ? demanda la jeune fille.

À leur surprise, d'autres moines accoururent à l'entrée du monastère avec des bâtons, des haches et des fourches.

– Je crois, murmura Ulysse, que nous ne sommes pas les bienvenus.

Avec de grands gestes, les moines leur firent signe de reculer.

– Il s'est passé quelque chose de grave ici.

– Une bonne raison pour insister, dit Sibylle en lançant sa monture dans la cour du monastère.

Aussitôt, les moines l'entourèrent.

– Allons l'aider, ils pourraient la blesser.

Soudain, on entendit un cri. Il émanait d'un vieil homme.

– Le père supérieur, je pense, dit Ulysse.

Il mit pied à terre et se dirigea vers le nouvel arrivant.

– Nous venons en paix, mon père. Nous voulons seulement vous poser quelques questions.

Le père Barnabas les scruta. La présence de Sibylle semblait le rassurer. Oubliant son vœu, il s'exprima en grec.

– Descendez de vos chevaux et suivez-moi, dit-il.

Ils entrèrent dans le monastère et s'installèrent autour d'une table au réfectoire. Le père Barnabas leur parla avec sévérité.

– Que voulez-vous ?

– Nous cherchons à retrouver un homme, expliqua Ulysse. Il s'agit du frère de cette jeune fille, Alister Durward.

Sibylle montra au père supérieur un portrait fidèle d'Alister. Dès que le vieil homme le vit, il eut du mal à cacher son émotion.

– Il sait quelque chose, murmura Ulysse.

Il dévoila d'autres détails au père supérieur.

– Ce garçon a été enlevé par des trafiquants qui lui ont infligé les blessures du Christ. Ils ont confectionné un faux linge mortuaire pour le vendre très cher sur le marché des reliques.

Le père supérieur les fixa longuement.

– Nous avons retrouvé votre frère, murmura-t-il. Et nous l'avons soigné.

Le visage de Sibylle s'éclaira.

– Alister est vivant ? Il est ici ?

– Hélas, non.

Le vieux moine leur raconta ce qui était arrivé. La découverte du blessé, la visite du chirurgien et de ses hommes, l'intervention des Tartares.

– Je comprends mieux l'hostilité de ces moines, murmura Kostandin.

Sibylle, elle, ne savait trop si elle devait se réjouir ou désespérer.

– Alister serait donc aujourd'hui aux mains des Tartares ?

– Tout ce que je puis vous dire, c'est qu'ils sont partis avec lui.

– Depuis combien de temps ?

– Deux jours environ.

– Ils sont donc loin. Avez-vous des précisions sur ces Tartares, mon père ?

Le vieil homme fouilla dans sa mémoire.

– J'ai cru comprendre qu'ils voulaient offrir votre frère à la femme de leur roi, comme s'il s'agissait d'une relique sacrée. Ils ont parlé d'un roi Arghoun, dont l'épouse serait chrétienne. Je n'en sais pas plus.

– Nous savons au moins qu'Alister est vivant, dit Ulysse. Merci, mon père.

– Je regrette pour votre frère, dit le père supérieur à Sibylle. Ce que ces hommes lui ont fait est un immense péché commis à la face du Seigneur.

Ulysse et Kostandin remontèrent à cheval. Sibylle, elle, s'était agenouillée au côté du père supérieur. Elle priait.

– Ce n'est pas le moment, dit Ulysse.

– Elle vient d'apprendre que son frère est vivant, lui expliqua Kostandin. Elle remercie le Ciel, elle en a le droit.

Une fois réuni, le trio se concerta.

– Ils ont deux jours d'avance. Je pense que les Tartares qui ont enlevé Alister sont des pillards. Peut-être s'arrêteront-ils en chemin pour commettre d'autres rapines avant de rentrer chez eux ?

– Mais où est-ce, chez eux ? demanda Kostandin.

Ulysse eut un geste d'impuissance.

– Je n'en sais rien. Les Tartares sont divisés en plusieurs tribus, ce sont des nomades. Nous ne pouvons partir à leur poursuite en cherchant au hasard. Rentrons à Saint-Jean-d'Acre, nous avons besoin d'en savoir plus.

SUR LA PISTE DES MONGOLS

42

À Saint-Jean-d'Acre, le calme était revenu. Des patrouilles de soldats circulaient dans les rues, en s'opposant aux rassemblements.

– Une paix inhabituelle, observa Kostandin.

– Allons trouver Angelos, il nous donnera des nouvelles.

Ils entrèrent dans le souk et trouvèrent leur ami attablé avec sa famille. Il leur proposa de boire le thé avec les siens. Il fut heureux d'apprendre qu'Alister avait peut-être survécu et que l'Épervier était entre les mains des Templiers.

– J'espère qu'ils finiront par l'exécuter, cet homme ne mérite rien d'autre.

Il leur raconta les événements des derniers jours. Les chevaliers templiers et hospitaliers avaient réprimé avec une extrême sévérité les exactions de la croisade populaire italienne. Beaucoup de pèlerins, qui s'étaient déchaînés contre les boutiques des musulmans et des juifs, avaient été condamnés à mort. Des centaines furent enfermés dans les sous-sols des forteresses, avant d'être bannis de la ville et livrés, désarmés, à la fureur des habitants qu'ils avaient maltraités.

– Mais cette tranquillité sera de courte durée, ajouta Angelos. On parle d'une deuxième vague de pèlerins italiens, encore plus nombreux et plus fanatisés que les précédents. On n'en finira jamais !

Il y avait pire. À l'intérieur même de la ville, une guerre civile faisait rage entre les communautés italiennes de Venise et de Gênes.

– Cette rivalité dure depuis deux ans. On croyait que les Génois s'étaient retirés à Tyr, mais ils sont revenus créer du désordre. Pour se protéger, les Vénitiens ont barricadé leurs rues. Ils ont même utilisé des catapultes. Tu te rends compte : des catapultes en pleine ville !

Quant aux mamelouks, qui étaient informés de la situation, ils ne se privaient pas d'attiser les querelles entre les deux factions, pour affaiblir l'adversaire avant leur grande offensive.

– Une ville de fous ! s'exclama Kostandin quand ils quittèrent Angelos.

– Ils sentent l'odeur de la défaite. Quand les peuples n'ont plus de dessein commun, ils se retournent les uns contre les autres et s'entredéchirent, c'est une règle générale.

Parvenus à la forteresse des Templiers, ils demandèrent audience auprès du maître de l'Ordre. Celui-ci donna l'accolade à Ulysse.

– On m'a rapporté tes exploits ! Grâce à toi, les reliques de l'Épervier nous permettront de recruter de nouveaux miliciens, si le sultan nous en laisse le temps. Mais je pense surtout à notre avenir, en Europe.

– Fais-en bon usage, Guillaume.

Le Grand Maître s'approcha de Sibylle et lui prit les mains.

– J'ai été désolé d'apprendre ce que ton frère a subi, ces hommes sont des monstres.

– Tout n'est peut-être pas perdu, Guillaume, ajouta Ulysse.

Il lui raconta leur visite au monastère Saint-Paul.

– Rendons grâce à Dieu qu'il soit encore vivant. Mais s'il a vraiment été enlevé par les Tartares, il sera difficile d'aller le chercher.

– Nous irons quand même, insista Ulysse.

– Si vous le faites, ce sera très risqué. L'ilkhan de Perse Arghoun a proposé au pape et au roi de France une alliance, mais ni l'un ni l'autre n'ont donné suite. Depuis, je présume que les Occidentaux ne sont plus les bienvenus chez les Tartares.

Ulysse eut un geste fataliste.

– La situation à Saint-Jean-d'Acre est tout aussi périlleuse, Guillaume.

– Tu as raison. Quoi qu'il en soit, je vous souhaite bonne chance.

– J'ai encore une requête à te faire. Peux-tu nous indiquer quelqu'un, chez vous, qui pourrait nous renseigner sur ces Tartares ? Je ne sais rien d'eux.

– Le mieux est d'aller trouver Thibaud Gaudin, mon lieutenant, proposa Guillaume de Beaujeu. C'est lui qui dresse nos plans de bataille. Il te montrera sur une carte la route à suivre. Je vais te donner un laissez-passer.

– Merci pour ton aide, dit Ulysse.

– Et gardez l'Épervier dans un cul-de-basse-fosse ! recommanda Sibylle.

– Il y restera jusqu'à son exécution, promit le Grand Maître.

Les Templiers chargés des opérations militaires se trouvaient dans l'aile ouest de la forteresse. Grâce à son laissez-passer, Ulysse – et lui seul – eut accès à Thibaud Gaudin. C'était un grand vieillard au regard bienveillant, originaire de Blois. Il était en train de renforcer, sur des plans, les défenses de la ville. Il reçut courtoisement Ulysse, qui lui résuma son projet.

– Je pense que les pillards que tu cherches ne sont pas très loin, lui répondit Gaudin. On m'a en effet parlé de cette bande, ils volent ce qu'ils peuvent avant de rentrer chez eux. Comme tout le monde ici, finalement !

– Le père supérieur a cité un roi Arghoun.

– L'ilkhan Arghoun, corrigea son interlocuteur. C'est un descendant de Gengis Khan. Un roi aussi intelligent que réaliste, contrairement à son oncle à qui il a succédé. Il dirige l'ilkhanat de Perse, un des quatre ilkhanats de l'Empire mongol. Oublie le mot « Tartare », surtout quand vous serez en pays mongol. Ces gens-là ne sont pas sortis des Enfers, ce sont d'excellents guerriers et de fins politiques. Ils sont jaunes comme nous sommes blancs et d'autres noirs. Cela ne préjuge en rien leur niveau de civilisation.

– Ces Mongols de Perse ont-ils une capitale ?

– Oui, Tabriz. C'est une grande ville, au nord-ouest du royaume de Perse. Les Mongols sont des nomades, mais les conquêtes éclairs de Gengis Khan les ont obligés à se sédentariser dans quelques grandes villes. Celle des Mongols de Perse se trouve là-bas.

– C'est un long voyage ?

– Depuis Acre ?

Il prit sa carte.

– Plus de quatre cents lieues terrestres[1]. Regarde…

Il lui indiqua le chemin.

– Vous devrez descendre vers l'est de la Palestine, puis vous traverserez l'Euphrate ici. Ce sont des terres arides, pensez à emporter beaucoup d'eau. Vous croiserez des patrouilles mameloukes et mongoles tout le long du trajet. Si vous vous déguisez en marchands, on vous laissera en paix. Des centaines de caravanes traversent ces contrées chaque jour.

– Il faudra passer par Bagdad ?

– Oui, pour vous réapprovisionner en eau et en vivres. Mais il est plus prudent de rester à la périphérie de la ville. Après, vous

1. Une lieue équivaut à 4,828 kilomètres.

prendrez la route du nord, en direction du grand lac d'Ourmia. Tabriz se trouve à quelques lieues de là. Mais on n'accède pas à l'ilkhan en frappant à sa porte !

– Que nous conseilles-tu ?

– Les Mongols sont majoritairement bouddhistes, mais certains sont des chrétiens nestoriens. D'après ce que tu dis, ce serait le cas de l'épouse d'Arghoun. Si j'étais toi, je lui dirais la vérité au sujet d'Alister Durward. Les pillards vont certainement le vendre comme un saint. Mais toi, tu dénonceras les faussaires. Peut-être l'épouse de l'ilkhan sera-t-elle émue par le supplice du jeune homme ? Cela dit, tes marges de manœuvre sont étroites. Tu en es conscient, j'imagine ?

Ulysse acquiesça et alla retrouver ses amis, qui l'attendaient au pied de la forteresse.

– Alors ?

Il leur raconta ce que lui avait appris Thibaud Gaudin. Kostandin lui-même ne put cacher son inquiétude devant l'ampleur de la tâche.

– Traverser toute l'étendue du désert, nous rendre jusqu'à Tabriz, puis arracher Alister des mains des Tartares ? Comment est-ce possible ?

Sibylle était de son avis. Le visage grave, elle se tourna vers Ulysse.

– Kostandin a raison. Nous ne libérerons pas Alister et courrons vers une mort certaine. Mon frère est vivant, c'est ce qui importe pour moi. Peut-être ces Tartares en prendront-ils soin ?

Elle s'approcha et lui murmura la suite à l'oreille :

– Je ne t'en voudrai pas de renoncer, Ulysse, tu auras fait ton possible. Et je refuse de te perdre, toi aussi.

Il lui caressa tendrement la joue.

– Si je reculais, Sibylle, ma vie d'après serait misérable.

La jeune fille se tourna vers Kostandin, qu'elle consulta du regard. L'écuyer eut un geste fataliste.

– Ulysse est le garçon le plus buté de la terre. Et comme je suis aussi fou que lui, je le suivrai. Mais toi, tu…

Elle baissa les yeux, presque honteuse. Elle s'en voulait d'avoir songé, un court instant, à son bonheur égoïste.

– Alors j'irai avec vous. Pouvez-vous m'imaginer en train de vous attendre en Écosse, des mois peut-être ?

– Très bien, décida Ulysse. Désormais, nous serons de pacifiques commerçants et toi, Sibylle, un jeune garçon. Allons trouver Angelos, il nous aidera à nous équiper.

43

Après des jours et des jours de chevauchée, le Mongol Ariq Dokholkhu et sa petite patrouille retrouvèrent avec plaisir leur ville de Tabriz. C'était une grande cité dont l'architecture était restée en grande partie de style arabe, avec quelques innovations datant des Mongols. La plus spectaculaire était une banlieue entièrement plantée de ces tentes que les Mongols appelaient des « yourtes ». Il y en avait des milliers, dressées en périphérie de la capitale. Construite sur une ossature en bois montable et démontable en quelques heures, chacune comprenait une pièce unique et spacieuse qui ôtait chez ceux qui l'occupaient le sentiment d'être enfermés. Les Mongols, ces guerriers redoutables, étaient aussi des claustrophobes.

Ariq avait décidé de garder Alister chez lui afin de le préparer pour la présentation à la reine. Il se sépara de ses hommes et prit la direction de sa yourte. À son arrivée, bruyamment annoncée par les chiens, sa femme et ses quatre enfants se précipitèrent pour l'embrasser. Son épouse, Altani, jeta un regard noir à l'épave humaine crasseuse qu'il ramenait à leur domicile.

– C'est la seule richesse que j'ai trouvée, toutes les autres ont été raflées par les chrétiens. Cet homme porte sur son corps les plaies de leur Dieu, mort sur une croix. Il peut valoir cher.

Ils installèrent Alister à l'écart dans une yourte voisine, où la famille rangeait des outils, des vivres et de la semoule. Le soir, on lui apporta à manger et à boire. Était-il vivant ou mort ? Un peu entre les deux, sans doute. Ce qui était certain, c'est qu'il avalait ce qu'on lui apportait.

– Que vas-tu en faire ? demanda Altani.

– L'offrir en cadeau à l'une des femmes de l'ilkhan, la reine Roxana, qui est chrétienne. Je crois qu'elle appréciera, ce sera bon pour moi.

– Tu vas l'offrir dans cet état ?

– Non, il faut l'apprêter. Demain, nous le nettoierons. Trouve-lui une tunique décente.

Dès l'aube, avant que le soleil devienne trop chaud, Ariq et ses enfants traînèrent Alister hors de sa prison. Ils le dépouillèrent de ses loques crasseuses, le hissèrent sur une charrette à deux roues et le plongèrent dans la rivière Talkheh, qui coulait à proximité. Ils entrèrent à leur tour dans l'eau et commencèrent à lui frictionner le corps au moyen d'un savon local, confectionné à partir de cendres de bois et de suif.

– Frottez-le bien, je vais chercher des vêtements, dit Ariq.

Les enfants y allèrent de bon cœur. Alister semblait absent et se laissait faire. Mais soudain…

– Oh !

Un des enfants d'Ariq, qui avait entrepris de laver les cheveux du miraculé, découvrit avec stupéfaction que sa chevelure était restée entre ses mains.

– Tu l'as abîmé ! dit la petite fille qui alla chercher son père.

Quand Ariq comprit que l'homme qu'il avait recueilli portait une perruque, il fut partagé entre l'envie de l'achever et celle de poursuivre son idée. Il se décida :

– Séchez-le, ordonna-t-il.

Une fois qu'Alister fut sec, ils l'installèrent toujours inerte sur un siège et Ariq lui rasa soigneusement le crâne. Pendant ce temps, son épouse prépara de la cire, qu'elle fit fondre dans une marmite.

– Nous allons t'épiler le crâne à la cire, chrétien, ce sera le dernier de tes supplices.

Alister hurla de douleur, car la cire était brûlante. Mais il était maintenu immobile par la cohorte d'enfants. Une fois la cire refroidie, le Mongol l'arracha brutalement, emportant les derniers poils.

Il restait à réaliser une ultime opération : lui badigeonner le crâne d'une colle forte à base de résine, qui servait pour la confection des arcs. Puis ils fixèrent la perruque.

– Nous allons laisser sécher plusieurs jours, puis le parfumer. Cette nouvelle perruque sera impossible à arracher.

44

Toujours soucieux de monnayer ses services, Angelos accepta d'aider Ulysse et ses amis à organiser leur voyage. L'idée était d'imiter une petite caravane de marchands.

– Vous passerez pour des vendeurs d'épices et d'étoffes italiennes. Laissez-moi faire, je m'occupe de tout.

– Tu ne viens pas avec nous ?

– J'ai ma famille ici, seigneur, avec sept enfants. Et les Tartares sont un peuple farouche...

Ulysse comprit qu'Angelos ne souhaitait pas risquer sa vie en territoire mongol.

– Il nous faudra pourtant un interprète, je ne connais pas un mot de leur langue.

– Je peux vous trouver un guide, moyennant un salaire modeste.

Ulysse accepta son prix sans discuter. Sibylle, comme le lui avait demandé son père, ne regardait pas à la dépense. C'était leur dernière chance de retrouver Alister vivant.

En fin de journée, ils se retrouvèrent à la sortie de la ville. La petite caravane comprenait deux dromadaires chargés de marchandises sans grande valeur et de quincaillerie, un autre qui portait leurs vivres et leur eau, et quatre autres qui leur serviraient de montures.

– Des dromadaires ? Mais je ne sais pas monter ces bêtes, s'effraya Sibylle.

– C'est très facile, vous verrez. Et voici votre guide, Amran Erfez.

Amran leur inspira immédiatement confiance. C'était un homme vif, un Syrien d'âge mûr qui affichait une fine moustache et aux yeux bleus pétillant de malice.

– Vous parlez la langue mongole, Amran ? lui demanda Ulysse.

– *Bi jinkhene mongol khün shig mongoloor yaridag*[1]. J'ai appris la langue en faisant des affaires avec eux, après leur conquête d'Alep. Mais je parle aussi le grec et un peu de français.

Il se tourna vers Sibylle.

– Vous êtes une femme ?

Elle baissa la tête. Sa capuche ne l'avait pas dupé une seule seconde.

– Il faudra vous travestir mieux que cela, je vous aiderai. Quant aux dromadaires, j'insiste. Vous allez traverser de vastes déserts, ils seront plus efficaces que des chevaux. Regardez…

Il fit agenouiller l'animal en le tirant par la bride.

– Pour le monter, vous saisissez la bride, vous passez la jambe par-dessus de son cou et vous vous installez sur la selle…

Il joignit le geste à la parole.

– D'une main, vous tenez la bride. De l'autre, l'arrière de la selle pendant qu'il se relève. *Hep !*

L'animal se redressa sur ses pattes en souplesse.

– Attention à la secousse ! Et voilà, vous pouvez croiser les jambes, c'est plus confortable qu'un cheval. À vous, damoiselle.

1. Je parle mongol comme un vrai Mongol.

Sibylle s'exécuta sans difficulté, suivie de Kostandin et Ulysse. Au bout de trois heures, ils savaient maîtriser l'animal et même le lancer au trot, puis au galop.

– Vous verrez, sourit Amran, bientôt vous ne pourrez plus vous en passer.

– Alors partons au plus vite, proposa Ulysse.

45

Le trio, augmenté de leur guide Amran, partit le lendemain à l'aube en direction de la Galilée. Ils croisèrent beaucoup d'autres caravanes, qui se rendaient à Saint-Jean-d'Acre.

– Le monde des caravanes est un monde à part, où tout le monde se connaît, expliqua Amran. Vous êtes des nouveaux venus, ils l'ont certainement remarqué. Mais notre caravane de sept dromadaires est si modeste qu'ils la considèrent comme négligeable. À leurs yeux, nous sommes des quincailliers ambulants, rien de plus.

Le paysage rougeoyant qu'ils traversaient au soleil levant avait quelque chose de magique. Sibylle en rayonnait de bonheur.

– Quand j'étais enfant, en Écosse, je lisais des contes qui me faisaient rêver. Et maintenant, c'est comme si j'avais plongé dedans !

Quelques heures plus tard, les contrées riantes et vertes de Basse-Galilée lui parurent conformes à celles qu'elle avait imaginées à la lecture des Évangiles. Des collines vallonnées, des allées de cyprès, des champs cultivés, des vergers, des petits hameaux épars autour du grand lac de Génésareth[1]. Fascinée

1. Aujourd'hui le lac de Tibériade.

par cette « mer de Galilée », comme l'appelaient les habitants, que sillonnaient des barques de pêcheurs, elle pouvait imaginer Simon-Pierre et les apôtres jetant leurs filets, sous le regard bienveillant de Jésus.

– C'est la terre des miracles, souffla-t-elle.

– Tu ne crois pas si bien dire, damoiselle, dit Amran. Le village que tu vois s'appelle Tabgha. Ce nom te dit quelque chose ?

Devant sa mine perplexe, il précisa :

– C'est ici que, selon vos Évangiles, s'est déroulé le miracle de la multiplication des pains. Jésus s'adresse à une foule venue pour l'écouter, mais il n'y a que cinq pains et deux poissons à manger.

Sibylle connaissait cet épisode par cœur.

– Alors Jésus leva les yeux au ciel et les pains devinrent des milliers, et autant pour les poissons. Est-ce vrai, Amran ?

– J'ai souvent essayé de faire comme lui, princesse, mais mon unique miche est restée une pauvre croûte rassie ! Votre Jésus avait certainement un talent que je n'ai pas.

Tous éclatèrent de rire.

Passé le Jourdain, les décors avenants où le Christ avait commencé sa prédication cédèrent la place à des paysages plus arides. Sur les indications d'Amran, ils prirent la direction du désert, qui devait les mener jusqu'à Bagdad. Dans ces contrées désespérément plates, sans aucun signe distinctif, Amran s'orientait avec une facilité déconcertante.

– J'ai fait cette route plusieurs fois, vous savez, vous pouvez me faire confiance.

Ils croisèrent d'autres caravanes, plus impressionnantes encore que celles vues en Palestine.

– Certaines, commenta Amran, viennent de l'Arabie Pétrée, l'ancien royaume des Nabatéens. Connais-tu cet endroit, Ulysse ?

– J'en ai beaucoup entendu parler, mais je n'y suis jamais allé.

– Pétra est une cité taillée dans le roc, édifiée au cœur d'un désert rouge, le Wadi Rum. Il faut avoir vu cela une fois dans sa vie, on ne l'oublie jamais.

Il proposa de s'arrêter pour la nuit.

– Déjà ? s'étonna Ulysse. Nous pourrions encore faire du chemin.

– Ce ne serait pas raisonnable, répondit Amran. Le désert est un maître de patience et de prudence. Quand on y entre, on doit ménager ses forces.

Amran leur apprit à dresser une tente, comme on le faisait chez les caravaniers, pour s'abriter du froid du désert, parfois très vif. Après le dîner, Ulysse alla chercher Sibylle, qui s'était isolée à peu de distance du campement.

– Tu ne viens pas manger avec nous ?

– Je n'ai pas très faim.

– Que fais-tu ?

– Je regarde les étoiles. En Écosse, il y a souvent trop de nuages. Ici, on peut vraiment les admirer. Il y en a des millions et des millions. Que sont-elles vraiment, Ulysse ?

– Personne ne le sait au juste. Certains disent que Dieu a accroché des luminaires dans le ciel pour que les hommes ne s'égarent pas dans l'obscurité, mais c'est une explication un peu facile.

– En effet, dit-elle en riant.

– D'autres pensent que ce sont des soleils comme le nôtre, mais très éloignés.

– Avec des habitants comme nous, sur des mondes comme la Terre ?

– Je ne sais pas. « Il y a plusieurs demeures dans la maison de mon Père », disait le Christ.

Elle se blottit contre lui, puis se redressa.

– Tu entends ?

Il tendit l'oreille. Du fond de l'obscurité leur parvenait en effet un son plaintif, comme le cri d'une bête qui souffre.

– Les dunes. Elles chantent !

– Les Bédouins prétendent que ce sont des djinns, des esprits qui rôdent dans le désert. Marco Polo en parle dans ses récits de voyage. Dans ma seconde vie, si j'en ai une, je me chercherai un maître comme mon aïeul Adélard pour m'expliquer tous ces mystères. Il nous a transmis un très gros livre, qui résumait toutes les énigmes du monde et de la foi.

– Quel est son titre ?

– La *Somme théologique*, de Thomas d'Aquin, un dominicain. C'est un ouvrage difficile, mais il dit tout sur tout.

Elle le regarda avec tendresse.

– Nous le lirons ensemble, Ulysse.

Pour la première fois depuis leur départ, elle le vit sourire.

– Une page chaque soir ? insista-t-elle.

– Oui, mais cela nous prendra plusieurs milliers de soirs !

46

Il serait faux de croire que tous les Mongols étaient bouddhistes. Certains étaient chrétiens nestoriens, d'autres agnostiques, d'autres encore juifs ou adeptes de pratiques chamaniques. Car ce peuple qu'on dit cruel (mais qui ne l'était pas plus que les autres, finalement) était doté d'une véritable intelligence politique. Il en fallait pour conquérir la moitié de la planète sans se mettre les peuples à dos.

Afin de s'assurer un allié contre les Arabes, le roi Houlagou, vainqueur de Bagdad, avait donc pratiqué une politique amicale envers les chrétiens. Dans cette perspective, ce bouddhiste avait épousé Marie, la fille de l'empereur byzantin Michel VIII Paléologue. Son petit-fils Arghoun, réputé pour son habileté, lui emboîta le pas. En 1289, il envoya une délégation en Europe auprès du roi de France et du roi d'Angleterre, pour trouver des alliés contre les mamelouks. Pour se montrer encore plus présentable aux yeux des Occidentaux, il épousa une chrétienne.

Roxana Chrysostomou était la fille aînée d'un riche diplomate de Chypre, bien introduit auprès de la famille régnante des Lusignan, qui avaient jadis acheté l'île à Richard Cœur de Lion. Âgée d'à peine dix-huit ans, c'était une des plus jolies femmes de l'île. Grande, mince, une chevelure rousse qu'elle tenait de sa mère avec, disait-on aussi, le même caractère de feu. Nombre de chevaliers français, aux états de noblesse impressionnants, lui avaient livré une cour effrénée, mais elle les avait tous ignorés, confiante en un destin exceptionnel. Quand ce destin se précisa enfin, sa déception fut immense. L'homme à qui elle avait été promise était l'un des Grands de ce monde, comme elle l'avait rêvé, mais son allure…

Le portrait que son père lui avait présenté, hélas réaliste, montrait un gros bonhomme aux yeux bridés, accroupi sur un coussin, portant une barbe fine et coiffé d'une unique grosse mèche brune sur le haut d'un crâne chauve.

– Arghoun descend de Gengis Khan, lui apprit son père. C'est le quatrième ilkhan de Perse de la dynastie des Houlagides.

Elle refusa cette alliance. Mais quand son père insista, elle se mit à hurler comme faisait sa mère quand elle était encore vivante. Rien n'y fit, le mariage était déjà arrangé. Une de ses suivantes crut la rassurer en lui faisant miroiter une vie de luxe.

– Tu vivras dans le harem de Tabriz, qu'on dit splendide, avec les autres épouses du roi. Elles ne sont pas si nombreuses, six à peine.

– Un harem ?

– Les ilkhans ont plusieurs femmes, qui habitent dans un endroit protégé du palais. L'avantage, c'est que tu ne verras pas souvent ton époux. Uniquement quand il te fera appeler pour passer la nuit avec lui.

Elle aurait voulu mourir.

Elle fut conduite en grande pompe au palais de Tabriz, où son mari se révéla encore moins engageant que sur son portrait. Après la présentation, on l'emmena dans le harem, sa future prison.

Dès son arrivée, elle sentit que des dizaines d'yeux la scrutaient avec une animosité à peine dissimulée. L'ilkhan possédait en effet six épouses, toutes choisies par ses ministres pour des raisons politiques. Roxana découvrit aussi une cinquantaine de concubines, sélectionnées pour leurs charmes dans l'aristocratie mongole ou achetées sur les marchés d'esclaves. La plupart étaient très belles.

Un eunuque accompagna la nouvelle épouse vers le vrai maître du harem, la reine-mère Bolgana, qui l'accueillit avec un sourire hypocrite.

– Voici donc notre nouvelle venue. Tu es chrétienne, m'a-t-on dit ?

– Oui, Majesté.

– Croyante ?

– Oui, Majesté.

– Tu auras le droit de pratiquer ta religion, mais discrètement.

Roxana fit une brève révérence et s'en alla pleurer sur sa couche.

Véritable palais dans le palais, le harem était un endroit très confortable, presque totalement coupé du monde extérieur, tapissé de grands carrelages bleutés qui donnaient aux pièces une allure claire et attrayante. De nombreuses fontaines y coulaient, une pour chaque grande pièce. On disait que leur fonction principale était moins de répandre leur fraîcheur que de dissimuler les conversations des épouses rivales. À l'abri de ce clapotis permanent, elles pouvaient se livrer à leur occupation favorite : comploter les unes contre les autres, afin d'obtenir les faveurs de l'ilkhan.

L'apprentissage de sa vie d'épouse fut rigoureux. Au début, la reine-mère exigea qu'une esclave passe la nuit à l'écouter dans sa chambre, pour vérifier qu'elle ne ronflait pas ou ne produisait pas des bruits inconvenants, ce que l'ilkhan ne supportait pas. Elle subit également un examen médical complet, pour constater son état de santé et sa virginité.

Contrairement à ce qu'elle redoutait, le harem des Mongols n'était pas un lieu de vices et de plaisirs. C'était même tout le contraire. Sans exagérer, on pourrait le comparer à un pensionnat de jeunes filles. Les épouses et les concubines de l'ilkhan y recevaient une éducation poussée : morale, broderie, connaissance des arts, danse, musique, peinture.

Un soir, un chambellan vint la chercher pour l'accompagner dans la chambre de l'ilkhan, qui la posséda sans dire un mot et s'endormit juste après. Fort heureusement, ces « convocations » furent si rares qu'elle s'interrogea. Manquait-elle de charme aux yeux de son époux ? Les reproches de la reine-mère l'éclairèrent : l'ilkhan la craignait. Il la voyait comme un volcan chypriote, prêt à exploser.

– À l'avenir, lui dit la reine Bolgana, si tu veux bénéficier des faveurs de mon fils, il faudra te montrer plus agréable.

Roxana suivit son conseil. Non par soumission, mais par calcul. Le meilleur moyen de ne pas désespérer était de profiter de sa position d'épouse du roi. Elle comptait sur ce que l'ilkhan craignait le plus, sa forte personnalité.

Elle s'acquit d'abord l'amitié du premier ministre, Saad al-Dawla. Ce médecin juif était renommé pour sa science de l'administration et pour sa sagesse. L'ilkhan lui avait attribué un pouvoir considérable. Roxana se fit instruire par lui des grandes questions politiques de l'ilkhanat et elle apprit aussi à parler la langue mongole. C'est ainsi, en mêlant habilement son charme personnel et ses capacités intellectuelles, que « le volcan chypriote » – comme la surnommait plaisamment son époux – gagna peu à peu le premier rôle parmi ses six épouses, à la grande fureur de la reine-mère Bolgana.

Pourtant, même si elle avait gagné en importance à la cour, Roxana n'était pas heureuse. Elle trouva une consolation dans la pratique de sa religion, priant chaque jour le Ciel pour qu'il lui envoie un miracle. Elle s'en ouvrit au père Kostas, un prêtre chrétien nestorien qui officiait dans une petite église de Tabriz. Confesseur et confident de la reine, il avait reçu l'autorisation de lui rendre visite chaque semaine. Mais s'il lui citait de belles paroles des Psaumes et des Évangiles, le prêtre lui suggéra néanmoins de ne pas trop attendre des interventions divines dans les affaires conjugales.

47

Sibylle, à moitié assoupie sur son dromadaire, laissait son esprit vagabonder. Ses pensées allaient de son frère chéri Alister à Ulysse, dont elle se sentait, jour après jour, de plus en plus proche. Au bout de huit jours de traversée du désert d'Arabie, elle avait l'impression qu'il avait perdu un peu de cette retenue permanente, de cette raideur d'âme qui l'empêchait de profiter pleinement de la vie. Mais parfois, dans les moments d'inaction ou de solitude, son visage se teintait d'une tristesse infinie, qu'elle trouvait énigmatique. Ses pensées semblaient ailleurs, mais où ? De mauvais rêves, aussi, venaient le hanter certaines nuits dans le désert. Kostandin peinait à cacher son désarroi à Sibylle et Amran. Il lui donnait à boire, passait un linge humide sur son front et prononçait des mots rassurants, comme le ferait une mère. Parfois, aussi, il regardait Sibylle avec un sentiment de profonde impuissance. Pour la jeune fille, qui envisageait sérieusement de faire un jour d'Ulysse son époux, il y avait là un mystère qu'elle s'était promis de percer. Et ce mystère portait un nom : Néphin.

Un soir, alors qu'Amran et Kostandin dormaient, elle se rapprocha d'Ulysse. Elle prit sa main et la posa sur sa joue. Il s'inquiéta.

– Tu es glacée, lui dit-il. Laisse-moi faire, je connais un moyen de te réchauffer.

Il posa sa bouche entre ses omoplates et souffla fort, lui envoyant l'air chaud de ses poumons.

– Ça fait du bien !

– J'ai appris cette méthode pendant notre campagne en Libye. Là-bas, les nuits sont aussi fraîches qu'ici. Il fallait voir tous ces fiers croisés se souffler les uns les autres dans le dos, s'amusa-t-il.

Elle plongea son regard dans le sien.

– Tu as confiance en moi, Ulysse ?

– Oui, bien sûr.

– Alors explique-moi : pourquoi risques-tu ta vie pour sauver mon frère Alister ?

– Tu m'as déjà posé cette question.

– Mais tu ne m'as pas vraiment répondu.

– Parce que je l'ai promis à ton père, voilà tout.

– Ulysse, sois franc. Nous nous battons contre une montagne, un autre que toi aurait abandonné depuis longtemps.

Il chercha une réponse plausible.

– Parce que c'est ton frère, Sibylle, et que je t'aime.

Elle l'interrompit, agacée.

– Ne me raconte pas d'histoires ! Si Alister est encore vivant, il est inaccessible ! Je te le répète : si tu décidais, ce soir, d'arrêter là et de retourner en Écosse, comment pourrais-je t'en vouloir ?

Il ne répondit rien.

– Ulysse, c'est pour toi que tu le fais !

Il fixait l'horizon, comme s'il voulait échapper à la conversation, dont il pressentait la suite. Elle osa néanmoins sa question.

– Que s'est-il passé à Néphin ?

Il fronça les sourcils.

– Qui t'a parlé de Néphin ? Kostandin ?

– Il a laissé échapper ce nom, mais il n'a pas voulu m'en dire plus. Si tu m'aimes vraiment, Ulysse, purge ton âme, dis-moi ce qui s'est passé là-bas.

– Il y a eu un massacre…

– Quel massacre ?

Comme une confession longtemps retenue, l'histoire sortit d'elle-même de sa bouche…

48

La tuerie s'était terminée à la tombée de la nuit. Les quelques centaines de croisés qui avaient échappé à la fureur des mamelouks s'éparpillèrent dans l'obscurité. Ils avaient sauvé leur vie, mais ils étaient ivres de vengeance. Ulysse et Kostandin étaient parmi eux.

Six jours auparavant, le 20 avril 1289, le sultan avait mis le siège devant Tripoli[1] avec quarante mille cavaliers et cent mille fantassins. La bataille avait duré six jours. Les croisés se défendirent avec vaillance, mais les mamelouks étaient nombreux et mieux équipés. Les Vénitiens et les Génois s'enfuirent les premiers sur leurs navires, avec toutes leurs richesses, déclenchant la fureur du sultan qui lança l'assaut. La plupart des hommes furent tués, les femmes et les enfants réduits en esclavage. Puis il ordonna de raser la ville.

À quelques lieues de là, les croisés survivants se rassemblèrent en petits groupes. Quelqu'un hurla :

– Le feu ! Ils incendient Tripoli !

Les flammes illuminèrent la nuit. Ulysse donna l'ordre de fuir vers le sud. À l'aube, son groupe, composé surtout de Français et

---

1. Il s'agit de Tripoli au Liban, à 85 kilomètres au nord de Beyrouth, pas de la capitale actuelle de la Libye.

d'Italiens, parvint à proximité de la forteresse de Néphin, évacuée par les croisés. Le château était en ruine, entièrement dévasté par l'ennemi. Il ne restait rien à manger, seulement des pierres et des cendres.

Soudain, un Français alerta les autres. Depuis une hauteur, il avait aperçu un village.

– Il n'est pas indiqué sur les cartes, observa Ulysse, sans doute à cause de sa petite taille. Allons-y.

Le hameau – ils l'avaient baptisé Néphin à cause de sa proximité avec la forteresse – était habité par quelques familles de paysans musulmans. On y vivait de la pêche et de modestes cultures, dans des maisons blanches et bleues.

Quand le groupe de croisés entra dans le village, tout le monde se figea. C'était jour de marché. Kostandin, sourire aux lèvres, saisit un bol de fromage sur un étal et le dévora à pleines mains.

– C'est bon, les amis, c'est du fromage de brebis !

Ses compagnons l'imitèrent. Un paysan tenta de s'interposer, mais il fut aussitôt repoussé avec brutalité. Il n'en fallait pas plus pour que les épées et les poignards jaillissent des fourreaux. Ulysse, qui était leur chef, tenta de les arrêter.

– Non, pas de violences !

Un vieillard s'approcha d'un groupe d'Italiens et murmura quelques mots en souriant et en se frappant la poitrine :

– Nous… pas mamelouks… pas mamelouks.

Il fut frappé de plusieurs coups de couteau dans le ventre.

– *Pezzo di merda !*

Ce fut le commencement de la tuerie. Une partie des croisés encercla les villageois, tandis que les autres entraient dans les maisons. On entendit des hurlements de femmes et d'enfants. Sur la place du marché, quelques paysans plus courageux que les autres voulurent se porter à leur secours, mais ils furent massacrés.

– Souvenez-vous de Tripoli, les amis, rendons-leur la pareille !

Sous le prétexte fallacieux de venger leurs compagnons d'armes, les croisés se déchaînèrent sur ces pauvres gens, aussi éloignés des mamelouks d'Égypte qu'un Suédois peut l'être d'un habitant de la Chine. Une forme d'ivresse s'empara de chacun, comme si la frénésie de tuer était devenue un mal contagieux. Rien, aucun sentiment simplement humain, ne pouvait s'opposer à cette fureur meurtrière. Des femmes se jetèrent sur leurs enfants pour les protéger, la plupart furent violées avant d'être tuées.

Ulysse lui-même, qui avait tenté de s'opposer au massacre, fut gagné par la colère de ses compagnons. Il abattit son épée, la rage au cœur, sur des paysans sans défense.

Mais le pire était à venir.

– Ulysse, un puits !

Kostandin, la mine réjouie, avait trouvé un puits au centre du village. Il prit un vieillard par les pieds et le précipita dedans, en riant à gorge déployée.

– On va en mettre d'autres !

Tous y allèrent, Ulysse aussi. C'était devenu un jeu. Une trentaine de villageois de tous âges, même des enfants, finirent entassés les uns sur les autres au fond du puits.

– Apportez de la paille ! proposa quelqu'un.

Ils coururent dans les granges chercher des ballots de paille et les jetèrent dans le puits à pleines brassées. Puis ils allumèrent le feu et reculèrent pour jouir du spectacle. Ulysse contemplait ce massacre, hagard.

*

Cette stupeur ne l'avait pas quitté, deux ans plus tard.

– J'entends encore leurs cris, murmura-t-il, la tête entre les mains.

Sibylle savait tout, à présent, des images qui hantaient sa mémoire.

– Personne ne m'a forcé à participer à cette monstruosité. Comme eux, j'y ai pris part.

Des larmes coulaient le long de ses joues.

– Quand le feu s'est éteint, quand le silence est revenu, nous nous sommes regardés, comme les damnés que nous étions. Nous avions honte.

– C'était la guerre, chuchota Sibylle, bien consciente de la vanité de ces pauvres mots.

– Non, c'était l'enfer sur terre. Pourtant, nous étions tous des chrétiens sincères. Nous étions venus en Terre sainte pour délivrer le tombeau du Christ. Et nous l'avons tué une seconde fois, Sibylle. Une seconde fois à l'intérieur de ce puits !

Hautes dans le ciel, dont l'obscurité virait au bleu, les étoiles continuaient de briller, les dunes de chanter. Elle lui caressa les cheveux.

Elle avait compris. En essayant de sauver Alister au péril de sa vie, Ulysse ne cherchait pas seulement à se racheter, il voulait aussi sauver le Christ de la cruauté des hommes.

49

Loin de là, à Tabriz, c'était un grand jour. Le guerrier mongol Ariq Dokholkhu avait décidé d'aller proposer sa « relique vivante » à l'ilkhan de Perse. Sur les conseils de son épouse, il avait revêtu son costume d'apparat : une robe chamarrée, serrée à la ceinture, ainsi qu'un bonnet de fourrure, certainement mieux adapté aux froidures de la steppe qu'à la chaleur de Tabriz. Ses bottes, elles aussi, étaient fourrées.

– Je vais étouffer là-dedans !

– Tu ne peux y aller avec des guenilles, répliqua sa femme.

Il parada quelques instants, transpirant à grosses gouttes, devant sa famille admirative. Puis, avec son aîné, il alla chercher Alister, toujours sans voix et sans mémoire. Ils l'installèrent à nouveau dans leur petite charrette, attelée cette fois à un cheval. Puis Ariq donna à son fils, qui tenait les rênes, le signal du départ.

– À la citadelle !

Au petit trot, le convoi se présenta à l'entrée de la cité de Tabriz, gardée par des soldats. Ariq se fit connaître, on le laissa passer sans difficulté.

– Que de monde !

Les places et les avenues grouillaient d'hommes et de femmes qui allaient et venaient. Ariq et son fils fendirent avec peine la foule jusqu'à un bâtiment imposant, la forteresse Arge e Tabriz, un des rares édifices bâtis par l'occupant mongol. Il était construit à l'emplacement d'une ancienne mosquée et avait la forme d'un lourd bastion de quarante mètres de hauteur, renforcé par deux puissantes tours cylindriques. L'entrée de la forteresse était gardée par de nombreux soldats armés.

– Qui es-tu ? cria un garde quand il vit Ariq s'avancer vers l'entrée.

– Je m'appelle Ariq Dokholkhu. Je voudrais parler au ministre Saad al-Dawla.

– Que lui veux-tu ?

Ariq désigna Alister dans la charrette.

– Lui montrer ce saint homme. Il est affligé des mêmes blessures que le Christ des chrétiens. Je voudrais l'offrir en présent à la reine Roxana.

Le soldat ne savait trop quoi penser.

– Pourquoi ne vas-tu pas au palais royal ?

– Personne ne me laissera entrer. Le premier ministre décidera si cet homme vaut d'être présenté à la souveraine.

– Attends-moi ici.

Le soldat revint avec un fonctionnaire du palais, qui alla examiner Alister.

– Étonnant, en effet !

Il fit un signe de croix. Un chrétien, se dit Ariq.

– Cet homme est un miraculé, souffla le fonctionnaire à l'officier. Il faut en parler au premier ministre.

50

Pendant ce temps, la petite caravane conduite par Amran s'engageait dans un long défilé rocheux, où le son semblait se démultiplier.

– C'est un phénomène étrange, leur expliqua le guide. Écoutez… Ulysse ! cria-t-il.

L'écho fit résonner le cri d'Amran : « Ulysse… Ulysse… Ulys… »

– Un miracle, dit Ulysse.

À son tour, il cria :

– Sibylle !

La montagne répéta le prénom de la jeune fille. Elle était émerveillée, mais un peu effrayée.

– Tu es sûr que ce ne sont pas des djinns ?

– Chaque fois que je me trouve devant un prodige, commenta Ulysse, je me demande ce qu'en aurait dit Thomas d'Aquin.

– Mais tu ne l'as jamais lu !

– Non, mais j'imagine sa manière d'aborder ces phénomènes, c'était la même que celle de mon aïeul Adélard. Avant d'en arriver aux explications fantastiques, il préférait épuiser les solutions naturelles. La réverbération de ce son est peut-être due à la configuration de ce défilé, où les parois sont proches.

– Peut-être. Mais ne crie plus mon nom, s'il te plaît, cette voix me fait peur.

– Te rappelles-tu cette chanson, Ulysse ? dit Kostandin. Nous la chantions pour nous donner du courage :

« Par Dieu, mon compagnon, je me souviens toujours
Que l'Amour n'eut jamais plus fidèle amant
Et que le monde entier ne vaudrait rien sans elle. »

Les parois du défilé leur rendirent ses paroles, à peine reconnaissables.

– Ou les djinns savent chanter comme nous, reprit Ulysse, ou ce n'est qu'un phénomène de résonance. Comme dans une grotte, finalement.

En sortant du couloir rocheux, ils longèrent une très grande falaise, plantée dans un désert ocre.

– C'est une vallée creusée par un cours d'eau, expliqua Amran.

– De l'eau a coulé ici ? s'étonna Sibylle.

– Oui, il y a longtemps. La Terre est vieille. À l'image des humains, elle change et se transforme.

En progressant dans la vallée asséchée, ils découvrirent de véritables merveilles, comme des rochers finement sculptés par l'érosion ou des arches de grès.

Amran stoppa sa monture et regarda le ciel.

– Le vent se lève…

– Et alors ? demanda Kostandin.

– Dans le désert, il faut s'en méfier.

Comme pour confirmer ses craintes, une forte bourrasque souleva le sable qui leur jaillit au visage, en rafales.

– À terre, ordonna Amran, c'est un *haboob* !

– De quoi parles-tu ?

– Un mur de sable poussé par le vent. Abritez-vous !

Ulysse chercha autour de lui.

– Ces rochers, là-bas ! cria-t-il.

– Nous n'y arriverons pas ! hurla Amran. Plaquez-vous au sol et protégez-vous le visage avec vos chèches.

Tous trois obéirent. Pendant ce temps, Amran alla coucher les animaux et rabattit sur eux les couvertures qui leur servaient pour dormir. Puis il s'allongea à son tour.

– Sibylle, cria Ulysse, viens près de moi !

Elle vint se coller contre lui.

– Taisez-vous, ordonna Amran, sans quoi le sable entrera dans votre bouche.

Sibylle obtempéra, mais sa curiosité fut la plus forte. Elle regarda à l'extérieur en entrouvrant sa couverture. On ne voyait rien à dix mètres devant.

– C'est l'enfer !

– Oui, approuva Amran, mais ça ne durera pas.

Pour l'instant, le *haboob* redoublait de violence. Le vent rugissait comme un animal monstrueux. Soudain, Amran poussa un cri.

– Nos bagages !

Le dromadaire qui portait leurs affaires et leurs vivres s'était détaché. L'animal était jeune, il n'avait jamais affronté une telle tempête. Affolé, il s'était redressé sur ses pattes.

– Je vais le chercher, hurla Ulysse.

– Surtout pas !

Les longs cils du dromadaire protégeaient ses yeux des giclées de sable qui le frappaient avec violence, mais la pauvre bête était paniquée par le bruit et la force du vent.

– Il va se perdre, cria Ulysse, il emporte notre eau et nos provisions !

N'y tenant plus, il se leva en serrant sa couverture sur sa tête. Amran essaya en vain de le retenir.

– Tu vas te perdre toi aussi !

Habitué aux situations périlleuses, Ulysse tenta de progresser contre le vent. Il chercha à s'orienter. Il devina une silhouette, à peu de distance, qui pourrait être leur dromadaire. Mais une rafale plus puissante que les autres le projeta à terre. Il se releva péniblement et continua d'avancer. Derrière lui, il entendait faiblement les voix de ses compagnons, qui l'appelaient. Puis il n'y eut plus que le bruit du vent. Pas après pas, il s'approcha de la silhouette. Étrangement, elle était immobile. L'animal s'était-il allongé sur le sable, pour attendre sagement la fin du *haboob* ? La vérité était plus cruelle. C'était une formation rocheuse, qu'il avait prise pour un dromadaire. Cette fois, l'angoisse l'envahit. Il appela :

– Amran, Kostandin !

Quelque chose, une pierre sans doute, le frappa à la tête. Sérieusement étourdi, il tomba à la renverse. Dans un réflexe de survie, il rabattit la couverture sur lui et perdit connaissance.

Au bout d'une heure, le *haboob* s'affaiblit, puis s'éloigna. Amran se releva, vérifia que leurs montures n'avaient pas trop souffert et les remit debout. Kostandin et Sibylle appelèrent Ulysse, sans recevoir de réponse.

– Ne vous fatiguez pas, déplora Amran. Ce qu'il a fait est une folie, il n'avait aucune chance de ramener notre monture. Et nous n'avons plus de vivres, ni d'eau.

Sibylle indiqua le sud.

– Il est parti par là, je crois.

Amran afficha une mine perplexe.

– Il ne voyait rien, il a pu prendre n'importe quelle direction. Ou bien il repose quelque part sous le sable.

– Mort ? demanda Kostandin.

– On ne défie pas le *haboob*, dans ce désert. On se couche et on attend qu'il passe. Quoi qu'il en soit, nous ne survivrons pas, nous, si nous restons sur place.

Il grimpa sur son dromadaire.

– Faites comme moi. Et prions Dieu qu'Il nous sorte de là !

51

Il était mort et monté au Ciel. C'est ce qu'Ulysse pensa en voyant s'approcher deux silhouettes fantomatiques, vêtues de longues robes couleur safran aux formes flottantes. Des anges ? Ou alors il était au Purgatoire, ce lieu imprécis où les morts attendent d'être fixés sur leur sort éternel. Dans ce cas, les deux fantômes pourraient être ces créatures démoniaques que les prêtres appelaient des Léviathans.

Il avait erré longtemps dans le désert. D'abord, il avait cherché à retrouver ses amis, mais ils semblaient définitivement perdus. Il s'en voulait d'avoir ignoré le conseil d'Amran. À présent, il avait condamné tout le monde à mourir de soif et de faim. Mais, fort de son esprit pratique, il ne céda ni au démon de l'autoflagellation, ni à celui du découragement. La seule solution était de prendre la route de Bagdad, en espérant que ses amis aient eu la même idée. Mais comment trouver le bon chemin dans ce désert ? Pendant la campagne de Libye, un croisé lui avait appris à interpréter la forme des dunes. Sachant que le vent dominant venait de l'est-nord-est, il suffisait d'observer comment étaient orientées les vaguelettes de sable pour en déduire la direction de Bagdad. Il avança dans cette direction, mais la faim et surtout la soif commençaient à le tourmenter. Il marchait à grandes enjambées pour progresser le plus loin possible, tant qu'il lui restait des forces.

*

Au même moment, à plusieurs lieues de là, Sibylle scrutait l'étendue du désert.

– J'ai vu quelque chose bouger, vers l'ouest. Qu'en penses-tu, Amran ?

Le guide ne regarda même pas.

– Ton esprit te joue des tours, ma belle amie ! Ulysse nous a perdus et nous l'avons perdu.

– Alors revenons en arrière, je pense que nous nous éloignons de lui.

Amran eut un mouvement d'humeur.

– En arrière ? Mais je ne sais même pas où est l'arrière ! À mesure que nous avançons, le vent du désert efface nos traces. Je serais bien incapable de vous ramener à l'endroit où nous avons campé.

Kostandin s'interposa.

– Il a raison, nous ne pouvons pas nous épuiser en allées et venues. À quelle distance sommes-nous de Bagdad ?

– Environ une cinquantaine de lieues. Pourquoi ?

– Si j'étais Ulysse, je tenterais de gagner cette ville. Peut-être, en ce moment, pense-t-il comme moi ?

– Ton raisonnement n'est pas mauvais, mais nous ne ferons jamais cinquante lieues à pied dans ce désert, sans eau ni nourriture.

– Que proposes-tu alors ? s'enflamma Kostandin. De nous asseoir sur le sable et d'attendre la fin ici ?

– Que veux-tu que je te dise ? Il faudrait un miracle pour…

La voix de Sibylle l'interrompit.

– Un miracle ? J'en vois un !

*

Ulysse avait retenu d'un sermon dominical cette parole : « Le vrai prix des choses repose sur leur rareté ». En plein désert, quand le soleil est au plus haut, quels trésors ne donnerait-on pas pour un gobelet d'eau fraîche ? La sagesse eût été d'attendre la nuit pour reprendre la marche, mais Ulysse continuait d'avancer, de plus en plus chancelant. Au bout d'un moment, ses jambes cessèrent de le porter, il s'effondra sur le sable mêlé de rocaille. Il ferma les yeux, dans l'attente de l'inévitable.

C'est alors qu'il les vit.

Les deux personnages qu'il avait pris pour des fantômes avaient le crâne rasé et les yeux bridés, comme les Tartares. Ils s'adressèrent à lui dans une langue inconnue, mais Ulysse ne put articuler le moindre mot, sa langue était collée à son palais. Ils le saisirent par les épaules, le remirent debout et l'aidèrent à marcher jusqu'à un bâtiment qui se profilait dans le lointain. D'autres hommes au crâne rasé arrivèrent, tous habillés des mêmes robes longues couleur safran. Ulysse comprit alors qu'il avait été recueilli par des moines bouddhistes.

*

Amran regarda dans la direction que Sibylle indiquait. Ce n'était pas un mirage, c'était réel. On distinguait à l'horizon la longue file d'une caravane de marchands. Le trio mobilisa le peu de forces qui lui restait pour faire des signes et pousser des cris à l'intention des caravaniers. À mesure qu'ils se rapprochaient, des senteurs d'épices leur parvinrent aux narines.

– Elle vient de l'Arabie heureuse[1], dit Amran, ils vont certainement négocier leurs épices à Bagdad. Sibylle, as-tu de l'argent ?

– Oui, je l'avais gardé sur moi.

– Alors nous sommes sauvés, ils s'occuperont de nous. Mais laissez-moi négocier…

1. L'Arabie heureuse désignait jadis l'Arabie du Sud (le Yémen), une terre riche qui s'était spécialisée dans le commerce des parfums et des aromates.

52

Les moines qui l'avaient recueilli soignèrent Ulysse comme s'il était l'un des leurs. Ils le réhydratèrent en lui donnant de petites gorgées d'eau, puis le lavèrent de la poussière qui recouvrait son corps. On lui servit alors un potage accompagné d'une boisson tiède où nageaient des herbes et des bouts de légumes. Enfin, ils l'installèrent sur une couche, où il sombra dans un profond sommeil.

Ulysse reprit conscience au milieu de la nuit. Peu à peu, les images éparses qu'il avait dans l'esprit se rassemblèrent en un récit à peu près cohérent. La tempête de sable, le dromadaire égaré, lui-même se perdant dans le désert, la marche exténuante sous le disque brûlant du soleil, les deux moines qui venaient à son secours.

À peine réveillé, ses pensées allèrent à ses amis. Sibylle, Amran et Kostandin avaient-ils été aussi chanceux que lui ? Où pouvaient-ils se trouver à présent ? Était-il en mesure de les aider ?

Il se remit péniblement sur ses pieds. Ses effets personnels avaient disparu, il était totalement nu. Il revêtit la robe qu'on lui avait donnée en sortant du bain. La pièce où il avait dormi n'avait pas de porte, l'ensemble du monastère semblait plongé dans l'obscurité. Il avança en tâtant les murs pour éviter de chuter. Le silence était total, les moines devaient sans doute dormir. Personne pour monter la garde ? Dans la région où ils étaient, pensa-t-il, c'était plutôt imprudent.

Il tendit l'oreille. On entendait un bourdonnement qui avait l'allure d'un chant religieux, prononcé par une voix de gorge dans une langue impossible à identifier. Au bout du couloir palpitait une faible lumière. Il s'en approcha et se retrouva dans une pièce plus grande que les autres. Quelques lampes à huile, éparpillées dans le décor, révélèrent un lieu surchargé d'objets de culte, dont la signification lui échappait. Au fond de la pièce, un personnage attira son attention. C'était un moine, en habit d'apparat. Installé sur une sorte de trône, il était accroupi dans une posture de méditant. Ulysse lui toucha l'épaule.

– Eh, l'ami…

Aucune réponse. Quand il y regarda de plus près, l'aspect cireux du personnage lui fit penser qu'il s'agissait d'une statue, mais d'un réalisme saisissant. Représentait-elle ce personnage mythique que les Tartares appellent Bouddha et qu'ils vénèrent comme un dieu ?

Il fit demi-tour et identifia la direction d'où venait le chant religieux. Il poussa une porte, mais recula aussitôt, confus.

– Pardonnez-moi, seigneurs !

Accroupis en cercle, une dizaine de moines étaient en train de prier. Ils s'interrompirent et le dévisagèrent d'un air courroucé. Deux d'entre eux, taillés comme des armoires, se levèrent et le repoussèrent sans ménagement. Ils le conduisirent fermement au fond d'un autre couloir et l'enfermèrent dans une petite pièce où il pouvait à peine replier ses jambes.

Il ne me reste plus qu'à attendre, songea-t-il.

Il ne patienta pas trop longtemps. Les hommes de main qui l'avaient enfermé revinrent le chercher et le menèrent dans une autre salle, elle aussi décorée d'objets religieux, mais plus petite que la première. Deux moines l'attendaient, un jeune et un plus âgé. Le premier s'adressa à lui dans sa langue.

– Vous êtes tous les mêmes, vous les Occidentaux, vous n'aimez guère attendre qu'on vienne à vous. Vous imposez votre présence, même quand elle n'est pas souhaitée. Ce caprice de votre volonté est parfois un grave défaut.

– Je vous présente mes excuses, euh... mon frère ? Je ne sais comment m'adresser à vous, je n'ai jamais mis les pieds dans un monastère bouddhiste.

– « Frère » ira très bien. Et voici le maître du Dharma, le Vénérable Yelü Chuji.

– Le Dharma ?

– Il s'agit de la loi bouddhique.

Le Maître inclina la tête. Il gardait le silence, mais son regard pétillait d'intelligence.

– Nous appartenons à une mission qui vient de Chine, continua le jeune moine. Nous avons rejoint l'ilkhan Arghoun dans ces contrées arides. En explorant la région, nous avons trouvé cette mosquée, abandonnée par les musulmans. Nous l'avons aménagée en monastère.

– Vous aussi, vous venez répandre votre vérité et votre Dieu ? s'enquit Ulysse. Comme nos prêtres chrétiens l'ont fait en Terre sainte ?

Cette fois, le vieil homme prit la parole.

– C'est tout le contraire, mon jeune ami. Nous n'allons pas vers les gens, nous attendons qu'ils viennent à nous.

Ce qu'il prit pour de l'arrogance irrita Ulysse.

– Ah oui ? Et qu'a-t-il de mieux que les autres, votre Dieu ?

– Sa première qualité est de ne pas être une personne. En faisant de vos dieux des personnes, vous et les musulmans leur avez attribué les défauts des humains : la jalousie, l'arrogance, l'esprit de vengeance. Notre Dieu n'est pas une personne, c'est un projet de vie.

– Je ne comprends pas.

– Dis-moi plutôt ce qui t'a conduit chez nous, aux marches de l'ilkhanat de Perse.

– Je ne suis qu'un Européen perdu dans le désert. Je ne sais plus le chemin de ma maison, ni même celui de ma foi.

– J'aime ton regard, lança le Vénérable, il respire l'intelligence et la franchise, pas la grossièreté de tes semblables.

Ulysse fut soudain saisi par une émotion inattendue. Peut-être parce qu'elles avaient été longtemps retenues, des larmes ruisselèrent le long de ses joues. Le visage lumineux du Vénérable l'invitait à ouvrir son cœur. Jadis, certains prêtres en confession l'avaient aidé à soulager son âme. Cette fois, c'était un homme venu du bout de la Terre. Ulysse en était au point où sa vie formait un entrelacs qu'il avait besoin de dénouer. Il regarda vers l'autre moine, un peu gêné. Le Maître comprit aussitôt. D'un mot bref, il lui ordonna de quitter la pièce.

– Nous sommes seuls, à présent. Je t'écoute…

Ulysse vida son cœur. L'enthousiasme du jeune croisé partant pour la Terre sainte, les sermons exaltés des prêtres, le parfum enivrant de l'aventure, l'espoir déçu de reconquérir Jérusalem tombée aux mains de Saladin un siècle plus tôt. Puis le massacre de Tripoli et celui de Néphin, la recherche d'Alister dans Saint-Jean-d'Acre, la découverte du sort effroyable que lui avaient réservé des brigands sans scrupule, son besoin de se racheter. Et la tempête de sable, son errance dans le désert, son envie de mourir et de rejoindre les étoiles.

À la fin, il se tut pendant de longues minutes. Le Maître respecta son silence. Puis il prit la parole.

– Et maintenant ?

– Quoi, maintenant ?

– Deux voies s'ouvrent à toi, comme elles s'ouvrent à tout homme, à un moment décisif de sa vie. La première est la plus simple, la plus banale. Poursuivre ton aventure, retrouver tes amis, reprendre ta route jusqu'à Bagdad, puis essayer de gagner Tabriz. Je t'offrirai mon aide, si tu le souhaites.

– Ou bien ?

– Ou bien tu peux agir comme le Bouddha à l'âge de vingt-neuf ans : renoncer à ta vie d'avant.

– C'est-à-dire ?

– Oublier ton désir de te venger et de te racheter, ce qui est tout aussi vain, chercher la paix intérieure. Je pourrais t'accueillir ici, où tu vivrais parmi nous. Tu serais le premier chrétien à nous rejoindre. D'autres suivront, j'en ai la certitude.

Les paroles du vieil homme résonnèrent profondément dans l'esprit d'Ulysse. Était-ce une réponse aux questions qui le harcelaient ?

– Je te remercie pour ton offre, Vénérable, mais je dois y réfléchir.

Le vieux sage hocha la tête.

– Tu as tort, le premier mouvement est souvent le bon. Si tu réfléchis trop, tu finiras par perdre le contact avec toi-même. Mais je ne veux pas te forcer.

Ulysse se releva et s'en alla à regret vers la sortie. Puis il se retourna.

– Puis-je te poser une question, Maître ?

– Je t'écoute.

– Un détail m'intrigue. Tu dis que votre Bouddha n'est pas un dieu comme les autres, qu'il ne s'agit pas d'une personne. Pourtant, cette nuit, j'ai vu une statue sculptée à son image dans la grande salle au bout du couloir. N'est-ce pas une idole, une de plus ?

Le Vénérable esquissa un sourire.

– Non, ce n'est pas une idole.

– Qu'est-ce, alors ?

– Cherche et tu trouveras. N'est-ce pas ce que préconisait un de vos prophètes d'Occident ?

53

Le premier ministre Saad al-Dawla demanda une entrevue avec la reine Roxana. Le harem étant interdit à tout autre homme que l'ilkhan, elle le rencontra dans l'un des jardins du palais. Le ministre s'inclina profondément.

Roxana était vêtue d'un *del*, une tunique à manches longues bleu vif, complétée par un court gilet brodé de la même couleur. Ses cheveux étaient ramassés sous un *toortsog* délicatement ouvragé, le chapeau rond traditionnel des femmes mongoles pendant la saison chaude.

– Je viens t'apprendre, ma reine, une nouvelle... singulière.

– Parle, Saad.

– Un de nos soldats a découvert en Galilée une relique exceptionnelle, qu'il veut t'offrir en hommage. Comme je connais ce genre d'homme, j'ai compris qu'il voudrait nous la vendre, mais il attend que nous fassions le premier pas.

– Quel genre de relique ?

– La plus étonnante de toutes. Un homme trouvé dans un monastère, qui présente les mêmes blessures que le Christ.

Intriguée, elle voulut en savoir plus.

– Ses mains ont été percées par des clous, ses pieds aussi. Il a également été flagellé et son flanc a été perforé par une lance au côté droit.

– Qu'en penses-tu, Saad ?

– Je suis juif, ma reine, je ne crois guère aux hommes-dieux. Mais certains hommes, ai-je entendu dire, portent les stigmates du supplice de Jésus aux mains et aux pieds. Le plus souvent, ce ne sont que des taches rouges. Celui-là, je l'ai vu, a vraiment les mains et les pieds troués.

La reine se leva d'un air décidé. Et si c'était le miracle qu'elle attendait ?

– Je veux le voir, Saad. S'il s'agit d'un signe du Ciel, il nous portera bonheur. Amène-le au palais.

– À tes ordres.

Sur l'heure, le corps à demi inconscient d'Alister Durward fut installé sur un palanquin, porté par deux eunuques. La reine reçut Ariq Dokholkhu et son présent dans une antichambre proche de la salle du trône. À la vue de la souveraine, Ariq plongea à quatre pattes et fixa le sol.

– Relève-toi, dit Roxana. Où as-tu trouvé cet homme ?

Ariq répondit, le regard toujours baissé.

– Il était retenu dans un monastère, ô ma reine, dans les montagnes de Galilée. Les moines qui l'ont recueilli le considéraient comme un miracle du Ciel.

Roxana s'approcha d'Alister qui la fixait, les yeux grands ouverts.

– Quelle langue parles-tu ?

Alister resta muet.

– Il ne parle pas et ne se souvient de rien, dit Ariq. Je pense qu'il a perdu beaucoup de sang.

Le premier ministre, qui les avait rejoints, désigna les blessures.

– Les plaies sont réelles, Roxana, comme tu peux le voir.

Elle les examina de près.

– C'est exact.

Elle se tourna vers son ministre.

– Viens avec moi, Saad. Toi, Ariq, attends ici.

– Oui, ma reine, fit le guerrier en tremblant de tous ses membres.

Elle entraîna le ministre dans ses appartements privés. Celui-ci hésita.

– Je n'ai pas le droit de venir ici, Roxana.

Elle haussa les épaules.

– Au diable les conventions ! Ce que j'ai à te montrer se trouve dans une pièce fermée, près de ma couche. Tourne-toi.

Tandis que Saad regardait ailleurs, la reine prit une clé qu'elle cachait dans une pochette.

– Regarde. Ce que tu vas voir, peu de personnes ici l'ont vu.

Elle ouvrit la porte. La pièce où ils entrèrent était plongée dans l'obscurité. Roxana se dirigea vers un coffre et détourna la tête.

– Protège tes yeux, prévint-elle.

Une forte lumière jaillit de l'intérieur du coffre. Saad eut un mouvement de recul.

– Seigneur ! s'exclama-t-il. Qu'est-ce que c'est, ma reine ?

– Un linge que j'ai payé à prix d'or. On l'appelle le Mandylion d'Édesse, parce que son premier propriétaire était un roi d'Édesse. On dit que ce linge pourrait être le suaire du Christ. Il porte son image.

Saad en avait entendu parler.

– Je croyais qu'il était entre les mains du roi Louis IX, exposé dans la Sainte-Chapelle de Paris. Comment peut-il se trouver ici ?

– Le Mandylion du roi de France est un faux. Le vrai linge est en ma possession, c'est le seul portrait authentique de Jésus. Approche-toi…

Le ministre s'avança avec prudence.

– Tu ne remarques rien ?

Saad, en plissant les yeux, examina le visage imprimé sur le linge. Il poussa une exclamation.

– Mais c'est… ?

– Le portrait, au détail près, de l'homme que tu m'as amené !

Devant l'enthousiasme de la reine, le ministre n'osa émettre la moindre réserve.

– Je crois, Saad, que ces deux reliques réunies sont une promesse de bonheur. Combien en veut-il, l'imbécile qui te l'a apporté ?

– Je négocierai pour toi.

Ils retournèrent tous deux dans l'antichambre où Ariq, toujours à quatre pattes, les attendait. Il se figea à la vue de la reine et de son ministre.

– Combien demandes-tu pour ta relique vivante ?

Le soldat était paralysé par l'émotion.

– Je voulais t'en faire présent, ô reine, et je…

Roxana l'interrompit.

– La reine de Perse n'est l'obligée de personne !

Ariq, qui craignait d'avoir commis un impair, fixait le sol. La reine fit un signe de la main au premier ministre, qui s'adressa à Ariq.

– La reine t'en offre cinq pièces d'or. Es-tu d'accord avec sa proposition ?

Ariq se confondit en remerciements.

– À présent, disparais !

Après le départ du chef mongol, la reine s'approcha d'Alister et lui chuchota à l'oreille :

– Grâce à toi, mon cher petit Jésus, un miracle se produira : l'ilkhan acceptera de me renvoyer à Chypre, où je retrouverai ma famille.

Puis, se tournant vers sa servante :

– Change ses habits, lave-le et parfume-le.

– Oui, ma reine.

– Fais venir mon chambellan.

Quand le serviteur arriva, elle lui montra Alister, que sa servante dépouillait de ses vêtements.

– Cet homme que tu vois sera mon porte-bonheur. Je veux que tu lui fasses construire une chaise roulante, qui sera tirée par un valet. Il me suivra partout où j'irai.

– Oui, ma reine.

Alister, pendant tout ce temps, la regardait avec un sourire béat.

54

Ulysse restait songeur. Il n'avait lu qu'un seul livre de son aïeul, le mathématicien et théologien Adélard de Bath. Intitulé *L'Un et le Divers*, il était composé comme un dialogue entre un jeune homme qui posait des questions et un vieux sage qui répondait par d'autres questions. Une réflexion, en particulier, l'avait frappé. Le sage y proposait sa définition d'une vie réussie : avoir fait le bon choix au moment requis.

Le maître du Dharma avait raison, songea Ulysse, j'en suis à l'heure du choix. Comme beaucoup d'autres jeunes de sa génération, partis avec ardeur pour la croisade, il était allé de déception en déception. Ces gens, pensa-t-il, ont une sagesse qui nous manque. En faisant Dieu à notre image, nous et les musulmans avons exporté la guerre des hommes dans le Ciel. Dieu, s'Il existe, ne ressemble pas aux humains. Le vrai bonheur ne réside-t-il pas dans le renoncement à toutes les passions ?

Il cheminait dans le monastère, sous l'œil impassible des autres moines. On le laissait libre de ses mouvements, peut-être sur la recommandation du Maître. Les pensées tourbillonnaient dans son esprit. Cette nouvelle vie avait des avantages, mais parviendrait-il à s'y adapter, avec des moines dont il ne comprenait ni la langue ni les habitudes ? Et Sibylle ? Pouvait-il l'abandonner ? Avec elle, peu avant de s'égarer, il avait découvert un autre chemin, celui de l'amour partagé.

Il pénétra à nouveau dans la grande salle où était érigée la statue du Bouddha. Imiter leur dieu ? Choisir, comme lui, la voie de la méditation ? Un détail attira alors son attention : *la statue bougeait.* Était-ce un caprice de son imagination ? Il se rapprocha. « Mais oui, elle tremble. Et même, elle respire ! Sa poitrine se gonfle et se dégonfle à un rythme très lent. Quel genre de statue est-ce là ? » Il toucha le front du Bouddha. Il était tiède, pas froid comme la pierre. C'est alors que les yeux de la statue se tournèrent vers lui.

Il poussa un cri. Cet homme, qu'il prenait pour une statue, était vivant ! Que lui avaient-ils fait ?

Une voix retentit dans son dos.

– Je savais que tu viendrais ici, Ulysse, et même je l'espérais.

Ulysse se redressa. Face à lui, le Vénérable Yelü Chuji s'approcha de la statue.

– N'est-il pas impressionnant, notre *sokushinbutsu* ?

– Maître, je ne comprends pas, quelle est cette torture ?

– Ce n'est pas une torture. En japonais, *sokushinbutsu* signifie « devenir bouddha avec ce corps ». C'est lui qui en a décidé, il a choisi d'entrer dans l'immobilité au cours de son vivant. Nous tous, dans ce monastère, avons le même but : atteindre la félicité suprême en purgeant notre corps des miasmes de la vie. Je suivrai bientôt le même chemin, mais je ne sais pas si j'aurai le courage et la force d'âme d'aller jusqu'au bout. Peu y parviennent.

– J'ai entendu dire que les anciens Égyptiens momifiaient leurs morts. Mais cet homme n'est pas mort !

– Les moines *sokushinbutsu* se momifient vivants, c'est une tradition que j'ai découverte au Japon, sur l'île de Honshu[1].

1. Cette tradition, qui remonte au IXe siècle, s'est poursuivie au Japon jusqu'au XIXe siècle. L'empereur l'a alors interdite, car il considérait que c'était une forme de suicide.

J'en ai adapté les grands principes dans le monastère que j'ai fondé dans ce désert. Chacun de nos frères tente le voyage après soixante ans. Tseren, que tu vois ici, est le plus avancé. Suis-moi…

Le Maître entraîna Ulysse dans un couloir attenant, garni de plusieurs cellules. Il ouvrit une porte. À l'intérieur, un moine accroupi à la mine grise les regarda d'un air las.

– Voici la première étape : pendant mille jours, le fidèle qui a choisi la voie du *sokushinbutsu* se prive volontairement de céréales. À la place, il ne mange que des noix et des graines. Le but est de débarrasser son corps de la plus grande partie de ses graisses.

Puis ils visitèrent une cellule voisine : la deuxième étape durait elle aussi mille jours. Le candidat à l'automomification ne se nourrissait plus que de racines et d'aiguilles de pin. Il se vidait peu à peu de son eau, pour éviter un pourrissement du corps.

– À ce stade, précisa le Maître, le disciple est presque un mort-vivant. Pour le protéger de la putréfaction, nous lui faisons boire un breuvage composé d'une sève amère, le même qui sert aux habitants de Honshu pour fabriquer la laque de leurs bols en bois.

Le frère Tseren, lui, était parvenu à la troisième et dernière étape. Ils retournèrent le voir.

– Cette épreuve finale dure encore mille jours. Nous avons installé le frère Tseren dans la position du lotus, en joignant ses mains comme le Bouddha. S'il a des difficultés à respirer, nous lui procurerons un morceau de bambou, que nous glisserons dans sa bouche. Regarde cette petite clochette…

– À quoi sert-elle ?

– Chaque matin, Tseren la fait tinter pour signaler aux autres frères qu'il est encore vivant. Le jour où la clochette restera muette, nous comprendrons que la vie l'a définitivement quitté.

Ulysse était blême à l'énoncé de ce rituel qu'il estimait inhumain.

– Et que ferez-vous, alors ? Vous l'enterrerez ?

– Dans un premier temps, nous le mettrons dans une grande jarre et nous l'enfouirons dans une fosse pendant trois ans. Puis nous le ressortirons et nous le sécherons en le fumant ou en l'exposant à la chaleur de grands cierges. Quand il sera totalement sec, nous l'habillerons de vêtements neufs et il sera assis sur une chaise, pour l'éternité.

– Et qu'aura-t-il gagné ?

– Il aura suivi à la lettre l'enseignement du Bouddha, il aura étouffé le désir et la souffrance, ces maladies permanentes qui nous rongent.

Ulysse ferma les yeux. Que répondre à cela ?

– Je tenais à ce que tu découvres nos *sokushinbutsus* pour que tu ne t'égares pas. Dans notre monastère, c'est le but ultime. Naturellement, tu ne te feras pas *sokushinbutsu* du jour au lendemain. Tu partageras nos pratiques de détachement du monde pendant des années, en te disant qu'elles ne sont qu'une première étape. Mais le vrai but est de devenir *sokushinbutsu,* d'entrer dans l'immobilité au cours de notre vivant. Tu y gagneras une paix totale, que nous appelons le nirvana. Prends le temps d'y réfléchir. Et donne-moi ta réponse quand le soleil sera haut dans le ciel.

Ulysse avait besoin d'air. Il sortit du monastère, mais ne trouva dehors que la chaleur brûlante du désert. « Les hommes peuvent-ils être aussi fous ? Prêts à s'égorger les uns les autres pour défendre une conception de leur dieu, ou chercher la paix de l'âme en renonçant à la vie ? »

Il en avait la certitude à présent, une seule voie lui offrait le bonheur et l'oubli de ses hantises : elle avait le visage de sa chère Sibylle. Il ne pouvait plus attendre et alla trouver le maître Yelü Chuji.

– J'ai réfléchi, Vénérable, ce n'est pas ma voie. Je veux rendre ma vie meilleure, pas lui tourner le dos.

Le vieil homme, qui s'attendait à cette décision, ne chercha pas à le convaincre.

– Retourne donc dans ton monde, Ulysse, et agis comme tu l'entends. Peut-être décideras-tu un jour de nous rejoindre ? Nous serons heureux, alors, de t'accueillir.

Il donna des ordres pour qu'on lui fournisse un dromadaire, de l'eau et des vivres. Ulysse le remercia et prit aussitôt la route de Bagdad.

En chemin, il pensa à une autre phrase de son aïeul, dans *L'Un et le Divers* : « Ce n'est pas la peur de la mort, mais celle de la vie qui égare les hommes. »

55

Pendant que Sibylle et Kostandin attendaient à l'écart, affamés et assoiffés, Amran négociait le prix de leur voyage avec le chef de la caravane, un géant syrien à la moustache fournie.

– Que m'importe ce que ça coûte, s'irrita Sibylle, j'ai soif !

– Sois patiente, répliqua Kostandin. Discuter le prix fait partie de leurs coutumes. C'est aussi une question de prudence. Si nous acceptons leur proposition sans discuter, c'est que l'argent ne compte pas pour nous. Et nous finirons égorgés et dévalisés.

Amran leur fit de grands gestes.

– Ah, dit Kostandin, je crois qu'ils ont trouvé un accord.

Le guide accourut vers Sibylle.

– Trois livres tournois pour les montures et pour profiter de leur eau et de leurs vivres. C'est hors de prix, mais je n'ai pas pu faire mieux.

Sibylle lui donna l'argent.

– Qui sont ces gens ? demanda Kostandin.

– Des Syriens qui vont négocier leurs parfums et leurs aromates à Bagdad. Si j'en crois leur chef, nous pourrions y être dans deux jours. Mais il faut compter avec les contrôles, Bagdad est occupé par les Mongols.

– J'ai soif et j'ai faim ! insista Sibylle.

– Quand j'aurai payé, tu boiras tout ton saoul.

Un coup de sifflet retentit. Sur l'ordre du chef, la caravane reprit sa route. Sibylle se tourna vers Kostandin, la mine inquiète.

– Pourvu qu'Ulysse ait eu la même idée que nous !

– Fais-lui confiance, il a la peau dure.

*

Deux jours plus tard, la caravane croisa plusieurs patrouilles mongoles. Bagdad, l'ancienne capitale des califes abbassides, n'était plus très loin.

– Il paraît que le siège de la ville par les Tartares a été terrible ? demanda Sibylle.

– C'est vrai, répondit Amran. Ceux qui ont survécu au désastre en parlent encore avec terreur.

Trente ans auparavant, l'immense armée mongole d'Houlagou Khan s'était présentée devant la cité abbasside. Sommé de se rendre, le calife avait préféré leur tenir tête. Pendant une semaine, les Mongols assiégèrent la ville. Puis ils ouvrirent une brèche et massacrèrent systématiquement les habitants. Un million de Bagdadis périrent au cours de l'assaut.

– Voulez-vous savoir ce qu'ils ont fait au calife ? interrogea Amran.

– Rien de très agréable, j'imagine, répliqua Sibylle.

– J'ai entendu dire qu'ils l'ont roulé dans un tapis, suggéra Kostandin, et qu'ils l'ont piétiné avec leurs chevaux.

– Ce fut bien pire, corrigea Amran. Le calife conservait son or dans une tour spéciale. Les Mongols l'enfermèrent dans sa salle au trésor, mais sans boire ni manger. C'est ainsi que le calife mourut de faim et de soif au milieu de ses pièces d'or et de ses bijoux.

Sibylle haussa les épaules.

– La version du tapis me paraît plus vraisemblable, rétorqua-t-elle.

– Quoi qu'il en soit, rappelez-vous que ces gens sont très dangereux. C'est pourquoi je propose de rester à la périphérie de la ville.

L'immense Bagdad, traversée par le fleuve Tigre, apparut devant eux. Les remparts, en partie défoncés et noircis par le feu, portaient encore les traces du terrible siège de 1258. Amran, décidément intarissable, leur raconta comment la grande bibliothèque de Bagdad, la Bayt al-Hikma, fut pillée et son contenu déversé dans le fleuve.

– On dit que les manuscrits jetés à l'eau étaient si nombreux que le Tigre était noir comme de l'encre.

– Quelle pitié ! s'indigna Sibylle.

Ils entrèrent par la porte Bab al-Wastani, gardée par une tour géante. Des guerriers mongols ordonnèrent au convoi de s'immobiliser.

– La fouille risque d'être longue, estima Amran. Nous ferions bien de nous séparer ici des Syriens.

Il alla saluer le chef de la caravane, qui leur fit de grands signes amicaux. Puis le trio entra sans encombre dans la ville.

– Nous logerons dans un caravansérail à l'entrée de Bagdad, proposa Amran. Si Ulysse nous rejoint ici, il passera nécessairement par cette porte. D'ailleurs, je pense à quelque chose. Attendez-moi ici…

Il revint peu de temps après, muni d'une grande planche de bois, d'un pot de peinture et d'un gros pinceau.

– Nous allons écrire nos trois noms sur cette planche, que nous mettrons en évidence à l'entrée de la ville. Nous monterons la garde à tour de rôle, Ulysse ne pourra pas nous rater.

– Quelle bonne idée !

Sibylle trempa le pinceau dans le pot de peinture, mais Amran l'arrêta.

– Laissez-moi faire, il faut écrire nos noms en arabe, les chrétiens ne sont pas les bienvenus ici.

– Ulysse lit l'arabe ? s'interrogea Sibylle.

– Évidemment, répliqua Kostandin. Il lui restera au moins ça de ses années de croisade !

« SIBYLLE, AMRAN, KOSTANDIN » en lettres arabes. Tel était le message, succinct mais clair, qui attendait Ulysse à l'entrée de Bagdad.

– Kostandin, peux-tu patienter ici ? suggéra leur guide. J'irai dans le souk avec Sibylle. Nous avons besoin de reconstituer l'équipement que nous avons perdu avec notre dromadaire.

– Allez-y, mes amis.

Dans l'immense marché en plein air de Bagdad, les marchandises affluaient de tout l'Orient. Des soieries, des épices, des objets précieux, des oiseaux aux incroyables plumages, des charmeurs de serpents, des ouistitis.

– Il existe un autre bazar, réservé aux objets de luxe. Mais je préfère éviter de nous éloigner, nous trouverons ce qu'il nous faut ici.

Il engagea un porteur muni d'une carriole qu'ils remplirent de vivres et de vêtements. Sibylle ne quittait pas Amran d'un pas. Elle avait repris son allure de jeune homme et cachait soigneusement son visage sous son chèche.

– On voit très peu de Mongols, constata-t-elle, curieuse de tout dans cette cité géante.

– Ils sont là, mais peu nombreux. Ce qui ne les a pas empêchés de conquérir de vastes territoires.

Du haut de son minaret, le muezzin appela à la prière.

– Faisons comme eux, dit Amran.

Ils imitèrent les génuflexions des Bagdadis. Quelques soldats mongols, reconnaissables à leur casque prolongé d'une queue-de-cheval, observaient la scène avec indifférence.

– Ils n'imposent aucune religion ? souffla Sibylle.

– Non, c'est un de leurs points forts. Ils s'évitent ainsi bien des ennuis.

Soudain, une rumeur agita la foule. On entendait des cris de joie et les femmes poussèrent des youyous.

– Que se passe-t-il ? C'est une fête ?

– Je vais me renseigner. Ne bouge pas, reste avec le porteur.

Elle le vit plonger dans la cohue et engager la conversation. Il ne tarda pas à revenir vers elle, l'air inquiet.

– Alors ?

– C'est une rumeur qui arrive du Caire. Le sultan Qala'ûn est décédé, son fils Al-Ashraf lui a succédé.

– Et alors, qu'est-ce que ça change ?

– Le vieux sultan était ouvert à la négociation, pas Al-Ashraf qui est jeune et rêve de gloire. Il vient de haranguer son armée. Dans une vingtaine de jours, ils seront à Saint-Jean-d'Acre.

– Vingt jours, répéta Sibylle, songeuse. Cela nous laisse peu de temps. Et Ulysse qui n'est toujours pas là…

Soudain, sous l'œil goguenard des Mongols, la foule du marché se mit à scander quelques mots en arabe.

– Que disent-ils ?

– C'est facile à comprendre : « Mort aux chrétiens ! »

56

En dépit de l'effervescence, Sibylle remarqua qu'Amran affichait une mine très sombre. Elle se pencha vers lui.

– Qu'est-ce qui t'inquiète ? Tu n'es pas chrétien.

– Je crains pour ma famille. Quand ils auront conquis Acre, les soldats du sultan voudront punir tous ceux qu'ils considéreront comme des traîtres, vendus aux Infidèles.

Sibylle ne trouva rien à répondre. Ils rejoignirent Kostandin, qui les attendait avec impatience.

– Enfin, vous êtes là ! Quand j'ai vu cette agitation, j'ai craint pour vous.

Amran lui décrivit la situation.

– Une bonne raison pour terminer notre mission rapidement, conclut Kostandin. Dans peu de temps, la totalité de la Terre sainte nous sera interdite.

Amran approuva, fataliste.

– Je vais te relayer, Kostandin. Va te dégourdir les jambes avec Sibylle. J'en profiterai pour arrimer nos marchandises sur les dromadaires. Aucune trace d'Ulysse ?

– Aucune, sinon vous m'auriez trouvé éclatant de joie. Mais j'ai confiance.

Sibylle entraîna Kostandin avec elle. Elle évoqua l'état d'esprit d'Amran.

– Il a de bonnes raisons d'être inquiet. Je connais par expérience la versatilité des foules. Il est probable que, pour sauver leur vie, beaucoup de musulmans d'Acre se retourneront contre des gens comme Amran, qu'ils accuseront d'avoir traité avec l'ennemi.

Elle soupira. Il voulut lui changer les idées en s'arrêtant devant l'étalage d'un marchand de sucreries.

– Connais-tu ces petits gâteaux, Sibylle ?

Il montra un assortiment de pâtisseries feuilletées, au miel et aux amandes.

– J'y ai goûté à Saint-Jean-d'Acre, c'est horriblement sucré !

– Celui-ci est une spécialité de Bagdad, le *baklava*. C'est un avant-goût du paradis.

– Je préfère la viande séchée, dit-elle. Mais je vais en acheter pour Ulysse, quand nous fêterons son retour.

Un peu plus loin, un rassemblement attira leur attention. Deux policiers bagdadis promenaient un homme enchaîné à un lourd carcan. Comble du raffinement, deux fourchettes en fer obligeaient le condamné à garder la tête droite. Un écriteau en arabe, pendu à son cou, détaillait les raisons de son châtiment. Certains riaient de son sort, des enfants lui crachaient à la figure.

– Que ces gens sont cruels, se désola Sibylle. Qu'a-t-il fait ?

– Un voleur, je pense. Il aura de la chance s'il s'en tire vivant. Il va être exposé toute la journée sur la place en plein soleil, sans boire ni manger.

La jeune fille fut envahie de compassion. Il y a peu de temps, elle-même avait souffert de la soif, elle savait combien c'était éprouvant. Elle fouilla dans le sac qui pendait à sa ceinture et en sortit un gobelet de bois, qu'elle alla remplir à une fontaine voisine. Kostandin essaya de l'arrêter.

– Non, Sibylle, non…

Elle l'ignora et approcha son verre des lèvres du supplicié. Un des policiers, alerté par un badaud, se retourna et repoussa

Sibylle sans ménagement. Son chèche glissa, dévoilant son visage et sa longue chevelure châtain clair. Il y eut un grand silence. Les gens la regardaient, stupéfaits.

– Ils n'ont jamais vu une femme ?

– Ce n'est pas ça, murmura Kostandin, ils viennent de découvrir que nous sommes des chrétiens !

D'un geste, il la fit reculer.

– Pas de mouvement brusque, ne les provoque pas.

Fébrilement, elle remit son chèche sur son visage, en souriant à la foule d'un air contrit. Un cri de rage retentit, suivi d'imprécations en arabe. Amran, qui avait vu la scène de loin, vint à leur rescousse.

– Ils veulent vous lapider. Restez derrière moi, je vais essayer de négocier.

Il s'avança vers les policiers et leur tint un discours désordonné, qui ne sembla pas les convaincre. Kostandin s'approcha de Sibylle.

– Certains ont ramassé des pierres, prends garde.

Les policiers se jetèrent sur Amran pour le rouer de coups. Kostandin fondit sur eux et les envoya à terre. La foule se mit à gronder, des pierres commencèrent à pleuvoir. Quatre hommes tentèrent de maîtriser Kostandin, qui se défendait comme un beau diable. Sibylle vola à son secours, en tirant les cheveux de ses agresseurs, mais le combat était par trop inégal. Ils entendirent alors une voix forte :

– Dieu le veut !

C'était le cri de guerre des croisés, poussé par un homme qui brandissait la planche de bois sur laquelle Amran avait noté leurs trois noms. Il s'en servit comme d'une arme, en l'abattant sur la foule.

– Ulysse ! s'écria Sibylle.

Surpris, les agresseurs reculèrent. Ulysse se saisit de ses deux poignards de combat et les pointa vers eux.

– À toi, Kostandin !

Il lui envoya une arme, que l'écuyer attrapa au vol. À son tour, il la brandit vers la foule.

– Amran, Sibylle, derrière moi !

Mais un gros caillou atteignit Ulysse au visage. D'autres pierres furent projetées dans leur direction. On entendit alors une cavalcade. Une patrouille mongole, alertée par le bruit, lançait ses chevaux contre la foule. Les guerriers levaient leurs sabres courts en menaçant ceux qui leur résistaient. Amran, qui était parvenu à se dégager, fit signe à ses trois compagnons.

– Suivez-moi !

Il les entraîna vers un marchand de fromages. Celui-ci, stupéfait, les vit se dissimuler à l'intérieur de sa boutique. Le poignard de Kostandin, pointé dans son dos, l'incita à garder le silence. Sibylle se tourna vers Ulysse et l'embrassa fougueusement.

– Quelle joie de te revoir !

– J'arrive à temps, je crois.

Amran, sans se laisser émouvoir, fronça les sourcils.

– Plus tard, les embrassades !

57

Une fois la foule dispersée, le marché retrouva son calme. Discrètement, les trois amis et leur guide remontèrent sur leurs dromadaires.

– Nous avons tout ce qu'il nous faut, partons vite ! les pressa Amran.

Ils sortirent de Bagdad et obliquèrent vers le nord.

– Compte tenu de la situation, nous devons redoubler de prudence, les avertit Ulysse. Toi surtout, Sibylle. Tu es chrétienne et tu es une femme.

Elle resserra son chèche sur son visage.

– Quand nous serons en pays mongol, ajouta Amran, le problème ne se posera plus, les nomades ignorent la discrimination entre les sexes.

– Quelle distance nous sépare encore de Tabriz ? demanda Ulysse.

– Si nous conservons cette vitesse, je dirais une dizaine de jours.

Sibylle se rapprocha d'Ulysse.

– Où avais-tu disparu ? Nous t'avons cherché partout.

– J'ai été recueilli dans un monastère, par des gens qui m'ont aidé.

Elle s'étonna de le voir si peu loquace, après des jours de séparation.

– Rien de plus ?

– Rien de plus.

Le reste du voyage fut long et fatigant, mais sans embûches. Ils traversèrent de nouveaux déserts, qui semblaient interminables. Bientôt, ils parvinrent en vue du lac d'Ourmia[1]. Autour d'eux, le paysage se fit plus verdoyant. Soudain, Amran s'immobilisa.

– Vous sentez l'odeur ?

Sa vieille expérience avait aiguisé ses sens.

– De la fumée, dit Kostandin.

– Soyons prudents.

Dès qu'ils virent les premières habitations, ils comprirent. Plusieurs maisons finissaient de brûler, et une dizaine de longs pieux avaient été plantés dans le sol, avec leurs victimes empalées.

– Quelle horreur ! s'écria Sibylle.

– C'était un village arabe, expliqua Amran. Les Mongols ont voulu faire un exemple. Peut-être parce qu'ils ne payaient pas leurs impôts, ou qu'ils complotaient contre l'ilkhan. Ils règnent par la terreur. Ils ont commencé avec Gengis Khan, dont le seul nom effrayait des peuples entiers. Ils ont ainsi fondé un immense empire.

– Pourtant, les mamelouks ont bien réussi à les repousser en Égypte et en Syrie, non ? objecta Ulysse.

– Parce qu'ils étaient dix fois plus nombreux. Mais quand les Mongols reculent, cela entraîne ce que vous voyez : une sévérité accrue. Ne restons pas ici.

Ils contournèrent le village et continuèrent vers Tabriz.

La capitale de l'ilkhanat de Perse était entourée d'épais remparts, construits à l'époque des sultans abbassides. Amran et ses

1. Aujourd'hui en Azerbaïdjan occidental.

trois compagnons de voyage entrèrent sans difficulté dans la ville, comme d'autres caravanes. La cité, très populeuse, entremêlait des maisons de bois et des yourtes mongoles dans le plus total désordre.

– Laissons notre caravane au caravansérail, proposa Amran.

Ils confièrent leurs bêtes et leurs marchandises au propriétaire des lieux, puis se concertèrent.

– Si l'ilkhan Arghoun réside dans cette ville, résuma Ulysse, les pillards qui ont enlevé Alister l'ont forcément amené ici. Nous devons trouver le moyen d'entrer dans le palais et de parler à l'épouse du roi.

Amran était pessimiste.

– Ne rêve pas, Ulysse, tu n'entreras jamais dans ce palais comme on se rend au marché.

– Comment faire, alors ?

– En Orient, c'est au bazar qu'on trouve toutes les solutions !

Le bazar de Tabriz était un des plus beaux et des plus vastes jamais construits. L'édifice, entièrement couvert, s'étalait sur plusieurs dizaines d'hectares. À l'intérieur, allaient et venaient des négociants qui commerçaient le long des routes de la soie.

– Depuis la destruction de Bagdad par les Mongols, expliqua Amran, Tabriz a pris la relève, c'est ici que se font les affaires.

On trouvait tout ce qu'on voulait au bazar de Tabriz, des épices les plus raffinées aux plus beaux tapis d'Orient.

– On passerait des jours à admirer ces allées, murmura Kostandin émerveillé.

– Nous ne sommes pas venus pour ça, protesta Ulysse.

Amran les arrêta et montra un bâtiment. Son architecture ne prêtait guère au doute.

– C'est une mosquée. Et alors ?

– J'ai entendu dire que le bazar de Tabriz était si grand qu'on y trouvait sept mosquées.

– Quel intérêt pour nous ?

– S'il y a sept mosquées, il y a peut-être aussi une église. L'épouse de l'ilkhan est chrétienne nestorienne, m'as-tu dit ?

– Tu as raison, cherchons-la…

Le nestorianisme était alors considéré comme une hérésie au regard du christianisme officiel. Parce que les hommes ont le génie de se diviser même s'ils sont d'accord, les Pères de l'Église s'étaient déchirés sur un point du dogme : la part d'humain et de divin existant en la personne de Jésus-Christ. À la différence du monophysisme, pour lequel Jésus est à la fois pleinement homme et pleinement Dieu, le dyophysisme des nestoriens, professé par le patriarche de Constantinople Nestorius, considérait que les deux natures, humaine et divine, coexistaient dans le Christ, tout en restant différentes. Cette nuance suffit à faire des nestoriens des parias, réfugiés dans quelques enclaves en Perse et en Mésopotamie.

– Quelle importance, pour nous, que la reine soit nestorienne ou de toute autre sensibilité chrétienne ? demanda Kostandin.

Amran lui répondit :

– Toutes les minorités religieuses persécutées se serrent les coudes. C'est certainement le cas de la reine, qui doit se sentir solidaire du petit groupe nestorien de Tabriz. Sachons en tirer profit.

Au terme d'une longue déambulation dans le bazar, ils arrivèrent en vue d'une petite église, reconnaissable à son dôme surmonté d'une croix. Sibylle eut une hésitation.

– Comment pouvons-nous être certains qu'il s'agit d'une église nestorienne ?

– Les chrétiens ont chassé les nestoriens de leurs églises, les nestoriens ont fait de même avec les autres chrétiens. Ainsi va le monde, mes bons amis !

Ils entrouvrirent la porte d'entrée. Le prêtre était derrière son autel, en train de préparer le service de la messe. Ils entrèrent discrètement. Amran, Sibylle et Kostandin restèrent près de la porte, tandis qu'Ulysse alla lui parler. Au bout de quelques minutes, il revint vers eux et leur fit signe d'approcher.

– Le père Kostas nous invite à partager son thé dans la pièce à côté.

Ils s'installèrent. La conversation eut lieu en grec, que chacun parlait maladroitement.

– Mon père, commença Ulysse, ce que je vais vous raconter vous paraîtra incroyable, mais je jure sur le Christ que c'est vrai. Le frère de cette jeune demoiselle a vécu les pires supplices qu'on puisse imaginer, infligés par des hommes criminels.

– Par les temps qui courent, dit le père Kostas, les supplices sont hélas monnaie courante.

– Mais celui dont je vais vous parler est exceptionnel, précisa Ulysse. Il s'agit du supplice qu'a subi Notre Seigneur lui-même, avant et pendant sa crucifixion.

Le prêtre fronça les sourcils.

– Que me dites-vous là ?

– Il y a quelques semaines de cela, le frère de la jeune Sibylle, Alister Durward, a été enlevé par un brigand qui se faisait appeler l'Épervier…

58

Le récit d'Ulysse et de Sibylle troubla profondément le père Kostas. Même à Tabriz, loin du monde chrétien, il avait entendu dire que le marché des reliques en Europe échappait à toute retenue. Les esprits avaient chaviré après l'achat, par le roi de France, de la sainte couronne d'épines pour la somme prodigieuse de cent trente-cinq mille livres. Avec la fin des croisades, une frénésie s'était emparée des négociants en reliques, qui cherchaient à écouler à prix d'or ces vestiges réclamés dans toutes les cours et églises d'Europe.

Les plus recherchées étaient évidemment celles qui touchaient de près ou de loin à la personne même de Jésus de Nazareth. L'idée que des criminels aient décidé de supplicier un homme dans les mêmes conditions que le Seigneur afin d'appliquer sur lui un linceul qui conserverait son image était plausible. Il avait eu vent de la dévotion intense qui avait entouré jadis le célèbre Mandylion d'Édesse, conservé à Constantinople. Des faussaires habiles auraient fort bien pu concevoir l'idée de proposer aux riches fidèles un autre Saint Suaire, portant une image identique.

– Avez-vous un portrait de votre frère ? demanda le père Kostas à Sibylle.

Elle lui montra son médaillon. En le découvrant, le prêtre poussa un profond soupir. Il y avait une franche ressemblance entre ce visage et ceux des icônes byzantines qui représentaient le Christ. Que des hommes, des chrétiens peut-être, aient poussé l'avidité jusqu'à monter un tel stratagème pour en faire un négoce dépassait son entendement. Mais tout devenait possible, en ces temps de folie !

– Je vous crois, mes enfants. Ce que vous me révélez est insupportable à entendre, mais je pense que vous n'auriez pas fait ce long chemin à travers le désert si ce n'était pas la vérité. Comment puis-je vous aider ?

– Nous devons d'abord nous assurer que les pillards qui ont enlevé Alister l'ont bien emmené jusqu'ici, expliqua alors Ulysse. Nous savons qu'ils voulaient l'offrir en présent à la reine Roxana.

Le père Kostas frissonna.

– Roxana est une fervente chrétienne, en effet, originaire de Chypre. Je peux me renseigner.

Il se tut quelques secondes.

– Et si cela était ?

– Il faudra tout lui révéler, répliqua Sibylle.

Le père Kostas eut un sourire fataliste.

– Vous ne savez pas qui est la reine, dit-il. Si elle a décidé de le garder…

– Nous sauverons mon frère Alister, insista Sibylle, quoi qu'il nous en coûte !

– Vous ne volerez rien dans ce palais par la force, jeune fille.

– J'en suis pleinement conscient, admit Ulysse. Vérifions d'abord qu'Alister Durward est bien entre leurs mains.

– J'ai mes entrées au palais et la reine me fait confiance. Je vais lui demander une audience.

– Merci, mon père.

– Pourriez-vous me prêter le portrait de votre frère, Sibylle ? Je le montrerai à la reine, elle en sera peut-être troublée.

Elle lui tendit le médaillon. Elle était moins assurée du résultat, à présent.

– Pourriez-vous dire à la reine Roxana qu'elle a été victime d'un charlatan ?

Le père Kostas hocha la tête.

– Ces gens-là ne sont guère faciles à influencer, savez-vous ? Même chrétienne, Roxana réagira comme une Mongole. C'est un peuple fier, il n'aime pas qu'on lui force la main.

Une fois dehors, les quatre amis gardèrent le silence. Sibylle se sentait gênée.

– Ulysse, penses-tu que je sois allée trop loin ?

– Un peu. C'est un brave homme, mais nous ne devons pas l'effrayer avec nos exigences. Sans quoi, il pourrait renoncer.

– Tu as raison, je serai plus habile à l'avenir.

– Reste à savoir s'il y aura un avenir.

– Et toi, Kostandin, quelle est ton impression ?

– J'ai le sentiment que la chance nous a menés vers le meilleur des hommes. Nous saurons bientôt si ton frère est ici. Il nous faudra ensuite convaincre la reine de le libérer, puis rentrer avec lui à Saint-Jean-d'Acre avant l'offensive du sultan.

Amran, qui était pourtant d'un naturel optimiste, sembla abasourdi par l'ampleur de la tâche.

– Je me demande plutôt s'il ne faut pas prier le Ciel pour que ton frère soit ailleurs !

59

Après le départ de ses visiteurs, le père Kostas rédigea un message pour la reine Roxana, qu'il alla déposer lui-même à l'entrée du palais. Le lendemain matin, un envoyé du palais se présenta à son église.

– La reine accepte de vous rencontrer, mon père. Pourriez-vous me suivre ? Elle vous recevra dans son jardin.

– Attends une seconde…

Le père Kostas s'agenouilla devant l'autel et fit un signe de croix. Puis il se releva.

– Je te suis.

La reine accueillit le prêtre avec un grand sourire.

– Que je suis heureuse de vous revoir, mon père ! Avez-vous reçu le don que j'ai fait parvenir à votre église ?

– Je l'ai bien reçu, ma reine, il me permettra de rénover le toit de notre pauvre lieu de culte, qui en a bien besoin !

– Vous désiriez me parler ?

– Oui, ma reine.

Il baissa la tête. Les paroles semblaient lui manquer. Roxana s'en aperçut.

– Quelque chose de grave ?

– Une affaire délicate, en tout cas. Il m'est venu aux oreilles une rumeur que j'ai peine à croire.

La reine se rembrunit.

– Soyez plus clair, père Kostas.

Par chance, le prêtre et la souveraine avaient noué au fil des années des liens de complicité. Ils étaient dus en partie à la confession, en partie à leur statut de chrétiens en terre étrangère.

– On m'a dit que vous auriez recueilli un miraculé entre ces murs.

La reine Roxana fut surprise. La chose s'était donc ébruitée ?

– J'avais ordonné le silence à ce sujet, répliqua-t-elle, mécontente. De qui tenez-vous cette information ?

– Les rumeurs sont comme les oiseaux, ma reine, elles se répandent à grande vitesse et n'ont pas de visage. J'ai préféré me renseigner à la source, avant que le racontar se déforme jusqu'à parler de sorcellerie.

– La rumeur dit vrai, père Kostas.

– Ah ?

Elle lui fit le récit de sa rencontre avec le soldat mongol qui avait trouvé l'étrange relique et lui en avait fait présent.

– Ce garçon présente donc les mêmes blessures que Notre Seigneur Jésus ?

– Les mêmes. J'ai vérifié dans les textes des Évangiles qui décrivent la Passion. Les mêmes marques sur le dos, sur le visage, au flanc. Et les mêmes traces de clous aux pieds et sur les mains. C'est un miracle, non ?

Elle se retint d'évoquer la ressemblance frappante du jeune homme avec le visage du Mandylion d'Édesse. Même en confession, elle n'avait jamais révélé l'avoir conservé dans ses appartements. Elle craignait que le père Kostas l'accuse d'idolâtrie, un reproche qu'il adressait souvent à ses ouailles dans ses sermons.

Le prêtre hocha la tête.

– Puis-je voir cet homme, ma reine ?

Roxana hésita. Mais elle avait envie, elle aussi, d'en avoir le cœur net. Elle frappa dans ses mains et appela un esclave eunuque.

– Amène-nous le miraculé.

En l'attendant, le prêtre et la reine restèrent silencieux. Le père Kostas, qui connaissait le caractère parfois emporté de Roxana, se demandait comment il pourrait la convaincre qu'elle avait été dupée par un escroc. Les personnes de sa trempe préfèrent nier l'évidence qu'admettre l'humiliation d'avoir été trompées.

– Ah, il arrive.

Deux eunuques amenèrent Alister dans le jardin. Il était assis sur son nouveau trône à deux roues. En un éclair, les derniers doutes du prêtre furent chassés. C'était exactement le même visage peint sur le médaillon de la jeune Sibylle, à ceci près que ses cheveux étaient plus longs. Il s'approcha de lui et tenta de capter une lueur de conscience. Mais Alister ne lui renvoya qu'un regard absent. La reine, soucieuse de prouver sa bonne foi, exhiba ses blessures.

– Ce sont de vraies plaies, père Kostas, les médecins du palais ont vérifié. Cet homme a bien été cloué par les mains et les pieds. Les autres blessures sont identiques à celles que décrivent les évangélistes Matthieu et Marc dans leurs récits de la Passion. Voulez-vous les examiner ?

– Inutile, dit le père Kostas. Et cet homme ne parle pas ?

– Il semble muet, en effet. Les médecins pensent que son mutisme a été causé par un choc.

– Consécutif à ses blessures ?

– Je pencherais, moi, pour une grâce de Dieu. Il regarde le monde autour de lui avec l'innocence d'un enfant.

Elle se pencha vers l'oreille du père Kostas.

– Mon père, croyez-vous qu'en l'envoyant à moi, le Ciel m'a fait parvenir un signe ?

Elle poursuivit dans un murmure.

– M'aidera-t-il à regagner Chypre, loin de ce harem et de ces Tartares ?

Roxana, dès le début, lui avait avoué en confession son désir de fuir cette cour qu'elle exécrait. Le père Kostas décida de jouer son va-tout.

– Puis-je être franc, Majesté ?

Elle recula d'un pas, en proie à un mauvais pressentiment, les yeux déjà mouillés de larmes.

– Ne me faites pas de peine, mon père. Ma famille me manque, je m'ennuie à mourir, j'ai besoin d'espérer. Cette relique m'a rendu l'envie de vivre.

Le prêtre hésita, conscient que sa tâche n'allait pas être facile. Mais il se décida quand même.

– Cette relique est fausse, ma reine.

– Que dites-vous là ?

– J'ai reçu la visite d'une jeune fille dont le frère a été enlevé en Galilée. Des brigands, des vendeurs de fausses reliques lui ont fait subir le supplice du Christ. Ils ont apposé sur lui un linceul qui a conservé sa trace, puis ils se sont débarrassés de leur victime en la jetant dans un ravin. Mais cet homme a survécu, c'est là le véritable miracle. Par une série de hasards que je ne vous détaille pas, un soldat mongol l'a récupéré et vous l'a offert en présent.

La reine tremblait de rage.

– Vous mentez, mon père. Prouvez ce que vous dites !

Le père Kostas sortit le médaillon de Sibylle de sa soutane et le montra à la reine.

– Regardez.

Livide, Roxana examina longuement la miniature. Puis elle fixa Alister et à nouveau le portrait.

– La chevelure est différente, objecta-t-elle.

– Voyez bien le visage. La forme du nez, ce petit renflement sur l'arête. C'est le même sur le portrait et sur le visage de ce jeune homme.

La reine dévisagea le prêtre. Ses yeux semblaient jeter des éclairs.

– La forme des oreilles est aussi…

D'un geste brusque, Roxana jeta le portrait contre un des murs de la salle d'audience. Il se cassa.

– Disparaissez de ma vue !

Le prêtre ne fut pas surpris par ce mouvement d'humeur. Calmement, il ramassa les fragments brisés du portrait.

– Ce miraculé m'appartient ! cria la reine. Personne ne me l'enlèvera ! Dites à cette fille que si elle se présente devant moi, c'est sa tête qui roulera à terre. Est-ce bien clair ?

– Oui, ma reine.

Le père Kostas recula vers la sortie. Une fois dans le jardin, il tremblait encore de tous ses membres. Il accéléra le pas jusqu'à lui donner l'allure d'une fuite.

60

Quand Sibylle et Ulysse retournèrent voir le père Kostas, la jeune fille sentit immédiatement que quelque chose n'allait pas.

– Il a échoué, murmura-t-elle. Son visage est blanc comme neige.

Quand ils furent face à face, le prêtre baissa la tête.

– Elle refuse de le rendre, avoua-t-il.

Pour Sibylle, cette mauvaise nouvelle en contenait tout de même une bonne.

– Donc j'avais raison, c'était bien lui ?

– Il n'y a aucun doute, répondit le père Kostas, j'ai vu votre frère et il est bien tel que vous me l'avez décrit.

– Il est donc vivant ! se réjouit Sibylle.

– Mais dans un triste état, ajouta le prêtre. Ses souffrances ont été telles qu'il a perdu l'usage de la parole. Il est assis sur une chaise et regarde le monde comme un enfant innocent. J'ai essayé d'informer la reine du supplice qu'il a subi, mais elle a réagi comme je le craignais : sa fierté lui interdit d'admettre qu'elle a été abusée.

– Que pouvons-nous faire ? interrogea Ulysse. Alerter l'ilkhan lui-même ?

– Non, ce serait pire. Roxana terrifie même le roi. Il soutiendrait son épouse et vous ferait exécuter. Il faudrait une preuve, le portrait ne suffit pas.

Le père Kostas raisonnait à haute voix.

– Si votre frère retrouvait la mémoire et la parole, il raconterait lui-même ce qui est arrivé.

Sibylle s'était détournée. Elle pensait à quelque chose.

– Peut-être qu'en me voyant face à face…

– J'ai songé à cette possibilité, dit le prêtre.

– Mais pour cela, il faudrait approcher la reine, commenta Ulysse. Comment le ferions-nous ?

Les mains croisées dans le dos, le prêtre réfléchissait.

– Vous parlez français, Ulysse ?

– Un peu. Ma mère était française, mais j'ai un accent anglais.

– Pour un Mongol, ce sera imperceptible. Voici mon plan : il y a quelques mois, l'ilkhan Arghoun a envoyé un émissaire en France auprès du roi Philippe le Bel…

– J'en ai entendu parler, oui.

– L'envoyé de l'ilkhan proposait au roi de France une alliance contre les mamelouks. Jusqu'à présent, Philippe le Bel a fait la sourde oreille. Mais vous pourriez…

– J'ai compris, l'interrompit Ulysse.

Sur les conseils du père Kostas, Ulysse écrivit une lettre en français à l'intention de l'ilkhan :

« Votre Altesse,

Avant de rendre un avis favorable à votre demande d'alliance, je vous envoie mon propre émissaire, le sire Ulysse Cameron de Bath, qui appartient à la noble confrérie des Templiers. Il souhaiterait éclaircir avec vous quelques points importants concernant les actions conjointes projetées pour nos armées à Saint-Jean-d'Acre. »

– Et vous signez : *« Philippe IV, roi de France »*.

– Il faudrait son sceau, je ne l'ai pas, objecta Ulysse.

Le père Kostas se leva et alla vers un tiroir.

– J'ai conservé ici une série de sceaux, dont un si compliqué qu'il en est indéchiffrable. Les Mongols sont tellement préoccupés par cette alliance avec les Français qu'ils ne vérifieront rien. Ils vous recevront à bras ouverts, sans hésiter.

– Et Sibylle ?

– Elle sera votre valet. Nous irons au bazar chercher de beaux habits pour vous deux.

– Nous trois ! dit Kostandin avec force. Le chevalier Cameron de Bath ne se sépare jamais de son écuyer !

Le père Kostas approuva. Il fit suivre le message d'Ulysse d'une traduction en langue mongole. Puis il plia le courrier et apposa le sceau dont il avait parlé.

– Demain, présentez-vous à la citadelle et demandez à parler au premier ministre Saad al-Dawla. Il vous accompagnera lui-même chez l'ilkhan.

Une ombre d'inquiétude teinta le visage de Sibylle.

– Et si la reine n'est pas présente pendant notre entrevue ? Si elle n'est pas accompagnée d'Alister ?

– C'est un risque, mais c'est peu probable, répondit le prêtre. Le rôle de Roxana est devenu prépondérant dans la conduite des affaires de son époux, il sollicite en permanence son jugement. De son côté, elle ne manquerait pour rien au monde une telle négociation avec les Français. Faites-moi confiance, elle sera là.

– Elle peut-être, s'inquiéta Kostandin, mais Alister ?

– Alister est devenu son porte-bonheur. J'ai appris, par une de ses servantes, qu'elle l'emmène partout avec elle en chaise roulante.

– Cela fait quand même beaucoup de « si », estima Kostandin.

– Je le reconnais, dit le père Kostas, mais je ne vois pas d'autre moyen pour dénouer cette situation.

– J'ai encore un « si », intervint Amran, un peu affolé par la difficulté de l'opération qui se préparait. Admettons que la reine soit présente et qu'Alister soit à ses côtés. Et si le frère ne reconnaît pas sa sœur ?

Le prêtre eut un geste fataliste.

– Alors vous signerez une belle alliance avec l'ilkhan… qui restera lettre morte. Ce ne sera ni la première ni la dernière alliance ratée avec les Occidentaux. Vous repartirez à Saint-Jean-d'Acre, en vous disant que vous avez tout essayé.

61

Ainsi fut fait. Les vêtements que les trois compagnons achetèrent au marché étaient très élégants, négociés auprès d'une fripière qui venait de Constantinople. Mais ils étaient lourds et chauds.

Ils se présentèrent à l'entrée de la citadelle et remirent leur message pour le premier ministre.

– Qu'ils se dépêchent, se plaignit Kostandin, j'étouffe avec ces habits en lainage !

– Ils seront certainement surpris par cette visite inattendue, redouta Sibylle. Et s'ils nous prenaient pour des espions ?

– Ou des membres de cette secte arabe, comment les appelle-t-on ? Les *Hashashin*. Ce sont des…

– Tais-toi, Kostandin. Ils arrivent.

– *Bienvenue !*

Le quinquagénaire qui les interpellait, du haut des escaliers, leur parlait en français.

– À qui ai-je l'honneur ? répondit Ulysse dans la même langue.

– Je suis le premier ministre Saad al-Dawla. Quel plaisir de parler votre si belle langue.

– Moi aussi, je suis heureux d'échanger en français, si loin de la France, répliqua Ulysse.

– J'ai vécu deux ans à Carcassonne, répondit le ministre, il y a bien longtemps.

C'était le moment, se dit Ulysse, de lui démontrer qu'il était bien celui qu'il prétendait être. Par chance, il avait lui-même voyagé autrefois dans le Languedoc.

– Carcassonne ? Avant ou après l'annexion du vicomté[1] ?

– Après. Je ne suis pas si vieux ! J'ai séjourné dans la communauté juive de la ville.

La suite de la conversation se déroula en grec.

– Ne restez pas dans la cour, mes chers amis. Entrez donc vous rafraîchir.

– Avec plaisir.

– Il veut en savoir plus sur notre mission, murmura Sibylle.

Quatre soldats mongols les accompagnèrent dans un petit jardin adossé à la forteresse. On les fit asseoir à l'ombre d'une tonnelle, tandis que des esclaves apportaient des boissons et des fruits frais. Le premier ministre les rejoignit.

– On fait pousser ici les meilleures pastèques du monde. Je ne connais rien de plus délectable par une chaude journée comme aujourd'hui.

Tout en croquant un morceau, il les scrutait du regard. Visiblement, il ne savait trop que penser d'eux.

– Ainsi donc, le roi de France s'est décidé à accepter notre offre ? Nous avions envoyé un ambassadeur, le moine Rabban Bar Sauma, à sa cour. L'avez-vous rencontré ?

Ce n'était pas le moment de se trahir en s'enferrant dans des mensonges, pensa Ulysse.

– Non, Excellence. Personnellement, je n'ai pas quitté la citadelle des Templiers à Saint-Jean-d'Acre, je suis sous les ordres du grand maître Guillaume de Beaujeu. C'est lui qui m'envoie parlementer avec vous, au nom du roi de France.

---

1. Carcassonne, ville cathare, fut annexée à la couronne de France en 1224.

– Alors tout s'éclaire, rétorqua aussitôt le ministre. Je connais Guillaume. A-t-il gardé son bel accent bourguignon ?

Un piège, songea Ulysse.

– Vous devez confondre avec un autre Beaujeu, Excellence, Guillaume n'a pas d'accent.

– Tudieu, ma mémoire me joue des tours, dit le ministre, cette fois plus rassuré.

Il décida d'en venir au fait.

– Quel type d'alliance nous proposez-vous contre les mamelouks ?

– Je n'ai l'autorisation d'en parler qu'à l'ilkhan en personne, Excellence. Sur ce point, les ordres de la couronne de France sont formels.

– Je suis responsable de toute notre politique étrangère, s'étonna le ministre. Je le suis également de nos alliances.

– Je le sais parfaitement, mais je ne suis qu'un intermédiaire. Je dois obéir aux ordres.

Le ministre se leva.

– Fort bien, je vais donc demander à l'ilkhan de vous recevoir dès demain. Je serai présent lors de cette entrevue, bien entendu.

– À partir du moment où je pourrai parler au roi, je n'y vois aucune objection.

– Et que dites-vous de nos pastèques ?

– C'est la meilleure que j'aie jamais goûtée, Excellence !

Quelques minutes après, tous les trois soupiraient de soulagement dans les rues marchandes de Tabriz.

– Tu t'en es plutôt bien tiré, Ulysse.

– Pour l'instant. Le plus difficile est pour demain.

À peine revenus dans la petite église du père Kostas, Sibylle et Ulysse eurent la même idée. Ils s'agenouillèrent devant la croix du Christ et prièrent.

62

Le palais royal se trouvait à peu de distance de la forteresse, mais son architecture était différente. Elle tranchait aussi avec le style des bâtiments édifiés à Tabriz depuis les invasions arabes. L'ilkhan avait tenu à donner à sa demeure une allure typiquement mongole, pour autant qu'on puisse parler d'un style architectural mongol. Elle était coiffée d'un toit aux extrémités relevées en courbes gracieuses, comme en Chine. Cette innovation, en tout cas dans le monde arabe et méditerranéen, conférait plus de légèreté aux édifices, comme si les toits flottaient au-dessus des murs.

Le palais était fermé par de lourdes portes gardées. Dès qu'Ulysse et ses amis eurent décliné leur identité, on leur ouvrit le passage, qui donnait sur une grande cour. Une double rangée de soldats traçait clairement leur chemin vers l'entrée du bâtiment.

Le vestibule était très sombre. On entendait les échos de conversations qui se déroulaient à mi-voix. Le chef du protocole vint à leur rencontre.

– Bienvenue dans le palais de l'ilkhan Arghoun ! Vous allez entrer dans la salle du trône. Quand vous serez sur le seuil, mettez-vous à quatre pattes, le regard baissé, et avancez en rampant vers le roi. Vous ne relèverez la tête que lorsqu'il vous parlera.

– À quatre pattes ? s'étonna Sibylle.

– Il faut respecter les usages, conseilla Kostandin.

– Mais nous ne sommes pas des animaux !

– Fais ce qu'il dit, ordonna Ulysse.

Les portes s'ouvrirent. Au fond de la salle, dans la pénombre éclairée par quelques braseros, on pouvait voir un trône doré et surélevé d'où un homme les regardait attentivement.

– Les yeux vers le sol et rampez ! leur rappela le chef du protocole.

Ils se mirent donc à quatre pattes et avancèrent sur un sol carrelé de motifs géométriques. Ils pouvaient néanmoins apercevoir de part et d'autre des hommes et des femmes, certainement des notables, habillés de tuniques bariolées et coiffés de chapeaux aux formes étranges, sans doute de style asiatique.

– Arrêtez-vous ! ordonna le chef du protocole.

– Vous êtes des envoyés de Philippe IV le Bel ? demanda l'ilkhan.

Il s'exprimait en grec, presque sans accent.

– À présent, vous pouvez regarder le roi, clama le chef du protocole.

En relevant la tête, Sibylle chuchota à Ulysse une constatation angoissée :

– La reine n'est pas là !

– J'ai vu, répondit Ulysse.

L'ilkhan était un homme corpulent, portant une barbe et coiffé d'une unique grosse mèche brune sur le haut d'un crâne chauve. Il était vêtu d'une tunique jaune vif brodée. Ses pieds, chaussés de bottes, reposaient sur une peau de bête, sans doute une fourrure d'ours. Ulysse et ses amis essayèrent de se redresser, mais ils furent interrompus par le chef du protocole.

– Restez agenouillés !

L'ilkhan continua de les interroger.

– Comment se fait-il que personne ne m'ait annoncé votre visite ?

– Notre mission est secrète, Majesté, répondit Ulysse. Certains de nos alliés italiens, comme les Vénitiens et les Pisans, ne souhaitent pas associer leurs armées aux vôtres. De son côté, le roi de France n'a encore rien décidé. C'est la raison pour laquelle il a demandé au maître du Temple, Guillaume de Beaujeu, de nous envoyer en mission d'information.

Tout en parlant, Ulysse observait les notables installés aux côtés du roi. Au bas du trône, on pouvait identifier un des fils du souverain, assis sur un épais coussin. Mais ni la reine Roxana ni Alister n'étaient présents. Il sentit à ses côtés Sibylle se décomposer.

– Que voulez-vous savoir ? reprit le roi Arghoun.

Malgré son émotion, Ulysse s'efforça de rassembler la série de mensonges qu'il avait préparés pour cet entretien.

– Eh bien, dit-il, nous savons par nos espions que le sultan prépare…

À cet instant, il y eut un petit mouvement de foule. Surgissant des tentures dressées derrière l'ilkhan, arriva une femme rousse aux yeux violets, habillée d'un *del* bleu. Derrière elle, poussé par un esclave eunuque, suivait un fauteuil roulant sur lequel était assis un homme mince et barbu, qui regardait dans le vague. Sibylle retint un cri. C'était Alister.

L'ilkhan accueillit son épouse avec satisfaction. Puis il se tourna vers Ulysse.

– Avant de continuer, chrétiens, et pour vous prouver que votre Dieu ne nous est pas hostile, voyez le miraculé qu'Il nous a envoyé. Cet homme, qui appartient à ma reine Roxana, porte sur son corps les blessures de votre Christ. N'est-ce pas le signe que vous pouvez nous faire confiance ?

Sans qu'Ulysse puisse l'en empêcher, Sibylle se releva.

– Restez agenouillés ! cria aussitôt le chef du protocole.

Sibylle n'écoutait pas. Elle fit un pas en avant, vers Alister.

– Arrêtez !

L'ilkhan lui-même ne savait que dire. Alors Sibylle se tourna vers lui et parla à voix haute.

– Majesté, cet homme… est mon frère !

L'ilkhan en resta bouche bée. Un garde tira aussitôt son sabre.

– Attends ! ordonna l'ilkhan.

La reine Roxana pâlit, mais Alister, au désespoir de sa sœur, n'avait toujours aucune réaction, comme s'il n'entendait pas. Le chef du protocole, scandalisé, fondit sur Sibylle et voulut l'obliger à s'agenouiller.

– Laisse-la s'exprimer, intervint l'ilkhan. Que veux-tu dire ?

– L'homme que vous exhibez comme un miraculé est mon frère Alister. Il a été enlevé par des hommes qui l'ont supplicié pour confectionner une fausse relique, un faux linceul du Christ. Et je vais vous le prouver…

Résolument, elle fit un pas en avant et s'approcha d'Alister.

– Pour le faire ressembler au Christ, ils l'ont affublé d'une perruque !

Elle tira sur les cheveux d'Alister, qui se mit à hurler. Hélas, la perruque était trop bien collée sur son crâne. Deux gardes, qui prenaient Sibylle pour une démente, se précipitèrent pour la maîtriser.

La reine Roxana se leva. Elle était furieuse.

– Cette femme ment, ces hommes mentent, grand roi ! Ce ne sont pas des envoyés du royaume de France, ils sont venus pour dérober ma relique. Ce sont eux, les faussaires !

Un brouhaha scandalisé envahit la salle du trône. Le roi lui-même ne savait plus qui croire. Le premier ministre Saad al-Dawla s'adressa à Ulysse.

– Êtes-vous bien l'homme que vous prétendez être ?

Ulysse ferma les yeux.

– Aaaaaahhhhh !

Le cri, presque un hurlement, venait d'Alister. À l'instant même, il avait perdu son regard hagard. Il fixait sa sœur avec intensité. Il cria à nouveau, en essayant maladroitement de se relever.

– Si… bylle !

Les yeux de la jeune fille s'emplirent de larmes.

– C'est moi, Alister. Nous sommes venus te chercher !

Qui dira la mystérieuse alchimie de la mémoire ? Les émotions accumulées et la vision de sa sœur Sibylle avaient eu sur Alister un effet fulgurant. Dans un flot désordonné, des images gelées jusqu'à cet instant dans un coin inaccessible de son esprit remontèrent à la surface. Alister Durward n'avait pas seulement retrouvé la mémoire, mais la parole aussi.

– Il parle, maintenant ? s'étonna le roi.

C'est le moment, se dit Ulysse, où nous devons marquer un point.

– Grand roi, s'écria-t-il, je serai sincère avec toi. La reine a raison, nous ne sommes pas des émissaires de Philippe IV. Nous avons utilisé ce stratagème pour délivrer ce malheureux, victime du sort le plus épouvantable jamais enduré par un être humain.

Le premier ministre leur parla avec sévérité.

– Alors qui êtes-vous *vraiment* ?

– Je m'appelle Ulysse Cameron de Bath, je suis un croisé anglais. Et voici Kostandin Aghaparoni, mon écuyer.

Sibylle, toujours agenouillée et maintenue par deux gardes, déclina à son tour son identité.

– Je m'appelle Sibylle Durward, fille d'Alan Durward, seigneur écossais du château d'Urquhart.

– Et moi…

C'était Alister. Tous les regards se tournèrent vers lui.

– Je suis Alister Durward.

63

Certaines journées vous marquent à jamais. En quatre années de combats en Terre sainte, Ulysse avait survécu, parfois de justesse, à plusieurs batailles. Comme beaucoup de croisés, il avait connu l'ivresse du combat, la rage, la peur, l'angoisse, parfois le désespoir. Mais jamais il n'avait vécu une journée pareille, faite d'une palette d'émotions mêlées. Jamais il ne s'était senti si près du gouffre, sauvé in extremis de la mort par un incident inattendu. Les images qui lui resteraient de cet instant rare étaient déchirantes, comme le cri du jeune homme retrouvant ses souvenirs. Mais elles étaient aussi comiques, comme Sibylle s'acharnant à arracher de la tête de son frère une perruque trop bien collée !

Après leur entrevue avec l'ilkhan, des gardes armés avaient conduit Ulysse, Sibylle, Kostandin et Alister dans une pièce fermée. Un prélude, peut-être, à leur exécution. Ils y restèrent un long moment, presque indifférents à leur sort. Pendant toutes ces heures, Sibylle garda son frère serré dans ses bras avec la même force qu'une mère retrouvant son enfant égaré. Alister, lui, regardait le ciel en remerciant le Seigneur.

– Dieu y est peut-être pour quelque chose, lui lança Kostandin. Mais remercie surtout ta sœur.

– Je ne sais que vous dire... Je suis tombé dans un piège diabolique, torturé par des hommes pervers. J'ai vraiment cru mourir dans ce fossé. Mais le Seigneur vous a envoyés... vous tous.

Avec le peu de force qu'il avait, il tendit ses bras vers eux. Ulysse, en silence, s'agenouilla et posa sur son cœur une de ses mains percées. En le voyant, Sibylle pensa avec un sourire que sa prédiction était juste : Ulysse éprouvait la même joie que s'il avait sauvé le Christ de la Passion !

Un garde ouvrit la porte. Le premier ministre Saad al-Dawla entra dans la pièce. Il voulait tout savoir. Rassurés par le ton pacifique de cet homme intelligent, Ulysse et Sibylle lui firent un récit complet de leurs aventures. Le ministre avait peine à y croire.

– Même les pires Mongols n'auraient pas eu cette cruauté !

– Que va-t-il nous arriver, Excellence ?

– Je l'ignore. L'ilkhan était furieux d'avoir été joué, il m'a reproché de ne pas avoir été assez vigilant. Mais vous avez de la chance, la reine a pris votre parti. Et comme elle crie plus fort que lui...

La porte s'ouvrit à nouveau. Un chambellan annonça à voix haute :

– La reine !

La souveraine fit son entrée, accompagnée du père Kostas.

– Je crois que vous vous connaissez ? dit-elle à Sibylle en désignant le prêtre.

– Le père Kostas n'est en rien responsable, Majesté, intervint Ulysse. C'est nous qui avons tout imaginé.

– Ne vous inquiétez pas, mon fils, murmura le prêtre. Dans son cœur de chrétienne, la reine Roxana a compris et pardonné.

La reine s'approcha d'Alister. Elle examina ses cheveux.

– Ce sont bien des faux cheveux.

Par endroits, la perruque se décollait. Elle tira légèrement dessus. Alister fit une grimace de douleur.

– Je ferai venir deux esclaves qui la lui ôteront. Il ne faut pas les garder collés, c'est malsain.

Elle se tourna vers son premier ministre.

– Saad, arrête le guerrier qui nous l'a vendu. Je veux que tu m'apportes sa tête.

– Majesté, supplia Sibylle, j'implore votre clémence. Sans cet homme, mon frère serait mort.

– Tu as raison, jeune fille. Saad, tu m'apporteras seulement ses mains.

– Oui, Majesté.

Puis elle s'adressa à tous.

– Je vous ferai accompagner jusqu'à Bagdad par ma garde personnelle. Après, vous vous débrouillerez par vos propres moyens. Que la chance soit avec vous !

Alister regarda la reine avec gratitude.

– Majesté, je regrette de ne pas être le miraculé que vous espériez. Mais, au nom du Christ et du fond du cœur, je vous remercie.

Roxana l'embrassa sur le front. Puis le père Kostas les entraîna vers la sortie.

– Venez dormir dans mon église, proposa-t-il. Le confort n'y est pas extraordinaire, mais elle est fraîche et reposante.

La reine leur fit un signe d'adieu, y ajoutant un avertissement.

– Ne tardez pas, j'ai entendu dire que le sultan Al-Ashraf se prépare à attaquer votre cité d'Acre.

– Nous partirons dès demain, Majesté.

Au moment où ils partaient, Roxana envoya un baiser avec sa main vers Alistair :

– Au revoir, mon petit Jésus !

64

Ulysse et ses amis, ainsi que leur guide Amran, quittèrent Tabriz à l'aube, escortés par un groupe de six guerriers mongols. Ils prirent soin d'installer Alister sur une assise confortable, fixée sur le dos de son dromadaire.

Le voyage jusqu'à Bagdad fut paisible. Alister, les premiers temps, ne fut guère bavard. Le plus clair du temps, il somnolait. Kostandin le serrait de près pour éviter qu'il ne glisse. Le soir, Sibylle le nourrissait comme un bébé. Il mangeait ce qu'on lui donnait, puis s'endormait aussitôt. Sibylle recommanda à ses compagnons de ne pas trop le presser de questions.

– Il a besoin de se retrouver, il ne mesure pas encore ce qui lui est arrivé.

Le troisième jour, pourtant, Alister éprouva le besoin de se confier.

– Le plus terrible, c'était l'indifférence absolue de ces hommes à mes souffrances. Celui qu'on m'avait présenté comme un chirurgien me regardait comme une chose sans âme, de la simple matière. Si le Christ a vécu la même expérience que moi, Il a vraiment souffert. Plus encore que de ses blessures, Il a souffert de la méchanceté des hommes.

Quand le petit groupe parvint dans les faubourgs de Bagdad, la ville était en proie à une agitation inhabituelle. On entendait des appels venus du haut des minarets, tandis que des hommes juchés sur des caisses haranguaient la foule.

– Attendez, leur dit Amran, je vais aller aux nouvelles.

Entourés discrètement par les guerriers mongols, Ulysse et ses amis patientèrent à l'ombre d'un jardin. Ils virent revenir Amran, la mine inquiète.

– La situation est tendue, mes amis. Les caravanes rapportent que les pèlerins italiens ont commis de nouvelles exactions.

– Encore ?

– Guillaume de Beaujeu comptait sur eux pour défendre Saint-Jean-d'Acre. Mais ces abrutis ont cru que la municipalité d'Acre leur attribuerait une solde. Comme ils n'ont rien obtenu, ils se sont retournés une nouvelle fois contre les juifs et les musulmans, qu'ils ont dépouillés et massacrés.

– C'est ce qu'ils font depuis qu'ils sont arrivés, hélas.

– Cette fois, c'est plus grave. Surtout ne vous dévoilez pas, vous seriez massacrés.

Le capitaine des Mongols, qui avait compris la situation, leur proposa de les accompagner jusqu'à la sortie de la ville.

– Nous n'irons pas plus loin. Nos ordres étaient de vous conduire jusqu'à Bagdad. Soyez prudents.

– Merci, capitaine, dit Ulysse.

Ils firent un détour par les champs cultivés autour de la grande cité. Les paysans étaient si occupés à commenter les nouvelles d'Acre que personne ne leur prêta attention. Quand ils arrivèrent aux abords du désert, la patrouille mongole les salua et s'en retourna vers Tabriz.

– Combien de temps pour gagner Acre ? demanda Alister.

– Environ deux semaines, répondit Ulysse. Mais Amran connaît bien la route, nous sommes entre de bonnes mains.

Treize jours plus tard, fourbus mais en bonne santé, les cinq compagnons atteignirent les collines de Galilée et commencèrent leur descente vers la cité des croisés.

– Restons sur nos gardes, dit Ulysse.

Bientôt, les murs d'Acre se détachèrent sur le fond bleu de la mer. Une odeur de fumée leur vint alors aux narines. Un village arabe était en flammes. Amran eut du mal à retenir ses larmes.

– Tu les connaissais ? lui demanda Sibylle.

– J'ai vécu ici jadis, il y avait beaucoup de braves gens.

Ils entrèrent dans le village, l'œil aux aguets. Pendant que des pèlerins dérobaient ce qu'ils pouvaient trouver, d'autres avaient dressé une potence sur laquelle ils s'apprêtaient à pendre un paysan et sa femme. Ulysse vit Amran presser nerveusement le manche de son couteau. Il le retint discrètement.

– Non, Amran, ils sont trop nombreux. Faisons demi-tour et contournons le village.

Amran soupira et obtempéra.

65

– Halte !

Un croisé, du haut des remparts, les menaçait avec son arbalète. D'autres soldats accoururent, méfiants.

– Je suis le sire Cameron de Bath ! cria Ulysse en retirant son chèche.

Alister en fit autant.

– Et moi, Alister Durward. Le grand maître Guillaume de Beaujeu me connaît. Annoncez-lui mon retour.

Peu de temps après, les portes s'ouvrirent. Ils entrèrent dans une cité fantôme. La foule, qui grouillait sur les places en temps ordinaire, avait disparu. Des soldats veillaient sur les remparts, d'autres patrouillaient dans les rues pour assurer l'ordre. La plupart des échoppes étaient fermées, la population s'était cloîtrée dans les maisons.

– Ils ont bouclé le souk, observa Amran. Comment vais-je retrouver ma famille ?

Ulysse alla parlementer avec les soldats qui gardaient l'entrée du marché couvert. Finalement, ils acceptèrent de laisser passer le guide.

– Merci pour ton aide, Amran, lui lança Sibylle. Voici ce que je te dois.

Elle lui remit une petite bourse, qui contenait la somme convenue.

– Que Dieu vous garde, mes amis !

La forteresse des Templiers se préparait au siège. De grosses pierres étaient transportées près des catapultes. Des murs, faits de sacs de sable, étaient érigés sur les parties effondrées de la citadelle. Des caisses de vivres étaient entreposées dans les caves et comptabilisées.

Sur un rempart, entouré de ses templiers, Guillaume de Beaujeu donnait des instructions. Ulysse et Kostandin montèrent le saluer. Trop faible encore pour tenter le moindre effort, Alister resta au bas du rempart où ils le rejoignirent.

– Dans quel état t'ont-ils mis, Alister Durward ! Mais tu as survécu, Dieu était avec toi.

– Où est l'Épervier ? demanda Alister.

– Enfermé dans une basse-fosse. Laisse-nous faire, nous le punirons comme il le mérite. Pour le moment, il y a plus urgent.

Il entraîna Ulysse à part et lui parla à voix basse.

– Nous sommes dans une situation désespérée, Ulysse. D'après mes informateurs, le sultan n'est plus qu'à quelques jours de marche. C'est pourquoi j'ai une mission à te confier.

– Je suis à tes ordres, Guillaume.

Le Grand Maître avait la mine grave.

– Nous ne survivrons pas à cette attaque, aucun d'entre nous. Mais notre Ordre doit continuer à prospérer. Après ma mort, un nouveau grand maître sera nommé, mais il aura besoin de ressources. C'est pourquoi je veux mettre à l'abri les reliques que vous avez trouvées chez l'Épervier.

– Même le faux suaire ?

– Oui, même celui-là. Tu le sais comme moi, la plupart de ces reliques sont des faux, l'important est le prix qu'on leur donne.

– Où sont-elles pour le moment ?

– Nous les avons rangées dans des caisses anonymes. Personne, en dehors de mes plus fidèles, ne sait ce qu'elles contiennent. J'ai désigné un groupe de huit templiers pour transporter ces caisses à Chypre, dans le monastère du cap Saint-André. Je voudrais que tu en prennes le commandement. Vous attendrez que mon successeur vienne les récupérer.

– Non, Guillaume, je me battrai à tes côtés.

– Ici tu mourras, Ulysse. Et je ne veux pas révéler à un autre l'existence de ces reliques.

– Dans ce cas, Alister est l'homme qu'il te faut. Il est blessé, mais il saura commander tes chevaliers. Il ira avec Sibylle à Chypre. Je ne pourrais jamais me regarder en face si je t'abandonnais à l'heure du danger.

Le Grand Maître lui donna l'accolade pour sceller leur accord.

– Eh bien, soit ! Si tous nos combattants en Terre sainte avaient ton courage, nous n'en serions pas là. Nous mènerons cette dernière bataille ensemble, Ulysse, pour l'honneur et pour le Christ.

LA CHUTE D'ACRE

66

La citadelle des Templiers se dressait fièrement à l'ouest de la ville d'Acre, mais les chevaliers de l'Ordre avaient fait creuser un tunnel, long de cent cinquante mètres, qui allait de la forteresse jusqu'au port de la ville orientale. Guillaume avait suggéré de prendre ce chemin dès la tombée de la nuit.

À la lueur des torches, le petit groupe de templiers gagna le port, avec la charrette transportant les caisses de reliques. Il était accompagné par Alister, Kostandin, Ulysse et Sibylle. Sur la route, ils croisèrent des pèlerins à moitié saouls, qui les insultèrent bruyamment :

– Honneur aux chevaliers qui prennent la fuite en nous oubliant ici !

Ulysse brûlait de répliquer, mais Alister l'incita à la retenue.

– Rappelle-toi que nous avons une mission.

Ils atteignirent la caraque affrétée par le Grand Maître. Par prudence, elle avait été grimée en bateau de commerce. Le capitaine vint à leur rencontre et fit monter les caisses à bord.

Pendant le chargement, Ulysse et Sibylle s'éloignèrent et s'embrassèrent longuement. La jeune fille audacieuse, parfois insolente, qu'il avait connue en Écosse s'était transformée. Son visage s'était coloré d'une gravité nouvelle. La vie est un rude maître d'école, pensa Ulysse.

– Reviens-moi, supplia-t-elle.

– Ne crains rien, Sibylle. Je me battrai pour vaincre, pas pour mourir.

– Et moi je t'attendrai, je te le promets.

– Commence par envoyer un messager en Écosse, informe ton père que j'ai tenu parole, que son fils est vivant et qu'il sera bientôt de retour. Attendez-moi à Chypre un temps raisonnable. Mais si je ne suis pas revenu un mois après la chute d'Acre, rentrez au pays. Utilisez l'argent de ma récompense pour planter un verger. Si je suis au Ciel, je viendrai te rendre visite chaque matin dans ce jardin.

– Non, je te veux vivant ! implora-t-elle.

Il fit quelques pas en arrière, comme pour s'en aller. Mais il s'arrêta et baissa les yeux.

– Avant de partir, je dois t'avouer quelque chose, Sibylle. Quand je me suis perdu dans le désert, des moines m'ont recueilli, des moines bouddhistes. Ils m'ont donné à boire et m'ont nourri, mais ils m'ont fait découvrir une tout autre conception de la vie. En renonçant aux passions humaines, celles qui nous font tant de mal, ils ont gagné la paix de l'esprit. Ils… ils m'ont proposé de rester avec eux.

Elle ne le quittait pas des yeux.

– J'ai été tenté, Sibylle. Je te l'avoue.

– Qu'est-ce qui t'a retenu ?

– Toi, uniquement toi. Plutôt rester immergé dans les passions humaines avec toi qu'échapper au malheur sans toi.

Elle savait qu'il disait vrai.

– Pour cette raison aussi, je ferai tout pour te revenir.

Ils s'étreignirent à nouveau. Puis Ulysse se tourna vers Alister.

– Les soldats vous conduiront dans la forteresse de Paphos, sur la côte sud-ouest de Chypre. Vous y serez en sécurité. Nous verrons bien comment la situation évolue. Si Guillaume de Beaujeu meurt pendant l'assaut, un autre grand maître sera nommé.

On parle de Thibaud Gaudin ou de Jacques de Molay. Il sera seul à décider du sort des reliques.

Alister jeta un coup d'œil aux templiers qui finissaient de transporter les coffres de l'Épervier sur la caraque. Il s'adressa à Ulysse à voix basse.

– Savent-ils ce qu'il y a dans ces caisses ?

– Non, ils croient que ce sont de vieilles archives et des documents administratifs.

Alister serra Ulysse et Kostandin dans ses bras.

– Je ne te remercierai jamais assez, Ulysse. Et toi aussi, Kostandin. Je vous dois la vie. Essayez de sortir sains et saufs de cette nasse.

– Ne crains rien, nous avons la peau dure, répondit Kostandin.

Ulysse eut un dernier regard pour Sibylle, puis il s'éloigna sans se retourner.

Quand le bateau quitta le quai, Kostandin s'approcha de lui.

– Es-tu certain d'avoir pris la bonne décision, Ulysse ?

– Et toi ?

– Moi ? Je vais où tu vas, tu le sais bien.

– Nous survivrons, Kostandin. Si la situation devient désespérée, nous trouverons un moyen de prendre le large. Une mort qui ne sert à rien est une vie gaspillée au regard de Dieu.

– Bien dit ! Et si nous allions nous saouler pour finir la nuit ? Nous en avons bien le droit, non ?

67

Le 2 avril de l'an 1291, les premiers contingents mamelouks déferlèrent dans la grande plaine qui entourait Saint-Jean-d'Acre.

– Seigneur ! s'écria Kostandin, il y en a jusqu'à l'horizon.

Des rumeurs, parmi les assiégés, parlaient d'une armée de six cent mille soldats. Ulysse haussa les épaules.

– C'est la crainte qui les anime, personne au monde ne saurait lever une telle armée. Nous serons bientôt fixés.

Pendant plusieurs jours, juchés sur les remparts, les assiégés virent les bataillons de mamelouks envahir la plaine qui entourait la citadelle. Les officiers du Temple entreprirent de les dénombrer avec des méthodes qui avaient fait leurs preuves. À mesure qu'ils ajoutaient les centaines, puis les milliers d'hommes, leurs visages pâlissaient. Le Grand Maître vint les rejoindre.

– Alors ?

– Plus de deux cent mille combattants, Grand Maître, en rassemblant l'infanterie et les cavaliers.

Un long silence suivit cette réponse. Il fut rompu par un fracas métallique.

– Qu'est-ce que…

Ils se précipitèrent et virent s'avancer un orchestre de cymbalistes frappant avec énergie sur leurs instruments. Des chœurs les accompagnaient de chants rauques, destinés à impressionner l'ennemi.

– Ils annoncent quelque chose, commenta Guillaume.

Derrière l'orchestre apparut une grosse masse de bois, montée sur des roues géantes. Kostandin, qui scrutait l'horizon, poussa une exclamation :

– La « Victorieuse » !

C'était une catapulte géante, tirée par une dizaine de bœufs.

– Seigneur, laissa échapper un templier en se signant.

D'autres suivirent. La « Furieuse » et la « Mansourienne » étaient à peine plus petites. Toutes avaient la capacité de projeter d'énormes blocs de rochers et de gravats sur les points stratégiques de la ville.

– Comment résisterons-nous à des engins pareils ? soupira Kostandin.

– Avec l'aide de Dieu, mon ami.

Une réponse que Kostandin, en dépit de sa foi chrétienne, trouva un peu courte.

Au bout de trois jours, le sultan avait rassemblé toute son armée : soixante mille cavaliers et cent soixante mille fantassins, comme cela avait été annoncé.

– Demain, ils lanceront leur premier assaut, estima Guillaume.

Quand vint le crépuscule, les Templiers organisèrent une messe sur la place principale de la ville. Beaucoup de combattants s'agenouillèrent pour prier. Kostandin essaya d'y entraîner Ulysse.

– Tu ne viens pas à la messe ?

– Vas-y, je te rejoindrai plus tard.

Ulysse avait remarqué que le grand maître Guillaume de Beaujeu était lui aussi resté sur les remparts. Il s'approcha.

– Tu ne vas pas prier, Guillaume ?

– À quoi bon ?

Avec la perspective de mourir le lendemain, Ulysse lui parla avec franchise.

– Tu as perdu la foi ?

– La foi, non. Mais l'espérance, oui. Ces croisades, nous les avons faites sans l'accord de Dieu. C'était un caprice du pape, rien de plus.

Ulysse, qui pensait comme lui, approuva silencieusement. Le maître de l'Ordre, qui éprouvait l'envie d'avouer ce qu'il gardait secrètement dans son cœur, continua :

– Veux-tu que je te dise, mon ami ? J'aimerais qu'après notre défaite, Saint-Jean-d'Acre disparaisse, rasée par les mamelouks qui sèmeront du sel sur ses fondations, comme les Romains le firent avec Carthage !

Ces paroles très dures choquèrent Ulysse.

– Penses-tu vraiment cela, Guillaume ?

– Oui, parce que le Seigneur s'est détourné de nous.

À présent, la nuit était tombée. Au-dessus de la mer luisait un tapis d'étoiles, troué par le disque de la pleine lune. Le curé qui disait la messe proposa aux croisés agenouillés de chanter le *Magnificat*, tiré de l'Évangile de Jean :

« Mon âme exalte le Seigneur,
Exulte mon esprit en Dieu, mon Sauveur ! »

Et les hommes reprirent :

« Gloire au Père, et au Fils, et au Saint-Esprit,
Pour les siècles des siècles. »

Le silence se fit. Tous, peu à peu, se dispersèrent.

Resté avec Guillaume sur les remparts, face à la mer, Ulysse lui posa une dernière question :

– Guillaume, demain ou après-demain, nous serons tous morts…

– C'est probable, oui.

– Si tu ne pries pas Dieu, à qui vas-tu rendre ton âme ?

Le Grand Maître se détourna et contempla la pleine lune.

– Et pourquoi pas à la lune ?

– La lune ?

– Elle éclaire nos nuits, non ?

Le jeune homme n'était guère convaincu.

– Quand je suis passé par Babylone, il y a deux ans, j'ai rencontré des adorateurs de la lune, qu'ils appellent Nanna-Sîn, je crois. Je ne sais pas grand-chose d'eux, mais j'ai le sentiment qu'ils ne valent pas mieux que nous.

– Très bien, alors oublions la lune.

Guillaume réfléchit quelques secondes, puis :

– Rendons notre âme à la nuit. Elle, au moins, est sans tache.

À moitié rieur, à moitié sérieux, Guillaume de Beaujeu s'écria, en regardant la mer :

– À toi, Nuit, et à ta noirceur immaculée, je rends mon âme !

Un long silence suivit.

Puis Ulysse le laissa seul et s'en alla dormir.

68

Le jeudi 5 avril, le sultan al-Ashraf en personne fit son entrée et ordonna à ses divisions de prendre position autour de la ville. Une musique assourdissante s'éleva alors du camp mamelouk. Elle émanait d'un corps de trois cents timbaliers, montés sur des chameaux, qui jouaient du tambour, des trompettes et des cymbales.

– Le début des réjouissances, annonça Kostandin.

Aussitôt, les catapultes entrèrent en action. Une pluie d'énormes pierres s'abattit sur Saint-Jean-d'Acre. Les forteresses des Templiers et des Hospitaliers supportèrent vaillamment les premiers coups, elles étaient faites pour cela. Puis vint le tour des feux grégeois, qui bombardèrent les maisons avec leurs mélanges enflammés. Les citadins enrôlés pour éteindre les incendies ne savaient plus où donner de la tête. Soudain, un templier se mit à crier :

– Ils arrivent !

Ulysse, par-dessus le rempart, vit des milliers de fantassins se ruer à l'assaut. Tandis que des archers agenouillés projetaient vers le ciel une nuée de flèches, dont certaines enflammées, d'autres couraient vers la cité des croisés avec de longues échelles. Sabres levés, des centaines de mamelouks entreprirent l'ascension des hauts murs de défense.

– Que Dieu nous aide !

Pendant des heures, sans que cesse la musique martiale, on entendit les hurlements des combattants estropiés et les cris des mourants. Un templier accourut vers Guillaume.

– L'enceinte du nord-ouest est débordée !

– Repoussez-les, vite !

Les chevaliers hospitaliers s'en chargèrent. Jean de Villiers, leur grand maître, menait lui-même la contre-offensive. À distance, Guillaume de Beaujeu le salua. Depuis des mois, pour des raisons futiles, les deux chefs se battaient froid, mais les conflits personnels s'effacèrent devant le combat commun.

À la tombée de la nuit, enfin, le silence se fit. Dans les deux camps, on alla secourir les blessés et on emporta les morts. De part et d'autre, des prières retentirent, en arabe comme en latin.

Comme une mise en scène bien réglée, les mêmes scènes se répétèrent le lendemain. Mais les dégâts causés à la cité chrétienne s'accumulaient et y rendaient la vie difficile.

– Un seul puits a été épargné, Guillaume, les autres sont enfouis sous des tonnes de gravats.

– Rationnez l'eau, ordonna le Grand Maître, faites garder le puits par une dizaine de chevaliers.

Le 14 avril, Templiers et Hospitaliers réunirent un conseil de guerre exceptionnel.

– Nous allons tenter une sortie commune à l'aube, annonça Jean de Villiers. Si nous parvenons à capturer quelques émirs, nous les échangerons contre un répit. Le roi Henri de Chypre m'a fait savoir qu'il venait à notre secours avec son armée. Il faut tenir jusqu'à son arrivée.

– Est-il fiable ? demanda Guillaume de Beaujeu.

– S'il ne l'est pas, mon ami, nous sommes morts.

Peu avant le lever du soleil, les chevaliers des deux ordres étaient prêts au combat. Ulysse était parmi eux.

– Bonne chance, Ulysse, lui dit Kostandin. Et ramène-nous un bel émir sur ta selle !

La porte de la cité s'ouvrit et les moines-chevaliers se lancèrent à l'attaque.

– Pour Dieu ! s'écria Guillaume de Beaujeu, en levant sa grosse épée.

Les mamelouks placés aux avant-postes furent surpris par l'offensive chrétienne.

– Hachez-les !

À bride abattue, les chevaliers se ruèrent vers le camp principal, où ils pensaient capturer leurs otages. Mais les mamelouks, qui avaient prévu une semblable manœuvre, avaient préparé un piège. Un chevalier en fit la funeste expérience. À son passage, des cordages se tendirent et le firent chuter. Aussitôt, des fantassins se précipitèrent sur lui et le tuèrent avec leurs sabres. D'autres chevaliers trébuchèrent à leur tour sur les lourds cordages et les suivants sur ceux qui étaient à terre. Des centaines de mamelouks, alertés par les cris, arrivèrent alors à la rescousse.

– Arrière ! cria Guillaume de Beaujeu, retournons derrière nos murs !

Laissant sur le terrain des dizaines d'hommes, la moitié seulement des chevaliers parvint à se réfugier dans la cité. Kostandin accourut vers Ulysse.

– Grâce au Ciel, Ulysse, tu es sauf !

– Nous avons échoué, Kostandin, la ville tombera bientôt.

Dès que le soleil se fut levé, en effet, comme s'il redoublait de rage après la sortie ratée des Templiers, le sultan al-Ashraf ordonna à ses catapultes de bombarder la ville pendant des heures. La situation devint critique.

Le 4 mai, un soldat sur les remparts montra la mer.

– Le roi Henri !

Le roi de Chypre se portait à leur secours, comme il l'avait promis. Mais que pouvaient les quelques centaines d'hommes qui le suivaient, face à la multitude qui composait l'armée du sultan ? Au moins, ils apportaient des vivres, ce qui permettrait à la population d'Acre – qui parlait déjà de se rendre – de tenir une ou deux semaines supplémentaires.

Le soir, Kostandin vint rejoindre Ulysse, qui mangeait avec ses hommes.

– On dit que le roi Henri compte se rendre auprès du sultan pour traiter avec lui.

– Que peut-il négocier ? répondit Ulysse, découragé.

– Laissons-les faire, on verra.

Le roi Henri, qui était officiellement le souverain de l'empire chrétien de Jérusalem, parlementa avec le sultan. Celui-ci exigea une reddition pure et simple des défenseurs de Saint-Jean-d'Acre, contre la vie sauve pour ses habitants. Les Templiers comme les Hospitaliers refusèrent ces conditions.

– Je préfère mourir les armes à la main, clama Guillaume de Beaujeu.

Le roi Henri n'insista pas et reprit la mer pour rentrer à Chypre.

La réponse du sultan ne tarda pas. Dès le lendemain, juste après l'appel du muezzin, une énorme explosion se fit entendre. Une des principales tours de défense de la cité s'effondra.

– Les artificiers, dit Ulysse. Ils ont creusé des tunnels sous la ville et font exploser leurs mines.

Comme pour confirmer ses dires, d'autres ouvrages de défense cédèrent à de nouvelles explosions et finirent en de misérables tas de pierres. Dans le camp d'en face, le sultan monta à cheval et lança toute son armée vers la ville pour l'assaut final. Les Templiers, résignés, regardèrent avancer cette marée humaine.

– Cette fois, déclara Ulysse à Kostandin, je crois bien que c'est la fin.

69

Sous le choc d'énormes quartiers de rocs, une partie de la forteresse des Templiers s'était effondrée. De nombreux cachots avaient été éventrés et leurs occupants écrasés sous les gravats. Par chance pour l'Épervier, un tunnel vertical s'était ouvert au-dessus de lui, laissant passer la lumière du soleil. Sans se soucier des bombardements qui se poursuivaient, il grimpa fébrilement jusqu'en haut du puits et déboucha à l'air libre. Personne ne le remarqua, tous les soldats qu'ils croisait étaient en proie à la panique. Il se dissimula et attendit la nuit. Puis il se rendit dans le souk où il retrouva quelques-uns de ses partisans.

– Toi ici ? s'écria Tébald le Sonneur. Par quel miracle ?

– Pas de temps à perdre en bavardages, quittons la ville, ordonna l'Épervier en indiquant le sous-sol.

– Tu penses au souterrain ? Il doit être effondré à cette heure-ci.

– On ne le saura qu'en y allant.

– Mais nous risquons d'être enterrés vivants !

– Tu préfères crever sous leurs catapultes, imbécile ?

En quelques heures, un petit groupe de cinq hommes se forma pour tenter l'expédition. Profitant du désordre ambiant et de l'obscurité, ils se rendirent dans une cave du souk où ils avaient repéré l'existence d'un souterrain construit en même temps que la cité. Personne n'avait exploré ce tunnel et ne savait sur quoi il débouchait, mais ils n'avaient pas le choix.

– Les anciens Grecs étaient des malins, lança l'Épervier à ses hommes, ils prévoyaient toujours une sortie secrète pour échapper à leurs ennemis.

Les autres étaient moins optimistes. Ils avaient tort : le tunnel débouchait bel et bien sur la plage, ils le sentirent aux rafales de vent qui giflaient leurs visages. Mais la sortie était fermée par une grille.

– Foutre de Dieu ! jura l'Épervier.

– Attends, dit Antonin le Borgne, un bossu passé maître dans l'art du vol à la tire.

Il sortit de son sac un ensemble de crochets qu'il introduisit dans la serrure. Les autres l'observèrent avec anxiété.

– La serrure n'est pas difficile à crocheter, mais le verrou est rouillé, dit-il. À toi, Épervier.

Avec une force décuplée par sa rage de vivre, l'Épervier parvint à faire bouger le verrou.

– Doucement, dit Antonin, tu vas tout bloquer ! Donnez-moi un poignard.

Muni d'une lame effilée, le Borgne gratta la rouille qui s'accumulait dans la gâche de la serrure. Puis il se tourna vers l'Épervier.

– Vas-y, maintenant.

L'Épervier fit un nouvel effort, cette fois couronné de succès. Les gonds de la grille étaient eux aussi rouillés par les siècles écoulés, mais en s'y mettant à quatre, ils finirent par la faire céder. Ils se retrouvèrent dehors, face aux remparts de la ville, à quelques mètres de la mer.

– Là ! dit l'Épervier.

Une petite galère était échouée sur la grève. Elle était percée de flèches et sa voile brûlée. Le bateau avait été abandonné par ses occupants, après une attaque de la flotte du sultan.

– Aidez-moi, cria l'Épervier, on va le remettre à flot.

Ensemble, ils le poussèrent dans l'eau et sautèrent à bord.

– Pas sûr qu'il soit en état de flotter, s'inquiéta Antonin.

– Si Dieu nous aide, il flottera, répliqua l'Épervier.

– Dieu ? répéta Antonin, goguenard.

– Lui ou le Diable.

Ils attendirent un instant, guettant une éventuelle voie d'eau. Mais rien n'arriva, le navire était en état de flotter.

– C'est bon, décida l'Épervier, on peut faire la traversée.

– Jusqu'où ? objecta Brice, toute la côte est occupée par l'armée du sultan.

– La côte ne m'intéresse pas, on file droit devant, sur Chypre.

– Chypre sans la moindre voile ? Mais comment irons-nous ?

L'Épervier se baissa et empoigna un aviron.

– En ramant ! Et si vous êtes trop fainéants pour ça, restez ici et faites-vous égorger.

Deux heures plus tard, la galère avait gagné le large. L'aube commençait à teinter la côte de sa lumière ocre. On entendit un grand bruit, suivi de cris.

– L'attaque recommence, annonça Antonin. Cette fois, ils sont perdus.

70

Pour l'emporter, le sultan avait rassemblé la totalité de ses troupes devant les remparts de la cité franque. À son signal, les catapultes géantes projetèrent une pluie de rocs de plusieurs tonnes sur les ruines d'Acre, écrasant les défenseurs comme des insectes.

Le bombardement, destiné à terrifier l'adversaire, dura une trentaine de minutes. Il fut suivi par un court instant de silence. Puis le sultan fit un nouveau signe. Cette fois, les cymbaliers donnèrent le signal de l'assaut. Sabres levés, des bandes de cavaliers aux burnous blancs se lancèrent en avant avec force jurons et cris de rage. Comment résister à pareille tempête ? Terrorisés, de nombreux défenseurs chrétiens prirent la fuite, laissant la horde à cheval s'engouffrer dans les brèches béantes.

C'est alors que des dizaines de milliers de fantassins se ruèrent à l'assaut. Les appels des mourants, les hurlements des combattants, les détonations des feux grégeois, le choc des lourdes pierres s'abattant sur les remparts, tout cela composait une scène surgie de l'enfer. Les chrétiens, résignés, sentaient venir la fin. Face aux armées du sultan, ils ne pouvaient plus opposer que sept mille combattants, exténués et désespérés.

Tout en haut de la forteresse des Templiers, Guillaume de Beaujeu continuait à donner ses ordres. Il convoqua un de ses capitaines.

– Bertrand, va chercher Ulysse de Bath et son écuyer. Ramène-les, vite !

L'officier dévala les marches et sortit de la forteresse, mais il avait du mal à s'orienter. Partout, des hommes hagards allaient et venaient. Certains affichaient d'horribles blessures sur tout le corps, d'autres réclamaient de l'aide en agitant ce qu'il restait de leurs membres arrachés. Il devait aussi trouver son chemin dans la fumée âcre des incendies. En dépit des ruines qui encombraient les rues étroites, il réussit à gagner les remparts. Heureusement, le templier savait où chercher. Il reconnut Ulysse et Kostandin, qui se préparaient au choc d'un nouvel assaut des mamelouks.

– Ulysse, le Grand Maître te réclame. Vite !

– Que veut-il ?

– Je l'ignore, c'est urgent. Passons par le tunnel, c'est plus sûr.

Les trois hommes s'introduisirent dans le tunnel, qui leur permit d'éviter le bombardement des feux grégeois. Ils émergèrent dans la citadelle des Templiers, déjà à moitié détruite. Guillaume, au sommet de la tour, pressa Ulysse de venir à lui.

– Le sort s'acharne contre nous. J'ai appris que l'Épervier s'est enfui, sa prison a été démolie.

– Mourir dans son cachot ou mourir dans la ville, le résultat sera le même.

– Tu n'y es pas, il a quitté Acre par la mer !

Un terrible pressentiment s'empara d'Ulysse.

– Tu crois que… ?

– Oui, il sait où sont les reliques. Sous la menace, un des gardiens de sa prison lui a révélé qu'une série de caisses était partie pour Chypre.

– Seigneur !

– Alister et sa sœur ne se méfient pas, l'Épervier fera tout pour récupérer ce trésor. Prends immédiatement une embarcation, emmène Kostandin avec toi et courez au monastère Saint-André. Cette fois, Ulysse, c'est un ordre !

Il griffonna quelques lignes sur un morceau de parchemin, qu'il marqua de son sceau.

– Voici un ordre de mission qui te permettra de réquisitionner une embarcation.

Quoique lié aux Templiers, Ulysse n'appartenait pas à l'ordre du Temple. Mais il n'avait pas le cœur, cette fois, à désobéir. À quoi bon mourir pour rien ? Acre était perdue, Sibylle et Alister en danger.

– Bonne chance, Ulysse ! lui lança Guillaume sans épiloguer.

Kostandin entraîna Ulysse. Sans un mot, tous deux gagnèrent le port. Leur mission, désormais, était d'empêcher, par tous les moyens, l'Épervier et ses hommes de mettre la main sur les reliques. Mais l'esprit d'Ulysse était ailleurs. Si cette crapule s'en était prise à Sibylle…

71

Le vendredi 13 mai, dès l'aube, le sultan lança l'assaut final. Le signal fut donné par un nouveau concert de cymbales. Aussitôt, les mamelouks s'avancèrent en plusieurs colonnes, avec l'ordre de tout détruire sur leur passage. Après des heures de combat acharné, un seul point de la forteresse résistait encore, la porte Saint-Antoine. L'enceinte extérieure avait été détruite, mais les mamelouks ne pouvaient aller au-delà.

– Ils reculent ! cria un templier avant d'être atteint par une flèche.

Guillaume de Beaujeu, prévenu, accourut vers ce point sensible avec une douzaine de moines-soldats. Une fois sur place, il vit arriver en renfort son « frère ennemi » Jean de Villiers. Les deux maîtres se donnèrent l'accolade.

– Pour Dieu, Jean !

– Et pour le Christ, Guillaume !

Une fois leurs modestes forces réunies, ils tentèrent de bloquer l'enceinte intérieure de la porte. Mais une pluie de boules de feu composées de poix, de naphte et de soufre dégagea une épaisse fumée âcre, qui les empêcha de s'orienter. Aveuglés, les deux chefs ne pouvaient même plus se voir pour coordonner leurs efforts.

– Ah !

Guillaume de Beaujeu sentit soudain une douleur fulgurante sous son aisselle gauche. La flèche, il le comprit immédiatement, était mortelle. Il recula en titubant, comme s'il se retirait du combat. Un croisé, croyant qu'il prenait la fuite, lui cria :

– Pour Dieu, sire, ne partez pas. La ville sera bientôt perdue !

Et Guillaume lui répondit, en montrant son aisselle :

– Seigneur, je ne peux plus car je suis mort. Voyez le coup !

Deux chevaliers l'emportèrent en toute hâte à la commanderie du Temple, où le chirurgien jugea son état désespéré. Il l'entendit murmurer :

– Et Jean de Villiers ?

– Blessé lui aussi, mais évacué vivant.

Guillaume de Beaujeu expira paisiblement. Son médecin détacha son tablier de cuir et rejoignit les centaines de défenseurs qui se ruaient vers le port, cherchant un improbable salut sur l'unique bateau encore à quai.

– Prends la mer ! hurla un officier au capitaine.

– Avec tout ce monde ? Mais nous allons couler !

L'officier sortit son épée et en menaça le marin, qui donna à contrecœur l'ordre d'appareiller. Et ce qui devait arriver arriva : alourdi par les centaines de fugitifs, le navire sombra peu après avoir quitté la baie.

Au même moment, non loin de là, un groupe de templiers embarqua à bord d'un petit bateau à voile. Parmi eux se trouvait un moine-soldat d'un certain âge, Thibaud Gaudin, ancien commandeur de la Terre de Jérusalem. Suivant la côte phénicienne vers le nord, les fugitifs se dirigèrent vers la cité de Sidon, où l'Ordre possédait une commanderie. Au cours du voyage, une brève cérémonie consacra Thibaud Gaudin comme nouveau grand maître de l'Ordre, succédant ainsi à Guillaume de Beaujeu, qui venait de rendre son âme à Dieu.

– Une fois à Sidon, ordonna le maître Gaudin, nous sauverons le principal du trésor de l'Ordre, que nous embarquerons pour Chypre. Là-bas, m'a confié Guillaume, se trouvent aussi des caisses de reliques, placées sous la garde d'Alister Durward. La Terre sainte est perdue, mais notre mission se poursuivra en Occident.

– Pour la gloire du Christ ! s'exclamèrent les autres en chœur.

72

Le monastère de l'apôtre André (*Apostolos Andreas*) se trouve au sud du cap Saint-André, au nord-est de l'île de Chypre, dans la péninsule de Karpas. C'est là que Sibylle et son frère Alister, accompagnés par quelques chevaliers, avaient trouvé refuge. Puis le templier Pierre de Ridefort prit congé avec ses hommes.

– Nous ne pouvons laisser nos frères mourir sans combattre avec eux.

– Vous retournez à Saint-Jean-d'Acre ? s'étonna Sibylle. Mais vous allez y mourir !

Alister posa une main sur l'épaule de sa sœur. Elle comprit et n'insista pas.

– Mes hommes ont dissimulé vos caisses dans les caves du bâtiment, ajouta Pierre de Ridefort. J'ignore ce qu'elles contiennent, mais elles seront en sécurité ici.

Sans rien dire de plus, Sibylle et Alister suivirent des yeux le départ des moines-soldats. La jeune fille se tourna vers la mer, les yeux mouillés de larmes.

– Où se trouvent Ulysse et Kostandin en ce moment, Alister ? Peut-être au Ciel tous les deux ?

– N'y pense pas, Sibylle. Ils font leur devoir, faisons le nôtre en veillant sur ces reliques. Elles représentent beaucoup pour l'ordre du Temple.

Au cours des jours suivants, Sibylle se rendit à l'extrémité du cap, le regard tourné vers la Méditerranée. Saint-Jean-d'Acre était trop éloignée pour qu'on la distingue de là où elle était, mais elle avait le sentiment de se trouver ici plus proche d'Ulysse qu'en restant cachée dans leur monastère. Un moine vint la chercher.

– Votre frère vous réclame, mademoiselle. Il est dangereux pour vous de vous attarder ici.

Elle eut un sourire triste.

– Dangereux ? À côté de ce qu'ils sont en train de vivre là-bas ?

Le moine ne sut pas quoi répondre. Elle le suivit sans discuter.

Le lendemain, un chariot bâché se présenta à la porte du monastère. C'était un marchand ambulant.

– Je vends toutes sortes de marchandises qui pourraient vous intéresser. Des ustensiles pour la cuisine, de la farine, des fruits secs, de jolis vêtements.

– Nous n'avons besoin de rien, dit le père supérieur.

Lorsque Sibylle apparut à l'entrée, le marchand lui adressa un grand sourire.

– La petite dame ne sera peut-être pas du même avis, je parie ?

Elle s'avança, curieuse. Un peu de distraction lui changerait les idées.

– Je veux bien examiner ce que vous nous proposez.

– Venez voir vous-même.

À son invitation, elle monta dans le chariot bâché. En un éclair, une silhouette massive se précipita sur elle et lui pressa une main sur la bouche pour l'empêcher de crier. Elle l'avait reconnu. Elle se débattit, en vain. Ugo, le détestable et répugnant Ugo, lui lia les bras et les pieds. Dehors, les moines n'avaient encore rien vu.

– Fouette ! ordonna l'Épervier.

Quand le chariot partit au galop, le père supérieur comprit immédiatement que quelque chose de grave était arrivé. Il alerta Alister. En boitant, celui-ci accourut.

– Sibylle ?

Le moine était dévasté.

73

À quelques centaines de lieues vers l'est, à Saint-Jean-d'Acre, les mamelouks s'étaient répandus dans les rues de la cité et avaient commencé à massacrer les habitants. « Ce fut terrible, écrit un témoin[1], car les dames, les bourgeoises et les demoiselles fuyaient par les rues, leurs enfants sur les bras ; éperdues et en larmes, elles couraient vers le port. Et quand les Sarrasins les rencontraient, l'un prenait la mère et l'autre l'enfant ; parfois ils en venaient aux mains en se disputant une femme, puis se mettaient d'accord en l'égorgeant. Ailleurs on arrachait aux mères l'enfant qu'elles allaitaient et on le jetait sous les pieds des chevaux. »

Seule la forteresse des Templiers, grâce à ses énormes murailles, résistait toujours. Ceux qui le purent se réfugièrent derrière ses murs. Le maréchal Pierre de Sevry, qui avait pris le commandement de ce qui restait des chevaliers, organisa la défense.

La citadelle était si bien conçue qu'elle résista à tous les assauts des mamelouks. Si bien que le sultan Al-Ashraf offrit aux assiégés de capituler et de partir, la vie sauve, pour Chypre. Quand l'accord fut conclu, Pierre de Sévry ordonna d'ouvrir les portes. Une colonne de mamelouks, conduite par un émir, entra dans la place. Mais un incident gâcha tout. Des mamelouks, qui

1. Cité par René Grousset.

avaient tenté de violer des dames franques, furent exécutés sans autre forme de procès. Pierre de Sévry fit alors refermer les portes de la forteresse. Et le siège continua.

Pour parvenir à ses fins, le sultan eut recours à un piège. Il proposa au maréchal de Sévry de venir négocier une capitulation. Naïvement, les chefs templiers acceptèrent mais furent promptement décapités. En les privant de leurs chefs, le sultan espérait décourager le reste des défenseurs. En vain, car les chrétiens avaient décidé de résister jusqu'à la mort.

Les officiers du sultan imaginèrent une autre tactique : creuser des mines sous la forteresse et les truffer de poudre explosive.

Ainsi fut fait. Les deux premières explosions firent s'effondrer une muraille entière.

– Ils nous attaquent sous la terre !

Une troisième explosion fit voler en éclats la porte principale. Des centaines de Mamelouks se ruèrent à l'intérieur de la forteresse en poussant des cris de guerre. Mais le sous-sol avait été si fragilisé par les explosions qu'il céda sous le poids des assaillants, les enterrant sous des tonnes de gravats.

Ainsi tomba le dernier vestige de deux siècles de présence latine en Terre sainte. Le sultan fit supplicier la plus grande partie de ses prisonniers. Il fit aussi incendier la capitale franque. Les troupes des mamelouks, en une file interminable, portèrent à leur sultan les bannières ennemies. Sur leurs pointes étaient fichées les têtes des principaux chefs chrétiens, tandis que les captifs suivaient, liés par des cordes à leurs chevaux de guerre.

74

Impuissants, Ulysse et Kostandin pouvaient deviner depuis le large l'horrible spectacle à travers la fumée des incendies. Ulysse se signa et se mit à prier. Puis il murmura :

– J'ai honte, Kostandin, de les avoir abandonnés au plus fort du combat.

– C'était un ordre de Guillaume, tu ne pouvais qu'obéir.

Ils hissèrent les voiles, car le vent était favorable. Pressés par le temps, ils n'avaient emporté ni vivres ni eau, mais Chypre n'était pas loin de la Terre sainte. Ils dormirent à tour de rôle.

Bientôt, Kostandin réveilla son maître :

– Ulysse, la côte !

Devant eux, se profilait l'extrémité du cap Saint-André, au nord-est de l'île de Chypre. Dans un même réflexe, les deux hommes préparèrent leurs armes. Un autre combat commençait.

Le monastère se trouvait à quelques lieues seulement de la grève. Ils abandonnèrent leur embarcation et firent le reste du chemin à pied. Une heure après, ils étaient en vue du monastère.

– Avançons tranquillement sans nous cacher, conseilla Ulysse à son écuyer, ils pourraient nous prendre pour des brigands. Holà, mes pères !

Ils appelèrent en agitant les bras. La porte du monastère s'ouvrit. Plusieurs moines vinrent à leur rencontre, certains munis de bâtons. L'un d'eux brandissait même un coutelas.

– Halte ! Qui êtes-vous ?

– Des amis d'Alister Durward et de sa sœur Sibylle, qui est ma fiancée.

Les moines restèrent méfiants.

– Vos noms !

– Je suis le chevalier Ulysse Cameron de Bath et Kostandin est mon écuyer.

– Nous allons vérifier, dit le moine. Frère Ariarathe, préviens qui tu sais.

L'attente dura cinq minutes.

– Que s'est-il passé ici ? demanda Ulysse, anxieux.

Il se heurta à un mur de silence.

– Ulysse !

C'était Alister qui venait à leur rencontre, en s'aidant d'une béquille pour marcher. Le cœur d'Ulysse se serra, car Sibylle n'était pas avec lui.

– Il n'y a rien à craindre, dit Alister aux moines, ce sont des amis.

Il embrassa Ulysse et Kostandin. Puis il raconta :

– L'Épervier n'est pas mort, il nous a retrouvés.

Ulysse eut un frisson.

– Sibylle ?

– Il l'a enlevée en se faisant passer pour un marchand.

– Oh, mon Dieu !

Poings serrés, Ulysse avait envie de maudire le Ciel. Alister était aussi dévasté que lui.

– Ils sont partis à cheval, je ne sais où.

– Et les reliques ?

– Elles sont cachées et sous bonne garde.

– Tant que nous aurons les reliques, Sibylle ne risque rien. Ils vont l'utiliser comme monnaie d'échange.

– Mais comment ont-ils su que…

– L'Épervier est un démon qui ne recule devant rien. Son cachot a été détruit par les catapultes du sultan, un templier lui a tout raconté. Nous n'en aurons jamais fini avec lui, du moins tant qu'il sera vivant.

– Mais que pouvons-nous faire ?

– Réfléchir à un plan d'action et attendre. Il ne va pas tarder à se manifester.

– Tu as une idée, maître ? demanda Kostandin.

– Peut-être. Allons manger quelque chose, nous aurons besoin de toutes nos forces.

En dépit de ce conseil, aucun d'eux ne toucha à la nourriture et ne trouva même le sommeil. Dès que le jour se leva, Kostandin monta sur le toit du monastère pour faire le guet. Alister et Ulysse avaient imaginé plusieurs plans d'action différents. Soudain, Kostandin dévala les escaliers.

– Trois cavaliers, Ulysse !

– Va à leur rencontre, Alister. Surtout, ne mentionne pas notre présence. L'Épervier est avec eux ?

– Je ne crois pas, répondit Kostandin, je l'aurais reconnu.

Quand les trois émissaires se présentèrent à l'entrée du monastère, Alister alla leur parler, accompagné d'un moine. La discussion ne fut pas très longue. Puis les trois brigands rebroussèrent chemin. Ulysse et Kostandin attendirent le retour d'Alister dans le monastère.

– Alors ?

– L'Épervier m'a fixé un rendez-vous demain, au coucher du soleil, devant l'église de l'île des Lépreux. Si j'apporte les reliques, il nous rendra Sibylle.

Ulysse interrogea le moine du regard.

– C'est un îlot situé en face de la péninsule, expliqua le moine. Jadis, il y avait des grottes où vivait une colonie de lépreux. Aujourd'hui, l'église est en ruine.

– Faisons comme décidé, dit Ulysse.

75

Le lendemain, au milieu de l'après-midi, une charrette bâchée quitta le monastère. Elle était conduite par Kostandin, accompagné d'Alister. Le petit convoi chemina une heure avant d'arriver au bout de la péninsule. Le soleil commençait à se coucher quand Kostandin arrêta le convoi.

– La voilà, l'île des Lépreux.

À une centaine de mètres de la grève, ils cachèrent leur charrette derrière une hauteur et firent le reste du chemin à pied. Ils virent une barque sur la plage où patientait un homme de forte carrure. Kostandin le reconnut immédiatement.

– C'est Benoît, un des hommes de l'Épervier. Prends garde, Alister.

– Faisons comme prévu, attends ici.

Kostandin remonta la capuche de sa tunique pour éviter d'être reconnu par l'Épervier ou par ses hommes. Alister s'en alla à la rencontre de Benoît.

– Où sont les reliques ? demanda l'homme de main.

– En lieu sûr. Quand j'aurai vu ma sœur saine et sauve, je demanderai à un de mes valets d'aller les chercher. Mène-moi à ton maître.

Alister grimpa d'autorité dans la barque. Benoît le suivit et rama en direction de l'îlot où l'attendait l'Épervier.

À sa vue, une rage froide s'empara d'Alistair. C'était bien l'homme qui avait dirigé les différentes étapes de son supplice, dans la maison de Safed.

Il le fixa longuement, sans ouvrir la bouche. Était-ce encore un humain ou un démon ? Certains bourreaux ne méritent pas d'être appelés humains, car ils ont franchi la frontière qui les sépare des bêtes féroces.

– Je vois que tu ne m'as pas oublié, Alister Durward !

L'Épervier était habillé d'une ample cape, dont la capuche dissimulait à demi son visage meurtri par les affreuses tortures que lui avait infligées Kostandin. Quatre hommes armés l'entouraient : Tébald, Antonin, Conrad et Ugo.

– Je ne t'oublierai jamais, Épervier.

– Ne perdons pas notre temps en bavardages.

– D'abord, je veux voir ma sœur.

– Montre-moi les reliques. Je ne vois rien sur ton embarcation.

– Non ! Pas avant de savoir si ma sœur est vivante. Après seulement, mon valet apportera les caisses.

Alister indiqua la silhouette de Kostandin qui attendait sur le rivage.

– Ugo, va la chercher.

L'homme de main entra dans la vieille église et revint en tenant Sibylle par un bras. Elle eut un regard inquiet vers son frère. Alister fit un pas vers elle, mais l'Épervier l'arrêta.

– Personne ne lui a fait de mal, pour l'instant. À vrai dire, le sort de ta sœur m'importe peu, je te la rendrai volontiers contre les reliques. Mais dans le cas contraire…

Sur un coup d'œil de son maître, Ugo sortit son coutelas et en posa le tranchant sur la gorge de Sibylle.

– Très bien, dit Alister.

À son tour, il fit un geste vers Kostandin.

– Renvoie ta barque vers le rivage, mon valet nous rejoindra avec les reliques.

– Vous avez tout prévu, je vois. J'aime ça !

Sibylle, les larmes aux yeux, implora son frère.

– Ne lui donne rien, Alister. Nous avons promis de veiller sur ces reliques.

– Pour moi, Sibylle, tu vaux bien plus que ces faux !

– Quel mépris, s'amusa l'Épervier, pour des « faux » qui permettraient à eux tous d'acheter un royaume !

76

Kostandin, qui avait disparu derrière les rochers, revint vers la grève avec la charrette de reliques. Il s'adressa à Benoît.

– Aide-moi à les charger sur la barque, elles pèsent leur poids.

Depuis l'île des Lépreux, l'Épervier et ses hommes assistèrent à l'opération. Quand les cinq caisses furent embarquées, le brigand se tourna vers Alister :

– Que ton homme reste sur le rivage.

– Pas question, répondit Alister. Nous voulons être deux pour veiller au bon déroulement de notre marché.

L'Épervier éclata de rire.

– Que pourrait faire un estropié, même aidé de son valet ? Nous sommes cinq !

– C'est à prendre ou à laisser.

L'Épervier haussa les épaules.

– Venez sur l'île ! cria-t-il.

– L'autre aussi ? répondit Benoît.

– Oui, tous les deux !

Alister et Sibylle virent la petite barque se rapprocher. Quand elle accosta, l'Épervier s'approcha du rivage.

– Tébald et Antonin, allez aider Benoît à décharger. Ugo, reste avec la fille.

Les deux hommes s'exécutèrent. En s'approchant de l'embarcation, l'Épervier fronça les sourcils.

– Qu'y a-t-il dans la grande caisse de bois ?

– Les reliques les plus précieuses et les plus fragiles, répondit Alister. Vérifie, si tu veux.

Il fit un pas en avant, mais eut un mouvement de recul en découvrant le visage de Kostandin.

– Mais… tu es l'homme qui m'a labouré le corps !

Kostandin retira sa capuche, puis frappa la caisse de bois avec le plat de la main. Ulysse en surgit, armé d'une arbalète. Vif comme l'éclair, il tira un carreau sur Antonin, qui s'effondra. Kostandin planta un long couteau effilé dans le flanc de Tébald avec une telle violence que la lame lui transperça le dos. Comprenant qu'il avait été piégé, l'Épervier barra avec son corps le passage vers Sibylle, toujours maintenue par Ugo. Sans hésiter, elle se laissa glisser à terre et se releva aussitôt en lui empoignant une jambe, de telle manière que le colosse s'écroule sur le dos.

– Écarte-toi, Sibylle ! cria Ulysse qui avait glissé un nouveau projectile dans son arbalète.

Le carreau, court et fait de cuir très dur, traversa de part en part le cou d'Ugo, qui mourut sur-le-champ. Kostandin se jeta alors sur le quatrième homme, Conrad, avec un cri de rage. Tenant son coutelas à deux mains, il l'enfonça dans la gorge. Un bouillon de sang en jaillit.

La scène avait duré moins de trente secondes. L'Épervier regarda à droite et à gauche, cherchant le moyen de s'enfuir. À nouveau, Ulysse prépara un carreau d'arbalète. Mais Alister l'arrêta.

– Laisse-le-moi !

Alister Durward tira des caisses de reliques un fragment de lance romaine.

– Tu la reconnais, Épervier ? C'est la Sainte Lance, celle qui a percé le flanc du Christ. Vraie ou fausse, elle est pour toi !

Alister s'avança lentement vers l'Épervier en boitant. L'autre recula. Tous deux disparurent à l'intérieur de l'église. Sibylle implora Ulysse et Kostandin.

– Allez l'aider. Il va se faire tuer !

Kostandin brandit son coutelas, mais Ulysse s'interposa.

– Laisse-le, il a une revanche à prendre.

Un hurlement affreux retentit à l'intérieur de l'édifice. Ulysse, Kostandin et Sibylle se précipitèrent. Dans le clair-obscur de la nef en ruine, ils découvrirent le cadavre de l'Épervier cloué sur l'autel, sous une grande croix du Christ. Alister, agenouillé, priait. Ulysse s'avança vers le corps de l'Épervier, dont les yeux étaient restés grands ouverts. Il fit un signe de croix.

– Percé en plein cœur par la Sainte Lance.

On entendit alors Alister prononcer une action de grâce :

« Par ta Passion douloureuse,
Par ta mort sur la Croix,
Tu es le Sauveur, la Paix des Pécheurs
Nous te disons merci. Amen. »

77

– Sais-tu, mon brave, où se trouve le monastère Saint-André ?

Le paysan indiqua la direction aux chevaliers qui venaient de débarquer sur l'île de Chypre. La petite troupe, puissamment armée, était conduite par le nouveau grand maître du Temple, Jacques de Molay. Il venait juste de succéder à Thibaud Gaudin, trop âgé et malade pour assurer plus longtemps cette charge. D'autant qu'après Acre, Sidon était tombée à son tour entre les mains des musulmans. D'un commun accord, Templiers et Hospitaliers s'étaient repliés sur Chypre avant de regagner l'Europe. Mais le maître Jacques de Molay avait une dernière mission à accomplir.

– Des cavaliers !

Un moine était venu, tout essoufflé, alerter Kostandin. Celui-ci alla chercher Ulysse, qui se posta avec Alister aux fenêtres du monastère.

– Ce sont des templiers, observa Alister.

– En armes, s'inquiéta Kostandin.

– Ils viennent réclamer leur bien. Pour cela, ils sont prêts à tout.

– Et si c'était un piège ?

Alister alla chercher ses armes.

– Non, Alister, ordonna Ulysse. Reste caché, j'irai seul.

La compagnie de templiers, vêtus de leur tunique marquée d'une grande croix rouge, s'arrêta dans la cour. L'homme qui se trouvait à leur tête avait une allure autoritaire et portait une ample cape sur sa tunique.

– Nous venons à la rencontre d'Alister Durward. Où se trouve-t-il ?

– Que lui voulez-vous ? demanda Ulysse.

– Je suis le nouveau grand maître de l'Ordre, Jacques de Molay. Peut-être l'ignorez-vous, mais Thibaud Gaudin vient de quitter sa fonction. À présent, je le remplace.

Ulysse restait méfiant. Et si ces hommes étaient des voleurs qui usurpaient l'identité des Templiers pour s'emparer des reliques ?

– Ulysse !

C'était Alister qui accourait. Caché derrière une botte de paille, il avait entendu l'échange entre les deux hommes.

– Tu peux leur faire confiance. Jacques de Molay était un des lieutenants de Guillaume de Beaujeu, je le reconnais.

Le Grand Maître descendit de cheval et prit Alister Durward dans ses bras. Sibylle arriva à son tour.

– Et toi tu es Sibylle, la fille d'Alan Durward ?

Sibylle s'inclina. Ulysse était confus.

– Pardonne-moi, il nous a fallu défendre les reliques, il y a peu.

– Qu'est devenu l'Épervier ?

– Mort, avec tous les autres.

– Notre ordre vous doit beaucoup, mes amis. Où sont les reliques ?

– Suis-moi.

Alister et Ulysse conduisirent Jacques de Molay au sous-sol, où les reliques avaient été dissimulées. À l'abri de la lumière et de l'humidité, elles semblaient prêtes à défier les siècles.

– La fin des croisades marque le début d'un nouveau monde, déclara le Grand Maître. Les rois de France et d'Angleterre ne nous seront d'aucune aide, ils n'obéissent plus au pape et se préoccupent surtout, à présent, de renforcer leurs royaumes. Les Templiers devront se débrouiller par leurs propres moyens. Nous négocierons ces reliques sur tous les marchés d'Occident.

– Maître, puis-je solliciter une faveur ? demanda Alister.

Jacques de Molay avait deviné de quoi il s'agissait.

– Je voudrais détruire devant toi le suaire qui m'a coûté tant de souffrances. J'ai souvent été tenté de le faire, mais j'ai juré à Guillaume de Beaujeu d'attendre l'autorisation du nouveau maître de l'Ordre.

Jacques de Molay le regarda avec une profonde compassion.

– Alister, je sais ce que tu as souffert. Ma première pensée, à moi aussi, a été de faire disparaître ce linge. Mais mon second, Geoffroy de Charnay, m'a convaincu de le conserver intact.

Une énorme déception se lut sur le visage d'Alister.

– Et pourquoi donc ?

Molay se tourna vers un autre templier, à peu près du même âge que lui. Geoffroy de Charnay avait grimpé tous les échelons de l'Ordre avant de gagner la confiance du nouveau grand maître. Il prit la parole :

– Quand j'ai découvert ce suaire pour la première fois à Saint-Jean-d'Acre, j'ai vraiment cru qu'il s'agissait d'un linge authentique. Je n'ai jamais vu un faux aussi bien réalisé. À présent que je te connais, Alister Durward, je dois admettre que cette relique porte bien ton visage. Je pressens que toutes les cours d'Europe voudront payer des sommes énormes pour la posséder. Ce serait une folie de la détruire, dans la situation incertaine où l'Ordre se trouve à présent.

Jacques de Molay intervint.

– D'un autre côté, Alister, nous comprenons ta douleur. Voici donc ma proposition : je jure devant toi, Alister Durward, de conserver ce suaire dans un coffre pendant une période de cinquante ans. Durant tout ce temps, personne, je dis bien *personne*, n'y aura accès. Dans un demi-siècle, le 11 juin de l'an 1342, nous déciderons de le détruire ou de le vendre si – et seulement si – la survie de l'ordre des Templiers en dépend. Es-tu d'accord avec ces dispositions ?

– Dans un demi-siècle, répondit Alister, je connaîtrai le bonheur éternel auprès de Dieu, les affaires terrestres ne m'intéresseront plus guère. Oui, Grand Maître, je suis d'accord.

Sibylle voulut protester, mais Ulysse la retint en lui pressant le bras. Leur aventure à tous trois s'arrêtait là. Jacques de Molay ordonna à ses hommes de charger les reliques sur leurs chevaux.

– Nous n'aurons pas un grand chemin à faire pour rejoindre notre commanderie, qui est toute proche. Puis nous regagnerons l'Europe.

Quand les templiers furent sur le point de s'en aller, le Grand Maître s'adressa à Alister et Ulysse.

– Souhaiteriez-vous nous rejoindre, mes amis ? Votre courage à tous deux vous désigne pour entrer dans notre ordre.

Alister déclina.

– Mes blessures me l'interdisent, Grand Maître. Je vais regagner l'Écosse, mon père est âgé et notre château d'Urquhart a besoin d'être entretenu. Je dois prendre sa suite.

Jacques de Molay se tourna alors vers Ulysse.

– Et toi, Ulysse ?

Celui-ci prit Sibylle par l'épaule.

– J'ai promis à Sibylle de l'épouser dans la petite église de Drumnadrochit. Puis, si Alister le veut bien, nous nous installerons dans son château pour l'aider dans sa tâche.

– Kostandin ?

– Oh, moi, répondit l'écuyer, mon chemin est tout tracé. Je vais là où Ulysse va.

– Tout est donc bien ainsi. À cheval, vous autres ! ordonna le grand maître des Templiers.

L'instant d'après, ils avaient quitté le monastère. Alister se tourna vers Ulysse avec un grand sourire.

– Te voilà devenu un paysan écossais, Ulysse Cameron de Bath. Finie, ta vie d'aventures !

– Le meilleur est devant nous, répondit Ulysse en jetant un regard à Sibylle.

RÉSURRECTION

78

« Nul ne saurait prédire l'avenir, avançait saint Augustin dans ses *Confessions*. On ne pense le futur qu'à partir du présent, mais l'avenir nous échappera toujours. »

L'avenir d'Ulysse, Sibylle, Alister et Kostandin semblait tout tracé. Leur retour en Écosse, les retrouvailles d'Alister avec son père, les épousailles d'Ulysse et de Sibylle dans la petite église de Drumnadrochit. Puis Ulysse et Alister décidèrent de s'associer pour exploiter ensemble le grand domaine des Durward. Kostandin, lui, acheta une petite ferme à proximité du château et se maria avec Moira, une native du village rencontrée dans une fête. Des enfants naquirent et la vie s'écoula, tranquille, après tant d'épreuves et de malheurs. Pourtant, poursuit saint Augustin, l'avenir associe toujours l'imprévu aux prédictions trop faciles, fondées sur le seul présent. Et l'imprévu se manifesta le 13 octobre 1307.

L'ordre des Templiers était parvenu au faîte de sa puissance. Sa richesse désormais proverbiale avait été obtenue grâce à la pratique de l'usure et à des activités de transferts de fonds. On le sait moins, mais la vente des reliques de l'Épervier joua un rôle considérable.

Les Templiers étaient ainsi devenus les premiers banquiers du monde occidental. Leur puissance économique se doublait d'une puissance militaire, puisqu'ils pouvaient compter sur une armée de quinze mille hommes, parfaitement équipés et entraînés.

Comment s'empêcher de penser que l'Ordre était désormais un État dans l'État ? Une preuve : le 12 octobre 1307, le grand maître Jacques de Molay, considéré comme un Grand du royaume de France, assista aux obsèques de Catherine de Courtenay, la belle-sœur de Philippe le Bel, petit-fils de Saint Louis. Pouvait-il se douter de ce qu'il se tramait dans son dos ?

Le lendemain, à l'aube, Guillaume de Nogaret, conseiller du roi Philippe le Bel, pénétra dans l'enceinte du Temple de Paris, où résidait le maître de l'Ordre, accompagné par des hommes d'armes. Il remit à Jacques de Molay une ordonnance royale le mettant en état d'arrestation. Au même moment, des milliers de templiers furent arrêtés en France par les sénéchaux et les baillis du royaume. L'opération, parfaitement coordonnée, avait été préparée dans le plus grand secret.

– Mais enfin, que me reproche-t-on ? s'insurgea Jacques de Molay.

La réponse lui parut incroyable : les Templiers étaient accusés, dans leurs rituels, de renier le Christ, de blasphémer le Seigneur et de pratiquer la sodomie.

– Pure folie ! protesta Jacques de Molay.

– Une vraie folie ! répéta, comme en écho, Ulysse Cameron de Bath quand l'information arriva bien plus tard en Écosse, colportée dans une foire d'Inverness par les marchands ambulants. Il sauta sur son cheval et fit le chemin à bride abattue jusqu'au château d'Urquhart, où il apprit la nouvelle à ses amis.

– On prétend que, pour se faire admettre dans l'Ordre, les nouveaux frères devaient cracher trois fois sur la croix. On leur proposait, à la place du Seigneur, d'adorer une idole païenne, le Baphomet.

Alister hocha la tête d'un air entendu.

– Un nom forgé tout exprès sur le modèle de Mahomet, à l'intention des naïfs.

– Ensuite, le nouveau venu devait embrasser les autres frères « au bas de l'épine dorsale ».

– Disons les choses clairement, sur l'anus ?

– Oui, sur l'anus. D'autant qu'il devait ensuite accepter d'avoir des relations sexuelles avec les autres chevaliers.

– Comment des hommes éclairés comme le roi peuvent-ils écouter, puis colporter de telles fadaises ? s'énerva Alister Durward. Moi qui ai vécu aux côtés des Templiers, je n'ai jamais rien vu de tel en Terre sainte.

– Ce sont des aveux arrachés sous la torture, suggéra Kostandin.

Ils étaient attablés, l'âme en berne, dans la grande salle du château.

– Ne remuons pas ces idées noires, dit Sibylle. Une calomnie ne peut tenir longtemps contre l'évidence.

En dépit des années, elle avait conservé une belle silhouette ainsi que son visage rieur et enfantin.

– Elle a raison, renchérit Ulysse. Quand le grand maître Jacques de Molay passera à son tour en jugement, il rétablira la vérité.

Kostandin fit la grimace.

– J'en suis moins sûr que toi, Ulysse. Quels que soient ses mérites, lui-même finira par craquer. Très rares sont ceux qui résistent à la torture. Je l'ai pratiquée, j'en sais quelque chose.

Alister, lui, était songeur.

– Je ne comprends pas. Les Templiers ont souvent aidé le roi de France, qui connaissait forcément leur probité. Pourquoi a-t-il lancé une telle accusation ? Et pourquoi aujourd'hui ?

– Justement parce qu'il est le roi, répliqua Ulysse. En se débarrassant d'eux, Philippe IV reste seul maître de son royaume. Du même coup, il efface ses dettes et fait main basse sur leurs avoirs. La politique est un jeu pervers, où la morale n'a aucune part.

Alister était devenu très pâle.

– Mais si le roi de France s'empare des richesses des Templiers, que va-t-il faire du suaire ?

Le silence qui suivit montrait que tous les convives partageaient la même préoccupation.

– Encore faut-il qu'ils le trouvent, le rassura Kostandin.

– Savons-nous seulement où ils l'ont caché ?

Il fallut se rendre à l'évidence : ils l'ignoraient. Et leur inquiétude grandit avec le temps.

79

Les autorités ne lésinèrent pas sur les moyens. Les bourreaux s'acharnèrent sur les malheureux templiers. On leur brûla la voûte plantaire, on suspendit des poids à leurs testicules, on leur fit subir le supplice de l'eau. Nombreux furent ceux qui avouèrent ce qu'on voulait. En échange, on leur promit le pardon.

Mais l'affaire se compliqua. Le roi de France semblait avoir eu gain de cause, quand le pape se mit en travers de son chemin. Clément V considérait en effet que Philippe le Bel n'avait pas à juger un ordre monacal relevant de son autorité. Il menaça donc le roi de France d'excommunication. De mauvais gré, le roi ordonna de libérer les prisonniers, qui revinrent évidemment sur leurs aveux. Mais le pape redoutait, cette fois, d'être accusé de compromission avec les prévenus. Et s'ils étaient coupables, malgré tout ? Aussi conclut-il un compromis avec Philippe le Bel : des commissions pontificales procéderaient, dans tous les diocèses, à des enquêtes sur les supposés crimes des Templiers.

– Et que devient leur trésor, pendant ce temps ? demanda Alister.

– Administré, dit-on, par des représentants du roi et de l'Église, répondit Ulysse.

– Crois-tu que le suaire en fait partie ?

– Comment le saurais-je ? Jacques de Molay avait promis de le conserver à l'abri dans un coffre pendant cinquante ans.

La mise en accusation des Templiers dura plusieurs années. Jacques de Molay avoua, puis renia ses aveux, qu'il disait arrachés de force. Son second, Geoffroy de Charnay, en fit autant. Le 12 mai 1310, le roi de France frappa un grand coup : il décida de faire monter cinquante-quatre templiers sur le bûcher. On les accusait d'avoir avoué leurs crimes pour être pardonnés, puis d'être revenus sur leurs aveux, ce qui faisait d'eux des « relaps », un crime impardonnable.

En Écosse, Ulysse et Alister se tenaient informés des rebondissements de l'affaire. Au début du mois de mars 1314, Ulysse vint trouver Alister, occupé à l'étable.

– C'est fini, Alister. Jacques de Molay et son second, Geoffroy de Charnay, ont été condamnés à mort par le roi Philippe.

Alister pâlit.

– Condamnés ? Mais on leur avait promis le pardon s'ils...

– Ils ont avoué, puis ont nié. Ils ont préféré la mort au déshonneur. Ils seront exécutés dans quelques jours.

Alister réfléchit, puis se décida.

– Il faut se rendre en France, Ulysse.

– Mais qu'y ferions-nous ?

– Je veux savoir ce qu'est devenu le suaire. La situation va s'éclaircir, à présent. J'irai seul, s'il le faut, mais je veux savoir.

Ulysse comprit que son beau-frère ne renoncerait jamais. Imaginer que ce linge portant son image pouvait être exhibé devant les foules lui était insupportable.

– Seul ? Tu as des difficultés à marcher, tu le sais bien. C'est bon, je t'accompagnerai. Mais je crains que...

– Comptons sur la chance, mon ami. Elle nous a déjà bien servis, n'est-ce pas ?

80

Une fois entrés dans Paris, Alister et Ulysse gagnèrent le quartier du Marais. Un ancien Écossais, disait-on, y tenait une bonne auberge.

– Que de monde ! Et quelle saleté dans les rues ! s'exclama Alister.

– Nous arrivons probablement un jour de marché, les paysans viennent de toute la région pour vendre leurs denrées.

En cherchant parmi les enseignes des auberges, ils trouvèrent celle qui les intéressait : *L'Écu d'or.* Le patron, un certain Erwan McCain, les reçut avec chaleur et l'accent caractéristique des natifs d'Édimbourg.

– Bienvenue, mes amis ! Heureux de recevoir des compatriotes. Vous ne mangerez pas chez moi du haggis, mais vous goûterez à mon bœuf au vin. Vous verrez, ça le vaut bien.

– Avec plaisir, Erwan. Mais avant, peux-tu nous renseigner ? Nous avons appris que des templiers seraient tantôt brûlés vifs. Sais-tu quand et où ?

– Pour sûr, je le sais ! Ce ne sont pas des amis à vous, j'espère ?

– Non, mais nous sommes curieux de cette affaire qui les oppose au roi de France.

– Des blasphémateurs et des sodomites, voilà ce qu'ils sont ! Le roi Philippe fait bien de les réduire en cendres, il saura tirer le meilleur parti de leur or.

Il se mit à rire bruyamment. Alister brûlait de lui envoyer son poing au visage, mais Ulysse le retint d'un regard.

– Pour l'exécution, vous tombez bien. Elle aura lieu aujourd'hui, à la tombée du jour, sur l'île aux Juifs. C'est pour cette raison qu'il y a autant de monde dans le quartier.

– Où se trouve cette île ?

– Sur la Seine, face à Notre-Dame. Vous ne pourrez pas y aller, la troupe bloque tous les accès. Mais je connais un bon endroit, sur les berges, d'où vous pourrez tout voir. Je vais vous faire un plan.

Le croquis sommaire leur permit de trouver le point de vue indiqué. Ils y découvrirent un promontoire, déjà encombré par la foule.

– Il y a trop de monde, on ne verra rien.

– Monte sur mes épaules, Alister. C'est toi le plus léger, tu me raconteras.

Sur un petit îlot, au milieu de la Seine, un bûcher avait été dressé. Une estrade lui faisait face, sur laquelle étaient attendus le roi de France et son conseiller Guillaume de Nogaret. Ils arrivèrent en bateau, sous les acclamations de la foule. Le roi Philippe, portant la couronne, était vêtu d'une tunique bleue marquée d'un écusson, que recouvrait une cape doublée de fourrure banche. Quand il fut installé à la tribune, on fit entrer les deux templiers, vêtus de la robe blanche des condamnés.

– Je reconnais Jacques de Molay, dit Alister. Il a bien vieilli. L'autre doit être Geoffroy de Charnay, le commandeur de l'Ordre.

– Celui qui a caché ton suaire, ajouta Ulysse.

Un juge procéda à la lecture du verdict. Puis les bourreaux lièrent les deux condamnés à des poteaux. Sur l'ordre du juge, le feu fut allumé en plusieurs endroits. Le bois très sec crépita sans tarder. La foule murmura, mi-joyeuse, mi-impressionnée. Quand les flammes montèrent jusqu'à eux, les deux suppliciés suivirent le conseil que leur avait donné l'exécuteur en chef : ils respirèrent à pleins poumons le monoxyde de carbone qui se dégageait de la combustion du bois. Avant de rendre l'âme, Jacques de Molay eut la force, dit la légende, de lancer une malédiction :

– Pape Clément ! Roi Philippe ! Avant un an, je vous cite à comparaître au tribunal de Dieu pour y recevoir votre juste châtiment ! Maudits ! Maudits ! Tous maudits jusqu'à la treizième génération de vos races !

Sur la berge, Alister et Ulysse se détournèrent.

– Paix à leur âme, dit Alister.

Dans la foule, tout près d'eux, un vieil homme s'agenouilla pour prier.

– Mais je le connais, murmura Ulysse à l'oreille d'Alister.

C'était Évrard de Cardalhaco, un des lieutenants de Guillaume de Beaujeu.

– Évrard !

Malgré les années, le vieil homme reconnut immédiatement Ulysse et tomba dans ses bras. Il pleurait. Alister leur fit signe d'être discrets, à cause de la police du roi, toujours attentive aux manifestations des opposants.

– Viens, nous irons boire du vin dans une auberge écossaise.

Ils l'emmenèrent à *L'Écu d'or* et s'installèrent au fond de la salle. Une fois en terrain sûr, ils se parlèrent ouvertement. Évrard en avait besoin.

– Je me suis caché en dormant dans les champs ou en étant accueilli chez des parents. Tous mes frères templiers sont tombés dans un traquenard, méticuleusement préparé par l'âme damnée du roi, Guillaume de Nogaret. Le Grand Maître espérait que le pape le sauverait, mais Clément V n'est qu'un lâche.

– Que sont devenues les reliques de l'Épervier ?

– Éparpillées dans tous les diocèses d'Europe. Elles sont en partie à l'origine de la richesse du Temple.

– Et le suaire ? s'inquiéta Alister.

La relique éveilla des souvenirs chez Évrard.

– Ah oui, le linge pour lequel tu as servi de modèle ?

Quand il remarqua le visage surpris d'Alister, Ulysse lui expliqua qu'Évrard avait fait partie du petit groupe qui l'avait délivré, jadis, sur la montagne de Safed. Évrard avait assisté aux aveux de l'Épervier, il savait tout.

– Le suaire était en possession de Geoffroy de Charnay, qui est mort brûlé aujourd'hui. J'ignore ce qu'il en a fait. Il ne l'a certainement pas vendu, je l'aurais su. Tu voudrais remettre la main dessus, c'est ça ?

Alister approuva.

– Je te comprends, c'est certainement pour toi un souvenir pénible. Désolé, mon ami, je ne peux pas t'aider. Connaissant Geoffroy de Charnay, je pense qu'il l'aura bien caché. C'était un homme peu bavard et très méfiant de tout et de chacun. Le retrouver ne sera pas facile. Il y a de fortes chances qu'il pourrisse pendant des siècles au fond d'une cave.

Alister ferma les yeux. Avec la disparition du templier qui en avait la garde, le suaire serait-il voué à l'oubli ?

81

Avec le temps, dit-on, tout s'efface. Alister Durward comptait sur le passage des années pour effacer de sa mémoire l'épisode le plus douloureux de son existence, mais il ne se faisait guère d'illusions.

– Chaque homme, dit-il, a sa damnation personnelle, la mienne est là. Je ne trouverai pas le repos tant que je n'aurai pas obtenu une certitude au sujet de ce linge.

Ainsi, chaque fois qu'on évoquait une sainte relique dans une conversation ou un prêche, il craignait de voir exhiber le suaire qui portait son image.

– Et si cela était ? lui demanda un jour son beau-frère, dont la silhouette s'était un peu voûtée et les cheveux avaient blanchi. Personne ne te reconnaîtra, aujourd'hui que tu es devenu comme moi : un vieil homme.

– Moi, je me reconnaîtrai, et cela suffit. Je crois en Jésus, le Seigneur Christ, Ulysse. Me faire passer pour lui aux yeux du petit peuple serait pour moi un péché insupportable. Même si personne ne s'en aperçoit, je le vivrais personnellement comme un affront fait à Dieu et à son Fils.

– Tu n'es pas responsable, Alister, mais une victime de l'avidité des hommes. Le Christ ne peut rien te reprocher.

– J'ai un compte à régler avec ce linge, Ulysse. J'ai besoin de gagner la paix de l'âme, comme tu as fini, toi, par la gagner après le massacre de Néphin.

Que pouvait-il lui répondre ? Rien. Sibylle, qui avait entendu leur conversation, lui sourit :

– Alister ne serait pas mon frère s'il était différent !

À cause de cette terrible expérience et des séquelles qu'il en avait gardées, Alister s'interdit le bonheur et resta célibataire. Il eut quelques maîtresses, dont l'une – une amie proche de Sibylle – espérait plus que cela. Mais elle abandonna, comprenant que la solitude était la meilleure compagne de son amant.

Pendant ce temps, en se délivrant peu à peu de la tutelle papale, les royaumes d'Europe se renforcèrent. L'Écosse, elle, tenta de quitter le giron de l'Angleterre. Un des enfants d'Ulysse et de Sibylle siégea au premier Parlement écossais, en 1327. Mais les vieux démons reprirent le dessus et le pays fut à nouveau envahi par l'Angleterre. Il resta sous contrôle anglais pendant trente ans. Les enfants d'Ulysse, puis ses petits-enfants, devenus des notables, furent de ceux qui continuèrent la lutte pour l'indépendance.

Au cours de l'hiver 1347, Sibylle fut atteinte d'un mal réputé incurable, la tuberculose. Elle avait envahi ses poumons, rendant sa respiration de plus en plus difficile. Dévasté, Ulysse ne la quittait plus. Au mois de mars, elle rendit l'âme et fut enterrée dans le cimetière de Drumnadrochit. Le curé prononça quelques mots sur sa tombe, avant de se tourner vers ceux qui étaient présents :

– Que le Seigneur nous bénisse, qu'Il nous garde de tout mal et nous conduise à la vie éternelle. Amen !

L'assistance se recueillit, puis Ulysse resta un long moment prostré sur la tombe de son épouse. Alister vint le chercher :

– Viens, mon ami, il faut rentrer.

– Pourquoi elle, Alister ? Elle, qui était l'amour et la générosité mêmes ? Pourquoi elle et pas moi ?

– Nous ignorons les desseins du Seigneur, Ulysse.

Le veuf se leva et suivit Alister. Il lui chuchota une confidence.

– Quand elle a rendu son dernier soupir, j'ai eu la tentation de maudire Dieu, puis j'ai renoncé. À quoi bon ? Tout ce que nous avons vécu en Terre sainte le démontre, il n'y a rien là-haut !

Alister mit ces paroles sur le compte du désespoir et entraîna son beau-frère.

Puis Kostandin s'en alla à son tour. Le géant paraissait indestructible, mais une blessure mal soignée à la jambe, provoquée par une charrue, le terrassa en quelques jours. Ulysse l'assista dans ses derniers instants.

– Tu aideras Moira pour les vendanges, Ulysse ? Elle est vaillante, mais elle se fait vieille. Et les enfants sont tentés par la ville.

– Je serai là, mon ami, ne crains rien.

Kostandin lui fit signe de se pencher.

– Parfois, tu sais, je me dis que le Seigneur a été trop généreux avec nous. C'est que nous avons commis de gros péchés en Terre sainte, moi le premier…

– J'ai eu ma part.

– Et s'Il ne nous avait pas vus ? Peut-être, ce jour-là, avait-Il la tête ailleurs ?

– Non, Kostandin, rien ne lui échappe. Sinon, Il ne serait pas le Seigneur.

– C'est juste. Alors Il a tenu à nous offrir une seconde chance.

– Peut-être.

Kostandin leva la tête vers Ulysse, pour lui faire une dernière recommandation.

– Mais Alister, lui, a gardé ses démons. Aide-le, Ulysse. Soyez deux comme nous avons été deux, toi et moi, au cours de cette vie.

– Compte sur moi, Kostandin.

Après son enterrement, comme il l'avait promis, Ulysse aida l'épouse de son vieil ami pour les vendanges.

*

Alister et Ulysse approchaient des quatre-vingt-dix ans, mais les travaux de la ferme et l'entretien du château les gardaient encore vaillants. Un jour de 1356, Alister consulta un charpentier français pour réparer le toit du château, qui en avait bien besoin.

– Je compte un bon mois de travail, évalua l'artisan, je vais vous faire un devis.

– En attendant, venez boire de notre vin.

Au cours de la discussion, le charpentier leur apprit qu'il venait juste de terminer la construction d'une petite église collégiale pour un seigneur de l'Aube, Geoffroi de Charny.

Ce nom éveilla immédiatement l'attention d'Alister.

– Répétez-moi son nom.

– Charny, le seigneur Geoffroi de Charny. Geoffroi avec un « i ».

– Charny ou Charnay ?

– C'est bien Charny. Vous le connaissez ?

– Non, je ne crois pas.

Ulysse sentait que son beau-frère était troublé. Il prit congé du charpentier.

– Apportez-nous votre devis, mon ami, nous en reparlerons.

Le charpentier s'inclina et s'en alla. Ulysse et Alister se consultèrent.

– Geoffroy de Charnay est mort brûlé il y a plus de quarante ans, Alister, ce ne peut être le même.

– Ils pourraient être de la même famille.

– Non, l'un s'appelle Geoffroy de Charnay, l'autre Geoffroi de Charny.

– Les orthographes peuvent changer au fil du temps, il faudrait vérifier.

– Ne me dis pas que tu veux retourner en France ?

Il connaissait déjà la réponse.

– Et si le suaire était passé de l'un à l'autre ?

Ulysse soupira. Il savait qu'Alister ne renoncerait pas.

– C'est un long voyage pour des gens de notre âge.

– Allons donc ! Nous serions capables de refaire le toit du château, mais pas de voyager jusqu'en France ? Nous avons de bons chevaux, ce trajet nous changera un temps de la vie de fermier. Et nos enfants pourront administrer le domaine.

Sur ce point il a raison, s'avoua Ulysse. Depuis la mort de Sibylle, les enfants étaient devenus les vrais seigneurs d'Urquhart. Ulysse et Alister trouvaient à s'occuper, mais seulement pour ne pas mourir d'ennui. De toute manière, il savait qu'Alister irait en France, avec ou sans lui.

– Ta réponse ? lui demanda Alister.

– Je te suis, évidemment !

82

En 1356, les royaumes de France et d'Angleterre étaient officiellement en guerre, c'était le début de ce que les historiens appelleront plus tard la guerre de Cent Ans. Qu'on ne s'imagine pourtant pas une guerre permanente, avec des fronts infranchissables. L'affrontement, au moins au début, se limita à des batailles sporadiques où les Anglais, le plus souvent, montraient leur valeur contre la chevalerie française, restée attachée à des traditions obsolètes.

Ulysse et Alister chevauchèrent sans encombre jusqu'en Champagne. Ils arrivèrent ainsi dans le petit village de Lirey, à moins de cent lieues de la ville de Troyes.

– Allons à l'église. C'est une collégiale construite à l'initiative du seigneur de Charny. On nous renseignera.

L'église, où l'on commençait à célébrer des messes, sentait encore le bois frais. À l'intérieur, les deux beaux-frères s'approchèrent du curé, qui jouait les ébénistes.

– Quelle belle église vous avez là, mon père !

– C'est ce qu'on dit, mais il reste encore du travail pour en faire la collégiale souhaitée par son fondateur.

– Il s'agit bien du seigneur Geoffroi de Charny ?

– Oui, un érudit et le meilleur chevalier du royaume. Venez voir…

Le curé avait exposé dans un coin de l'église quelques ouvrages dudit Geoffroi de Charny. Au-dessus était affichée sa devise : « *Qui plus fait, mieulx vaut.* » Ses ouvrages portaient des titres éloquents : *le Livre de chevalerie, le Livre Charny* en vers, les *Demandes pour la joute, les tournois et la guerre.*

– Notre seigneur de Charny a conseillé les rois de France Philippe de Valois et Jean le Bon. C'est d'ailleurs le roi Jean le Bon qui lui a donné les moyens financiers de construire cette collégiale.

– Fort bien. Savez-vous, mon père, où nous pourrions le rencontrer ? Sa renommée est parvenue jusqu'en Écosse et nous aimerions profiter de ses conseils.

– Son château n'est qu'à quelques lieues. Il vous recevra avec plaisir.

Ils prirent donc la direction de la demeure des Charny.

– Je pense que c'est un homme de bien, dit Alister. Il pourra comprendre nos raisons.

– Méfie-toi quand même, lui recommanda Ulysse. Ne décide rien sans m'en parler.

– Entendu.

Sur le chemin, ils notèrent la présence de plusieurs anciennes commanderies de templiers, ce qui accrut leurs soupçons. Le château, de taille moyenne, était entouré d'un fossé. Il était construit en partie en bois et torchis, en partie en pierre. L'entrée se faisait par un pont-levis non gardé, qui débouchait dans une cour en désordre, où déambulaient des canards et des poules.

– Le seigneur de Charny n'est certainement pas riche, confia Alister à son ami.

– La chevalerie n'est plus ce qu'elle était, Alister, d'autres temps commencent.

Un valet vint à leur rencontre. Peu habitué aux politesses, il leur parla rudement.

– Que voulez-vous ?

– Parler au seigneur Geoffroi de Charny.

– Il est absent.

– Quand reviendra-t-il ?

Le serviteur semblait pressé de les voir déguerpir.

– Je l'ignore.

Il leur tourna le dos.

– Bien le bonjour à vous deux !

– Pourrions-nous au moins parler à sa dame ? insista Ulysse.

– Elle ne parle à personne. Allez-vous-en !

Alister soupira, déçu. Il se préparait à rebrousser chemin quand une voix féminine les héla.

– Eh, vous !

Une femme mûre, à l'allure autoritaire, les interpellait depuis le seuil de son château.

– Je suis Jeanne de Vergy, annonça-t-elle, l'épouse de Geoffroi de Charny. Êtes-vous de ses amis ?

– Pas vraiment, dit Ulysse, mais nous voulions l'entretenir d'une affaire très importante.

– D'où venez-vous ?

– D'Écosse, loin vers le nord.

– De quelle affaire parlez-vous ? Mon mari est presque ruiné.

– Il ne s'agit pas d'argent, mais d'un linge qui nous appartient.

– Un linge ? Et vous êtes venus d'Écosse pour cela ?

– Nous avons nos raisons.

– Vous n'êtes plus des jeunes gens. Entrez quelques minutes pour vous désaltérer.

Ignorant les grognements du valet, ils s'installèrent dans une salle fraîche, autour d'une longue table de chêne. Le domestique leur apporta une cruche de vin.

– Votre valet ignore la politesse, murmura Ulysse.

Jeanne de Vergy, qui avait deviné que ses visiteurs étaient des gens raffinés, haussa les épaules.

– Nous voyons peu de monde ici, depuis que mon époux est parti. Simon me sert à la fois de valet et de chien de garde.

Alister eut du mal à cacher sa déception.

– Le seigneur de Charny n'est pas là ?

– Mon époux a choisi de guerroyer contre l'Anglais plutôt que de s'occuper de sa famille et de soigner son vignoble. Mais parlez-moi un peu de cette affaire, vous avez éveillé ma curiosité.

Alister prit la parole.

– Il s'agit d'un linge qui vient de Terre sainte, une relique qu'on dit être le linceul du Christ, car elle porte son image de face et de dos. Pour dire vrai, c'est un faux réalisé à partir d'un modèle vivant, ce qui lui donne un aspect particulièrement réaliste. Il est passé un temps entre les mains du templier Geoffroy de Charnay. La similitude de ce nom avec celui de votre époux nous a conduits à penser qu'il pourrait faire partie de sa famille.

Ils la sentirent aussitôt sur la défensive.

– Mon mari s'appelle Charny, pas Charnay, répliqua-t-elle. Ses ancêtres se sont toujours appelés Charny et venaient de Mont-Saint-Jean, en Bourgogne. Pourquoi ce linge vous intéresse-t-il, puisque c'est un faux ? Parce qu'il se vend très cher ?

– Non. À ma connaissance, il n'a jamais été mis en vente.

– Quoi d'autre, alors ?

– C'est une longue histoire, soupira Alister. Il y a…

Ulysse lui posa une main sur la jambe. Alister comprit qu'il valait mieux éviter d'en dire plus. Jeanne de Vergy, qui avait l'œil vif, remarqua le geste.

– Si Geoffroi de Charny n'a aucun rapport avec Geoffroy de Charnay, c'est inutile de vous ennuyer avec plus de détails. Ce serait une perte de temps, pour vous comme pour nous.

Il se leva, imité par Alister.

– Nous allons donc reprendre notre route, l'Écosse est loin.

Jeanne de Vergy fut surprise.

– Vous seriez donc venus tous les deux depuis l'Écosse… pour cette unique raison ?

Il regarda Alister.

– Mon ami a été très éprouvé, il y a quelques dizaines d'années, à cause de ce linge. Il veut savoir ce qu'il est devenu, mais pas pour le négocier.

– Pour quoi, alors ?

C'est Alister qui répondit :

– Pour le détruire.

Elle se résigna à ne pas en savoir plus.

– Je vois. Désolée de ne pas vous avoir été plus utile. Je vous souhaite une bonne route.

Restée sur le seuil, elle les observa remonter sur leurs chevaux, puis s'éloigner. Elle frissonna dans le crépuscule. Elle fit un signe à son valet, qui ferma la porte. Puis elle s'engagea dans un escalier en bois qui menait dans une petite pièce fermée à clé. Au fond, il y avait un coffre qu'elle ouvrit. Il contenait un linge de lin, soigneusement plié, conservé dans la famille depuis un demi-siècle.

Elle l'examina, pensive.

83

Huit mois après cette rencontre, une étonnante rumeur se répandit de diocèse en diocèse, en France comme en Angleterre. En Écosse, elle fut confirmée par l'évêque d'Inverness en personne, au cours de son homélie.

– Tout n'a pas été perdu en Palestine, mes frères ! La dernière croisade s'est terminée par un échec, mais Dieu ne nous a pas laissés sans ressources. Il nous a donné le plus beau témoignage dont nous puissions rêver : une image de son Fils, imprimée par miracle sur son linge mortuaire.

Ulysse et Alister, qui assistaient à la messe, échangèrent des regards inquiets. Peu après la cérémonie, ils demandèrent à rencontrer l'évêque. Il les reçut au début de l'après-midi dans l'abbaye de Saint-Andrews, non loin de la ville.

– Je vous salue, Alister Durward, dit le prélat. Je n'ai pas connu votre père, mais j'ai souvent entendu parler de lui.

– Merci de nous avoir reçus, Excellence. Nous avons été très intéressés, ce matin, par votre sermon. Que savez-vous du suaire dont vous avez parlé ?

– Pourquoi vous intéresse-t-il ?

– Mon ami Ulysse et moi avons participé à la dernière croisade, à la fin du siècle dernier. Nous avons vécu la chute de

Saint-Jean-d'Acre et nous y avons vu beaucoup de reliques. Peut-être avons-nous approché ce linge sacré ?

Savoir qu'il avait affaire à d'anciens croisés rassura l'évêque.

– Pour ce que j'en sais, il est exposé actuellement dans la collégiale de Lirey. C'est un petit village français en Champagne. L'évêque de Troyes se montre sceptique sur son authenticité, mais tous ceux qui ont vu le linge croient sans réserve qu'il s'agit bien du linceul du Christ.

Ulysse vit que son beau-frère avait fermé les yeux, visiblement abattu.

– Mais comment est-il arrivé là ? demanda-t-il.

– Oh, c'est une longue histoire, que j'ai apprise après un voyage en France. Le propriétaire du château voisin, Geoffroi de Charny, l'avait en sa possession depuis des décennies. Mais il est mort en septembre dernier, à la bataille de Poitiers.

Alister respira profondément. Il devinait la suite.

– Sa veuve, Jeanne de Vergy, a pris la décision de montrer le suaire dans l'église du village, sans doute en mémoire de son époux défunt. Les « ostensions », comme on appelle les expositions publiques d'une relique, ont beaucoup de succès, les fidèles viennent de toute l'Europe pour voir ce linge. Voulez-vous y aller vous aussi ?

– Non, non, je ne crois pas, répondit Ulysse.

L'évêque remarqua le visage décomposé d'Alister.

– Votre beau-frère ne se sent pas bien ? demanda-t-il à Ulysse.

– Ne vous inquiétez pas, cela ira. Une vieille blessure, qui date justement de la croisade. Quoi qu'il en soit, merci de votre accueil, dit Ulysse en prenant congé.

Les deux hommes retournèrent vers leur petit attelage. Alister était blême.

– Elle nous a menti, s'irrita Ulysse. Elle gardait sans doute le suaire depuis des années.

– Mais pourquoi l'expose-t-elle maintenant ?

– Rappelle-toi, son château était en mauvais état. Je parie que cette famille n'avait plus d'argent. Jeanne de Vergy avait pourtant des enfants à élever. Quand son époux est mort, elle s'est trouvée sans ressources. Elle a donc décidé d'exposer le suaire en certifiant que c'était le linge authentique qui a recouvert le corps du Christ. Et les gens l'ont cru.

– L'évêque avait raison. Tout ce qu'il nous reste de ces croisades, c'est cela : un rêve.

84

Qui saura pourquoi, parfois, l'Histoire avance à pas de tortue et pourquoi, d'autres fois, elle progresse à la vitesse de l'éclair ? Ce fut le cas à Lirey. Très vite, comme l'avait prédit Ulysse, les dons commencèrent à affluer. Ils devinrent considérables au bout de quelques mois, quand le pape Innocent VI accorda une indulgence de quarante jours aux fidèles qui feraient une offrande à l'église où était exposé le suaire du Christ : « Nous faisons savoir que, à tous ceux qui viendront visiter ladite église par motif de dévotion, d'oraison ou de pèlerinage, à tous ceux qui donneront à cette église ou lui légueront de l'or, de l'argent, ou quoi que ce soit de leur avoir, comme aussi à tous ceux qui visiteront l'église ou ses reliques, nous remettons et relâchons miséricordieusement quarante jours de pénitence qui leur ont été enjoints. Donné à Avignon le cinquième jour de juin, l'an du seigneur 1357 et du pontificat de monseigneur Innocent VI. »

Dès lors, le petit village de Lirey devint un lieu de pèlerinage, connu dans toute l'Europe.

Le désarroi d'Alister allait grandissant. Que pouvait-il faire de plus ? Dénoncer une imposture ? Mais à qui ? Comment combattre une croyance qui aide les peuples à vivre ? Quelques années auparavant, la peste noire de 1348 avait tué des millions d'Européens. Contre la maladie, leurs seules armes furent la magie et les prières. Comment s'étonner qu'un suaire, surgi de nulle part, leur offrît l'espoir d'une vie meilleure ? Car les foules qui accouraient à Lirey le priaient avec intensité, pour obtenir de lui des miracles.

Un jour, pourtant, Alister arriva au château avec une grande nouvelle.

– Ulysse, nous devons retourner en France !

– Et pourquoi donc ?

– Je reviens d'Inverness. Le curé de Saint-Andrews m'a appris que l'évêque de Troyes, qu'il connaît bien, a demandé l'interdiction des ostensions du suaire.

– Pour quelle raison ?

– Il ne croit pas à l'authenticité de la relique. Il estime que ces ostensions sont de l'idolâtrie.

– Peut-être est-il jaloux du succès du suaire ? Les fidèles négligent Troyes et préfèrent apporter leurs dons à Lirey.

– Je ne connais pas ses raisons, mais il pourra peut-être nous aider. J'ai son nom : Henri de Poitiers. Je dois le rencontrer et lui raconter mon histoire, elle confortera ses doutes. À partir de là, tout peut changer. Nous ne sommes plus seuls !

Ulysse soupira.

– Veux-tu vraiment te lancer dans ce combat, Alister ?

– C'est celui de toute ma vie, tu le sais bien ! L'évêque d'Inverness me donnera une introduction pour son confrère de Troyes.

Ulysse connaissait la suite. S'il se montrait réticent, Alister proposerait d'y aller seul. Dans son état et à son âge, ce serait un suicide. C'est pourquoi, de guerre lasse, il finit par céder :

– Très bien, Alister, je t'accompagne.

85

Deux hommes aux longs cheveux de neige cheminaient sur la mauvaise route de terre qui mène à la ville de Troyes. Encore vaillants malgré leur très grand âge, ils se dressaient gaillardement sur leurs chevaux et avaient fait une nouvelle fois – sans doute la dernière – le voyage depuis l'Écosse. Introduits par une lettre de l'évêque d'Inverness, ils se rendirent à l'évêché de la ville et furent rapidement reçus par Henri de Poitiers.

– Que puis-je pour vous, mes enfants ?

L'évêque, encore jeune, avait un regard bienveillant. Mais les événements récents l'avaient incité à se méfier des visiteurs, qui pouvaient se montrer agressifs.

Ulysse prit la parole.

– Nous avons appris, monseigneur, que vous doutiez de l'authenticité du suaire exposé à Lirey ?

L'évêque recula prudemment. Il fit signe à un bedeau à la forte carrure, qui s'avança. Ulysse comprit.

– Vous n'avez rien à craindre de nous, monseigneur. Nous sommes venus pour vous informer.

– Je l'espère. Depuis que j'ai mis en doute la vérité de ce linge, j'ai reçu de nombreuses menaces de mort, et même quelques projectiles. Les âmes simples n'aiment guère qu'on discute leurs croyances.

– Ce n'est pas notre cas, monseigneur.

– Tant mieux. Oui, je suis fâché à cause de l'idolâtrie que je vois se développer autour de cette relique. Au début, j'ai envisagé de créer une commission historique et théologique pour mener une enquête, j'ai même pensé interdire les ostensions. Mais j'ai rencontré beaucoup d'opposition.

Alister intervint. Il était fébrile.

– Excellence, vous ne pouvez savoir à quel point vous êtes dans le vrai !

L'évêque fut surpris.

– Quelle preuve avez-vous, mon fils ?

Alister dégagea ses manches et montra ses mains. Puis il se déchaussa et montra ses pieds. Son corps avait gardé les traces de ses blessures. Henri de Poitiers fut extrêmement troublé.

– Que me montrez-vous là ?

– Monseigneur, l'homme qui est sur le suaire… c'est moi !

L'évêque en resta bouche bée. Il regarda vers Ulysse, pour voir s'il confirmait les dires de son ami.

– Mon beau-frère n'est pas fou, monseigneur. Nous allons vous raconter la véritable histoire du suaire de Lirey !

L'évêque mit un doigt sur sa bouche et les entraîna dans une petite pièce attenante, dont il ferma la porte.

– Ici, personne ne pourra nous entendre. Asseyez-vous et racontez-moi tout.

Alister prit la parole.

– Tout a commencé il y a soixante-six ans, l'année de la chute de Saint-Jean-d'Acre. J'étais venu en Terre sainte sur la demande de l'évêque de Lucques…

La stupeur de monseigneur Henri de Poitiers allait grandissant, à mesure qu'Alister racontait son histoire. Quand il eut terminé, l'évêque se signa.

– Votre histoire est… terrible !

Alister approuva.

– Je trouve déjà pénible de voir des croyants sincères prier une fausse relique, mais il m'est encore plus insupportable de savoir qu'ils vénèrent une image qui est la mienne.

L'évêque les regarda longuement tous les deux.

– Et que comptez-vous faire ?

– Nous sommes très âgés, monseigneur, dit Ulysse. Les forces nous manquent pour crier la vérité sur la place publique. Mais nous avons pensé qu'un homme plus jeune, ayant votre autorité…

L'évêque baissa les yeux. Ulysse, que son expérience au combat avait habitué à reconnaître le langage du corps, comprit vite qu'ils n'avaient pas frappé à la bonne porte.

– Êtes-vous allés à Lirey ? demanda l'évêque. Avez-vous observé la dévotion que suscite ce linge ?

– J'ai reculé le plus longtemps possible le moment d'y aller, répondit Alister. Mais nous comptons le faire après notre entrevue.

– Allez-y et vous comprendrez pourquoi il est trop tard. Le culte du suaire est devenu une vraie folie. Même le pape, aujourd'hui, y ajoute foi. Celui qui ira là-bas clamer la vérité, et plus encore celle que vous m'avez révélée, est un homme mort. Et…

Alister continua sa phrase.

– Et vous n'avez pas envie de vous sacrifier, c'est ça ?

L'évêque resta prostré sur sa chaise, sans mot dire. Ulysse eut un regard vers Alister. Tous deux se levèrent, sortirent de la petite pièce, puis gagnèrent la porte de l'évêché. Ils se dirigèrent en silence vers leurs montures.

– Un lâche ! déplora Alister.

– Mais qui pour lui jeter la pierre ? répliqua Ulysse.

86

Les deux vieillards poursuivirent leur chemin vers le village de Lirey, à quatre lieues de Troyes. En ce début d'automne, le soleil était encore chaud, les arbres commençaient à revêtir leurs parures d'or, l'air sentait bon la riche terre humide de France. Quand ils virent la foule des pèlerins sur la route, Ulysse et Alister surent qu'ils approchaient du but.

À peine entrés dans le village, ils furent arrêtés par des gens d'armes qui leur demandèrent d'abandonner leurs chevaux et de suivre la longue file qui attendait devant l'église. Un jeune garçon, contre quelques pièces, se chargea de garder leurs montures. Relevant leurs capuches à cause de l'air qui se rafraîchissait, les deux visiteurs prirent docilement la place qu'on leur assigna.

Autour d'eux se pressaient des paysans vêtus de guenilles, des mendiants, des notables, des soldats, des estropiés, des négociants venus de toutes les contrées d'Europe. À intervalles réguliers, on entendait des chants liturgiques que la foule reprenait en chœur.

Ils patientèrent longtemps. Enfin, ils parvinrent devant l'église.

– Savez-vous comment se déroule la visite ? demanda Ulysse à un bourgeois au visage rougeaud.

– Oui, répondit l'homme, je l'ai déjà faite. On y entre par groupes de douze, on se tient un bref instant devant la sainte relique, on fait le signe de la croix, puis les gardiens vous poussent vers l'autre sortie. Des moines vous attendent alors pour recevoir vos offrandes.

– Et c'est tout ?

– Oui, c'est tout. Qu'importe, si cela nous vaut une guérison miraculeuse ?

Ulysse pensa à sa belle Sibylle, aujourd'hui disparue. Il ne put réprimer un sourire en imaginant la scène qu'elle aurait faite devant le linge confectionné par l'Épervier. Alister, devenu subitement très pâle, tremblait comme s'il était pris d'une sorte de transe. Ulysse lui adressa un sourire amical, mais son compagnon avait l'esprit ailleurs. Ils se présentèrent à la porte de la chapelle. Un gardien cria dans leur direction :

– À vous. Pas plus de douze !

Les gens d'armes firent entrer le petit groupe. Face à eux, dans les vapeurs d'encens et la faible lumière des bougies, le suaire était totalement déployé, recto et verso. La silhouette inscrite sur le linge était à peine visible. Seules les taches de sang, d'un rouge sombre, se détachaient nettement.

Mais le visage…

C'était bien celui d'Alister Durward, plus jeune de soixante-six ans. Ulysse ne savait s'il devait en rire ou en pleurer. Le curé de la paroisse leur adressa quelques mots, mais ce qu'il disait restait inaudible à cause des prières fébriles des visiteurs, qui réclamaient un miracle pour les guérir, eux ou un de leurs proches. Alister, totalement immobile, ne pouvait détacher ses yeux de la relique.

– C'est suffisant, dit le gardien, sortez par cette porte !

Il indiqua l'issue qui donnait sur un petit jardin attenant à la chapelle. Mais Alister ne bougeait pas.

– Eh, toi !

À l'entrée, les visiteurs s'impatientaient.

– Tu es sourd ?

Ulysse, délicatement, prit Alister par l'épaule et l'entraîna vers la sortie. Ils ignorèrent le moine qui réclamait leurs offrandes, traversèrent le jardin et se retrouvèrent sur le parvis de la collégiale.

La foule avait encore grossi. Des commerçants faisaient griller de la viande sur des rôtissoires et proposaient des brochettes aux pèlerins, d'autres vendaient des fruits de leurs vergers ou du lait de leurs chèvres. Ulysse, en souriant, vit que son ami semblait aller mieux et que ses tremblements avaient cessé. Alister considéra la foule, comme s'il s'éveillait d'un sommeil profond.

– Cette dévotion, Ulysse… c'est si difficile à croire.

– Pour moi aussi, mon ami. Mais rassure-toi, dans un an ou deux cette relique sera oubliée.

– Puisses-tu dire vrai !

87

En revenant vers leurs chevaux, les deux compagnons virent qu'un attroupement s'était formé. Une vingtaine de pèlerins entouraient une petite fille. Avec des cris aigus, elle essayait maladroitement de marcher. Son père, qui avait un fort accent du Brabant, pleurait de joie. Depuis une heure, il répétait le même récit aux passants :

– Ses jambes étaient mortes depuis deux ans ! Quand elle a vu le linge, elle s'est redressée sur sa chaise roulante. Puis, une fois dehors, elle s'est mise à marcher ! Oh, pas comme moi, non, mais j'ai bien vu que ses jambes s'animaient, qu'elles tremblaient. Je l'ai soutenue et je l'ai mise debout. Elle est tombée. Puis je l'ai relevée et j'ai recommencé. Et… elle marchait !

– C'est un miracle ! cria quelqu'un.

– Louons le Seigneur ! proposa un moine.

Il entama une prière, reprise en chœur par la foule.

« Qu'Il nous accorde sa grande miséricorde, car Il voit notre faiblesse. Qu'Il nous accorde la joie éternelle qui jamais ne tarira, croîtra et grandira en nous remplissant de sa présence. »

Restés à l'écart, Alister et Ulysse observaient la scène.

– Un miracle ? s'étonna Alister, comment est-ce possible ?

– Je l'ignore, répondit Ulysse.

Alister insista.

– Mais… elle marche vraiment !

La petite fille, en effet, mettait un pied après l'autre. Elle le faisait maladroitement, mais elle marchait, oui, comme si ses jambes venaient de se réveiller après un long sommeil.

– Elle a vu mon visage, Ulysse, celui d'une pauvre créature blessée dans sa chair. Et juste après, elle s'est mise à marcher. Comment comprends-tu cela ?

Ulysse eut un geste fataliste.

– Alister, ne cherche pas à comprendre, ce sont les voies de Dieu. Viens, mon ami, il nous reste un long chemin à faire.

*

Plongés dans leurs pensées, ils firent route vers l'Écosse, sans presque se parler. Trente jours plus tard, ils furent accueillis à Urquhart par leurs enfants, si heureux de les retrouver. Mais leurs mines les dissuadèrent de leur demander des nouvelles.

Dans la grande salle du château, devant la table dressée, Alister et Ulysse firent le récit si troublant de leur voyage en France. À la fin, personne ne savait plus que penser. Moira, la femme de Kostandin, rompit le silence avec un geste fataliste.

– Il y a tant et tant de mystères sur cette terre…

Alister approuva. Il se leva avec difficulté, épuisé par leur long périple. Il fit quelques pas, aidé par un des enfants d'Ulysse. On le vit alors se signer et pousser un cri.

– Mon Dieu !

Il tomba inconscient sur le sol.

– Vite, cria Ulysse à ses enfants, allez chercher un médecin !

88

Après l'avoir examiné, le praticien se tourna vers Ulysse.

– Je crains que votre ami ne soit parvenu au terme de sa vie, Dieu le rappelle à Lui.

– Combien de temps lui donnez-vous ?

– Je dirais quelques heures, peut-être moins.

Les enfants d'Ulysse se mirent à sangloter. Alister, d'un geste, demanda à Ulysse de s'approcher.

– Fais-les tous sortir, reste avec moi.

Quand ils furent seuls, Ulysse s'agenouilla près de son beau-frère et lui tint la main.

– Depuis longtemps, murmura Alister, je sentais que ma vie touchait à sa fin. Seul ce linge me tenait en vie, comme une cicatrice que je ne pouvais effacer. Je l'ai enfin vu, j'ai reconnu mon visage et… je ne comprends plus. Comment cette fausse relique peut-elle changer les lois de la nature ?

– Je suis aussi troublé que toi, Alister, j'ai vu ce que tu as vu.

– Dans quelques heures, je serai monté au Ciel. Une fois là-haut, j'irai voir le Seigneur Jésus, s'Il veut bien me recevoir. Je Lui montrerai mes mains et mes pieds, et je Lui demanderai de m'expliquer ce que je n'ai pas bien compris sur la Terre.

Ulysse sourit.

– Patiente encore un peu, Alister, je te rejoindrai bientôt. Nous ne serons pas trop de deux pour Lui poser nos questions !

Ils eurent un rire complice.

– Oui, toi et moi ensemble, comme toujours. C'est promis, mon ami, je t'att…

C'était fini.

Ulysse sortit en silence de la chambre, tandis que le reste de la famille introduisait le prêtre qu'ils étaient allés chercher.

La nuit était tombée, mais elle n'était pas encore froide. Ulysse fit quelques pas et gagna le petit verger attenant au château. Il s'allongea sur l'herbe. Au-dessus de lui s'étendait la voûte étoilée, qui couvrait le monde comme une éternelle question posée à tous les hommes. S'il n'y a rien là-haut, pensa-t-il, tout s'explique facilement : l'univers est en proie à des forces capricieuses et illogiques. Mais si Quelqu'un se cache derrière ces nuées, il faut admettre que ses décrets sont aussi obscurs que la nuit.

Il repensa à cette veillée d'armes à Saint-Jean-d'Acre, en compagnie de Guillaume de Beaujeu. Faute de rendre son âme à Dieu, le Grand Maître avait livré la sienne à la nuit, pas mécontent de quitter un monde qu'il jugeait incompréhensible. Dois-je faire comme lui ?

Il se sentit envahi par une paix qui avait l'allure d'un prélude à la mort, quand son regard fut attiré par une étoile un peu plus brillante que les autres, qui scintillait au levant d'une douce lumière bleutée. D'une voix faible, il l'appela :

– Sibylle ?

Il interpréta le silence qui suivit comme une réponse et prononça un vœu, dans un souffle :

– À toi, mon tendre amour, à toi je rends mon âme !

DU MÊME AUTEUR

Le Roman des momies
Stock, 2017

Mémoire totale
Stock, 2018

Sagesse animale
(en collaboration avec Norin Chaï)
Stock, 2018

Les Enfants de Mathusalem
Stock, 2019

Harmonies
(en collaboration avec Norin Chaï)
Stock, 2019

La Machine Ernetti
Albin Michel/Versilio, 2020

Ernetti et l'énigme de Jérusalem
Albin Michel/Versilio, 2021

Les Maladies rares et les promesses de la médecine du futur
(en collaboration avec le Pr Nicolas Lévy)
Buchet-Chastel, 2021

Ernetti et le voyage interdit
Albin Michel/Versilio, 2022

Composition Nord Compo
Impression CPI Brodard & Taupin en mars 2023
Éditions Albin Michel
22, rue Huyghens, 75014 Paris
www.albin-michel.fr
ISBN : 978-2-226-48294-5
N° d'édition : 25367/01 – N° d'impression : 3051582
Dépôt légal : avril 2023
Imprimé en France